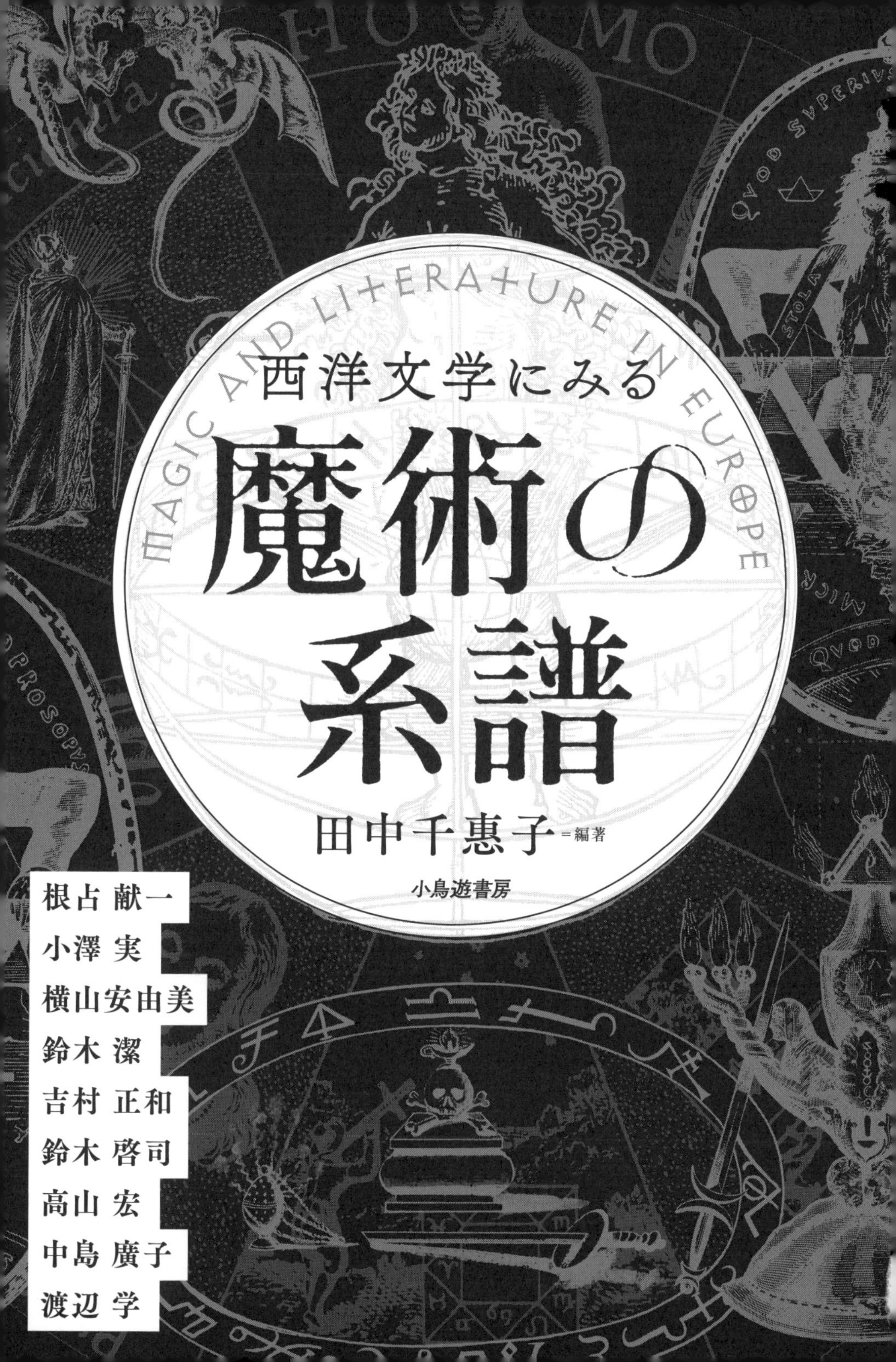

MAGIC AND LITERATURE IN EUROPE

西洋文学にみる

魔術の系譜

田中千恵子＝編著

小鳥遊書房

根占 献一
小澤 実
横山安由美
鈴木 潔
吉村 正和
鈴木 啓司
高山 宏
中島 廣子
渡辺 学

目次

第二部　ロマン主義から近代魔術へ

第三部　近代から現代へ――文学・魔術・ユング心理学の地平

凡例

一、註はアラビア数字で示し、各章・エッセイ末にまとめた。

二、固有名詞・概念等のカナ表記・漢字表記については基本的には各執筆者の意向を尊重する。

三、本書にはヨーロッパにおける複数の言語圏にまたがる論考・エッセイが収録されており、研究領域も多岐にわたっている。表記上の統一については、カッコや註のスタイルなど、最低限の統一をはかったが、分野横断的な内容であることから、それぞれの研究領域に応じた論文作法を尊重した。

序章

西洋の魔術とその歴史

田中 千恵子

魔術はこれまで、さまざまな西洋の文学のなかにあらわされてきた。ゲーテの『ファウスト』もその一つである。作中、ファウストは哲学や法学、医学、神学をきわめたにもかかわらず、何も知ることができなかったと嘆く。そして、世界の根源と神秘を理解するために魔法に没頭したと告白する。「いったいこの世界を奥の奥で統《す》べているものは何か、それが知りたい、そこではたらいているあらゆる力、あらゆる種子、それが観《み》たい」(1)と彼がいうとき、その〈知〉は「グノーシス」という意味での知識であり、エソテリックな希求であるとアントワーヌ・フェーヴルは指摘する。(2)ゲーテよりも二世紀早く、クリストファー・マーロウは同じ伝説的人物ファウストを題材にして、『フォースタス博士』を書いた。フォースタス博士もまた、アリストテレスの論理学やガレノスの医学、法学や神学を捨てて、魔術に頼り、知識と権力を渇望する。フォースタス博士はいう、

　　　　　　　　　神学よ、さらばだ！
　　魔術師たちがあやつる超自然の術を説く
　　この魔法の書こそ至上のものではなかろうか。
　　さまざまな直線、円弧、文字、記号、
　　そう、これこそフォースタスが望んでやまぬものだ。
　　ああ、なんと広大無辺の利益と快楽が、
　　さらには権力が、名誉が、全能の力が、
　　この術を学ぶものに約束されていることか！
　　……
　　魔術をよくするものはなかば神だ。(3)

歴史学者M・D・ベイリーが述べるように、ファウストの人間像は、ヨーロッパの歴史上、何世紀にもわたって、魔術

というものがいかに重要なテーマであったかを示している。魔術は万人が受け入れる営みを逸脱した周縁的な位置にあるとはいえ、人間がおこなうほかのどんな探究よりも、はるかに大きな知識と権能を約束してきた。魔術は暗くて邪悪であるとみなされることも多く、デモニックといわれる魔術もある。だが、魔術は人びとを魅了し、その好奇心をそそるのである。[4]魔術は知り得ぬもの、未知のものを探究し、人間の願望に応える。魔術は人間の想像力が思い描くかぎりの世界を約束する。マーロウのフォースタス博士が言うように、魔術に「長じるものが支配する領域は／人の心が達しうるその涯にまでおよんでいる」[5]のだ。

一　魔術とは何か

では、魔術（magic）とは何だろう？　魔術はしばしば、黒魔術（black magic）と白魔術（white magic）[6]、高等魔術（high magic）と低俗魔術（low magic）[7]、エリート魔術（elite magic）と一般的な民間魔術（common magic）[8]、（知的な）学問的魔術（learned magic）[9]と素朴な魔術（simple magic）などに分けられる。さらに、儀礼魔術、自然魔術、フレイザーのいう共感魔術、感染魔術などもある。[10]魔術をめぐっては、これまでさまざまな定義が試みられてきた。しかし、魔術の意味するものは時代と地域によって大きく異なり、魔術の実践者の考えや教義によっても違い、また研究分野に応じて定義もさまざまであることから、包括的な定義をするのは非常に困難であると考えられている。たとえば、ベイリーは、「魔術とは、神秘的で霊的な力、あるいは自然のなかに存在する隠れた《オカルト》物理的な性質（つまり、すべての人びとにとってすぐにわからないもの、あるいはすぐに使えないもの）に影響を与える、あるいはコントロールする目的でおこなわれる行為《プラクティス》を指す」と理解すべきであろうが、こうした目的でおこなわれる行為がすべて魔術とみなされるわけではないと指摘する。霊的な力をコントロールしたり、なだめたりする儀礼は宗教とみなすこともできるし、自然の不可視の力の操作は科学の領域へと通じる。[11]魔術と宗教、魔術と科学は緊密に結びついており、それらの境界は曖昧なことが多く、明確に分けることはむずかしいとされている。

考古学者クリス・ゴスデンは『魔術の歴史——氷河期から現代まで』において、人びとは何万年も前から魔術をおこなってきたと述べ、太古のむかしから魔術は人間の生存にとってきわめて重要なものであったと指摘している。[12] Magicの語はギリシア語のマゲイアmageiaに由来し、mageiaはもともとマゴス（magos）によって執りおこなわれる儀式や儀礼を意味した。マゴスは「紀元前一二世紀頃からイラン高原に分布し……ゾロアスター教の祭式儀礼を司った神官団」を意味する。[13] 魔術はギリシア–ローマの文化・宗教のたいへん重要な部分であったが、歴史を経るにしたがって、きわめて複雑な体系となり、科学や哲学の位置づけをもつようにもなった。その主な伝統として、ギリシア、ギリシア–エジプト、ローマ、ユダヤ教、キリスト教の魔術の伝統があげられる。[14] さらに中世前期・後期の魔術、ルネサンス魔術、近代魔術、現代魔術へと連なる。Magicは、一般には「魔術」、「呪術」、「魔法」、「奇術」などと訳される。ウィッチクラフト（witchcraft）は「妖術」と訳されることが多いが、ウィッチ（witch）という語は古英語のwicca（邪術師）とwiccian（魔法をかける）に由来する。元来、ウィッチクラフトの概念は邪術（sorcery）、すなわちウィッチあるいはその依頼者の利益になるように自然を操作することを目的とするさまざまな信仰と実践の集積であった。だが、ウィッチクラフトの語は、世界各地でほとんどの時代に見られる素朴な邪術（sorcery）、中世後期、近代前期のヨーロッパに存在したと伝えられる悪魔的な妖術、そして二〇世紀におけるペイガニズムの復興を指すのに使われてきた。[15]

二　魔術は何をおこなうのか

では、魔術はじっさいにどのような行為を指すのであろうか。時代を通じて、もっとも広くおこなわれているのは「癒し《ヒーリング》の魔術」である。古代メソポタミアの魔術では歯痛を癒す素朴な呪文が発見されている。癒しと切り離せない魔術が「有害な魔術」で、毒や呪いなどの魔術的手段を用いて相手に危害を加えるといわれる魔術である。反対に、「お守り」の魔術がある。「有害な魔術」から守ったり、危害や不運を遠ざけたり、安産や無事を保証する。特に近代以前の農耕社会では作物の豊作や家畜の繁殖が重要で、干ばつや、病気、虫害、嵐などによる被害は致命的であった。こうしたことは自然に発生する以外に、魔術的手段によっても起こる可能性があるとみなされたので、それを回避するための儀式が発達した[16]。

さらに、魔術の重要な実践の一つに「占い」「占術」(divination) がある。占いは未来の予知を含み、多くの社会で宗教的な預言に近いことが多い。古来、占い師は霊的存在(超自然存在や死者の魂)を召喚して、未来を語らせると考えられた。その他の占い——ホロスコープや占星術的な予知は科学・哲学の伝統に根づいてきた。未来の占いのほかに、隠れた情報を明らかにするために用いられる占い(お腹の中の赤ん坊の性別、盗まれた物、泥棒、殺人犯など)もある[17]。

つぎに、特に占いとはみなされないが、高次の知識・知恵や、人間学や宇宙の神秘についての知識を授かるための儀礼がある。中世の魔術書《グリモワール》『アルス・ノトリア』にはソロモンにまつわるさまざまな祈りや魔術的な記号、幾何学的な図形が含まれている。魔術師はそれらを用いて、天使や聖人、キリストに自由七科の聖なる知識を授けてくれるよう頼むことができた[18]。ほかの降神術《テウルギー》的な儀礼(ユダヤ・カバラに結びついた儀礼など)は、霊的高揚あるいは神秘の知恵の獲得を目的とした。また、現代西洋のオカルティストたちはしばしば、自分たちは古代の知恵に依拠し、古代の儀礼を復活させているとみなす一方で、現代心理学にも通じており、魔術師の意識を変容させ拡張するための儀礼を編みだした[19]。

魔術はしばしば、みずからの心の変容以上に、他者の心を変容させたり、コントロールする目的でおこなわれる。儀式や媚薬を用いる愛の魔術、性的不能や不妊をもたらす、あるいはそれらを治す、あるいは妊娠、避妊、堕胎などを促進するエロティック魔術がある。そして、魔術は財産や成功を獲得できるように手助けするためにも存在してきた。古代西洋では、商人や職人は競争相手に勝つために小さな鉛の銘板に呪いの言葉を刻んだ[20]。

そのほか、魔術の主な目的は、奇跡的な離れわざ(特に移動や変容)をやってのけることである。ほうきで飛ぶ魔女、空飛ぶ絨毯、空中浮揚、不可視の飛行機、変身術、相手の姿を変容させる術など。また魔術の派手な性質のゆえ、こうした離れわざは眩惑的《まどわし》だとみなされることが多い。実のところ、イリュージョンを創り出すことそれ自体が魔術の重要な目的の一つで、邪悪あるいは有害な魔術ともなりうる。一方、現代のステージ・マジックに近い悪意のない魔術《トリック》もある[21]。

三　魔術の歴史

古代の魔術

古代については、メソポタミアの魔術、エジプト魔術、ギリシア・ローマの魔術がよく知られ、ヘロドトス、ソフォクレス、プラトン、キケロ、ウェルギリウス、大プリニウス、アプレイウスなど、数多くの歴史家、哲学者、詩人、文学者が魔術について著述をあらわしている。神話の神々――エジプトのイシス、キルケ、メディア、ディアナ、ヘカテなどは魔術と深い関係があるとされる。また知識や技能を授ける神は魔術と結びつき、エジプトのトート神は魔術の保護者であると考えられていた。二、三世紀にアレクサンドリアでしるされたといわれるおびただしい数の占星術・魔術の著作はエジプトのヘルメス・トリスメギストスに帰せられ、あるいはヘルメスの教えに結びつけられることになった。『ヘルメス文書』はその後、一五・一六世紀のルネサンス期の魔術の歴史にきわめて重要な影響を与えた。ルネサンス期においては『ヘルメス文書』が再発見されて、古代の知恵の源泉であるとみなされたのである。[22]

古代ギリシア・ローマにおいて、ヘカテとのつながりは魔術を意味した。テオクリトスの『エイデュリア』第二歌「まじないをする女、シマイタ」ではヘカテを召喚する呪文が出てくる。また、ルカヌス『内乱――パルサリア』の魔女エリクトの描写には、暗く危険な魔術が表現されている。[23]

少なくとも紀元前五世紀から、古代ギリシア人は「マゴス」という言葉に多少なりとも、さまざまな不快なニュアンスを与えた。魔術は外国由来の（foreign）見慣れぬ、秘密めいたものであり、危険であるとみなされることが多かった。社会にとって有益な土着の宗教儀礼とは異なり、個人が個人的な目的でおこなったり、疑わしい素性の専門家が金目当てでおこなう行為だとみなされた。法的・倫理的処罰のみならず、知的な非難を受けることもあった。プラトンは魔術儀礼や魔術師の多くを低く評価し、大プリニウスは魔術を信用しなかった。しかし、古代の人びとは儀礼や呪文、自然界の力や霊的な力を信じていたので、これらの効力を否定しようとはしなかった。天文学を占星術と区別することがむずかしいように、医術を魔術的なヒーリングと区別する根拠はほとんどなかった。多くの魔術の実践に懐疑的な知識人がいる一方で、新プラトン主義者のように、みずからの哲学体系に現代なら魔術的概念と呼びうる概念を吹きこんだ知識人もいた。新プラトン主義は同時代において重要な理論であっただけでなく、一五・一六世紀のルネサンス期の高度に知的な学問的魔術の基礎を築いた(24)。

キリスト教の台頭と中世初期

キリスト教が興《おこ》ると、キリスト教は西洋の魔術の歴史に計り知れない影響を与えた。近代以前は魔術と宗教が分かちがたく結びついていたので、キリスト教の信仰と実践は少なくとも一八世紀まで魔術のすべての面に浸透した。古代の人びとが魔術的な儀式や実践を分類するのに用いた基準は、土着のものか外国由来ものか、適切におこなわれるか不適切におこなわれるのか、行為が行き過ぎていないかどうか、そして何よりも公的に認可された神官がおこなうのか個人が利得がらみでおこなうのかといった基準で、本質を問うものではなかった。だがキリスト教は、魔術的・宗教的儀式や実践がよびさます「力」そのものの性質にもとづいて分類するようになる。つまり、神の力によるのかデモニックな力によるのかを基準としたのである。キリスト教の神に向けておこなわれる儀礼は合法で適切だが、デモニックな力を呼び出す実践は非難され、糾弾された。非キリスト教の儀礼はデモニックな力を呼び出すとして非難され、ほとんどの魔術的行為は邪悪なデーモンと結びつけられた。神の力に依拠する宗教的な祈りや崇拝は「奇蹟」を生みだすが、魔術的な実践は単なる「驚異」に終わるだけだとみなされた。キリスト紀元の初期から魔術は危険視されたが、五世紀初めにキリスト教の魔術にかんするイデオロギーが形成される上で、アウグスティヌスの著作が重要な影響をおよぼした(25)。

四世紀末から始まったゲルマン民族の大移動にともない、ゲルマン人の宗教的あるいは魔術的な実践・信仰は古代ローマ文化とキリスト教文化に融合することになった。その過程で、キリスト教の魔術概念は変化し、キリスト教が北ヨーロッパへと拡大するにつれ、発展していった。ゲルマン世界における魔術や魔術師の記述は、呪文や魔法、あるいは魔術儀礼をおこなう神々の物語に始まると考えられる。一三世紀に書かれた『エッダ』は北欧神話の主な源泉だが、古い時代の素材にもとづく。北欧の魔術は、北欧伝説サガ、ルーン文字の刻印などに見いだすことができる。また、古代ローマの支配下のブリタニア周辺やアイルランドではケルトの異教が根づよく、魔術的と呼びうる多くの実践がケルト文化で主要な位置を占めていた。ケルトのドルイドは守護的で善なる儀礼をおこない、占いや占星術の技能をもっていたと考えられる。こうしたゲルマンやケルトの異教、魔術の信仰と実践はキリスト教化されたヨーロッパにおいて、おもに民話や民話的知恵などの形で生き残った。古代ギリシア・ローマ、キリスト教、ゲルマンの思想が混淆して中世の魔術と迷信の概念の基盤をつくっているといわれる。[26]

中世盛期・後期

一〇〇〇年頃、中世の社会が経済的・社会的発展を遂げるにしたがって、政治的・文化的発展がうながされた。社会は複雑になり、政治や法体系も組織化され、教会の付属学校や大学が生まれ、知的生活も発展した。とりわけ新しく花開いた知的・法的発展は魔術に対する見方、その定義、糾弾の仕方に大きな影響を与えることになった。魔術や迷信に対する聖職者による非難は続いていたが、魔術のはたらき（星やデーモン／ダイモンの力の性質、自然の力の性質など）についての哲学的・神学的考察がより入念に徹底的におこなわれるようになる。魔術の法的な禁止が続くなか、特に異端審問の登場で審問の記録や理論書が増え、魔術に対する法的考察が発展した。知識人は少なくともある特定の魔術の領域を、馬鹿げた迷信ではなく、学問的専門分野として見はじめた。この時期から正真の魔術文献が残されてゆく――錬金術、占星術、星辰魔術についての論考などであるが、デモニックな魔術的召喚を描く降霊術《ネクロマンシー》の文献もある。この時期の終わり頃にはデモニックな、まさに悪魔的なウィッチクラフトが発達し、それにまつわる文献や初期の魔女裁判の記録も残っている。この時期には魔術実践はヨーロッパ文化における重要な要素であり、特に専門化された学問的魔術は明らかに重要な発展を遂げた。[27]

民間魔術

中世のヨーロッパ社会では、魔術に関する関心が各地で広がった。中世社会のほぼすべての階級の人びとによってある程度まで実践されていた「民間魔術」の目的は、癒し《ヒーリング》／治療、傷病の予防、家畜や作物の豊穣、占い、危害を与えることなどで、愛の魔術、対抗魔術などもあった。その方法はまず、呪文（spell, charm）、まじない（incantation）などを用いておこなわれることが多い。近代以前には、儀式の決まり文句は力をもつと考えられ、「祈り」「祝福」「懇願」は特に効力があるとみなされた。言葉ではなく、木の葉や、植物の根、ハーブ、石や宝石など事物が用いられることも多い。ある特定の事物は魔よけ（amulet）として用いられた。聖遺物を模倣した蝋の魔よけや魔術の儀式に聖餅《せいへい》などの神聖な事物が用いられることもあった。事物に決まり文句を刻印したり、人形や像を作ることもあった。また夢や自然現象に未来を予見したり、日の吉凶を占ったり、手相占い、サイコロ振りやくじ、聖書占いなどもおこなわれた。魔術にいそしむ一般人に対して、技術や知識、才能、経験の豊かなエキスパートも存在し、そうしたエキスパートのなかで老女が民衆の想像力の中でウィッチクラフトに結びついた可能性もある。中世盛期・後期には魔術や迷信は権力者によってますます危険視されるようになった。その主な理由は、素朴な人びとの馬鹿げたあやまちとして片づけられない魔術がいろいろ登場したからである。学識ある人びと、聖職者自身が、同時代の最良の哲学にもとづいた学問的魔術の体系を研究し、発展させはじめた。だがそれはキリスト教の或る基本的側面に対して危険なまでに反体制的なものだったのである(28)。

学問的魔術

一二世紀に「学問的魔術」が起こった要因は、まず第一に教会や修道院の付属学校が増加し、大学が発足したことで、教育機関が増えたこと。第二にアリストテレスなど、古典古代の学問への関心が急速に高まったことがあげられる。さらに、一二世紀ルネサンスと呼ばれるこの時期には、古代の文献の発見と再生、そうした文献および註釈書をギリシア語、ヘブライ語、アラビア語からラテン語に翻訳するための言語の習得、書物を流通させるための施設の設立などが盛んにおこなわれた。古代の地中海世界に対する関心が高まったことで生まれた「学問的魔術」は、高度な学習によって培われる語学力と数学の知識を必要とする魔術で（当時の書物での集め方から）六つのグループに分類される。すなわち、自然魔術、図像魔術、星辰魔術、占い、錬金術、儀礼魔術である。これらの魔術は古代ギリシア・ローマの再発見された文献のみならず、もっと時代の新しいイスラムやユダヤの学者によって書かれた註釈書や論文にも基礎づけられていた。また、一二・一三世紀にはアラビアの魔術や占いの著作が西洋に流入し、それらは魔術のさまざまな実践だけでなく、理論的背景をもたらした。自然魔術にかんする文献の一つに『秘密の書』があり、これは（少なくとも一部分は）アルベルトゥス・マグヌスによって書かれたといわれており、ハーブや鉱物、宝石、動物のもつ明白な力や隠れた力《オカルト》について体系的に詳述している。また『ピカトリクス』は図像魔術・星辰魔術のよく知られた魔術書である。占いは土占い、気象占い、火占い、水占い、鏡占い、水晶占いほか、観相学、手相占いなどがある。錬金術は隠秘学の一つとみなされ、魔術に含められないことが多いが、ベイリーによれば、錬金術は占星術・星辰魔術とも結びついており、その魔術性について強調している。儀礼魔術は特定の仕事のために複雑な儀礼をつうじて（善・悪両方の）霊的存在を呼びだす魔術である。[29]

学問的魔術の魔術師は宮廷で活動することも多く、中世盛期・後期においては政治指導者は占星術師を宮廷に置いて予測や助言を求めたり、王や貴族が錬金術師を雇ったりした。占星術師や錬金術師は時に余興や気晴らしを提供することもあったようだ。ほかの魔術師たちは現代のステージ・マジシャンのように素朴なトリックやイリュージョンのパフォーマンスをおこなうこともあった。[30] 中世ロマンスにおいては、宮廷にまつわる魔術や、さまざまな魔法のモチーフが描かれている。[31]

デモニックな魔術

キリスト教思想家はアウグスティヌスの時代以前から魔術実践をデーモンの秘密の召喚と結びつけたが、初期の教会は異教の儀式や異教実践の名残りをデモニックな儀式と合体させてデーモンの召喚に関連づけていた。そうした魔術をおこなうのは無知な民衆であるとみなされていたが、一一・一二・一三世紀には、それとは違った種類のデモニックな魔術に対する関心が権威ある聖職者のあいだで高まった。このデモニックな魔術（demonic magic）はデーモンを（しばしば名指しで）呼びだす召喚をともなう魔術で、おまけに教養のある人びと（ふつうは聖職者）によっておこなわれた。彼らは邪悪で禁じられているとわかっている魔術を慎重におこなった。この魔術はそれを描写し非難する文献のなかでは「ネクロマンシー」（*necromantia*）と呼ばれた。ネクロマンシーという語は厳密にいうと、死者の霊を呼びだしておこなう占いを指し、古代ギリシア・ローマ人、古代ヘブライ人にもよく知られ、聖書にも記述があるが（「サムエル記」二八）、この種の占いは初期キリスト教会によって非難されていた。ネクロマンシーの概念はキリスト教の教義とは相いれないものであったので、ネクロマンサーが呼びだした死者の幽霊は実はデーモンであると仮定され、「ネクロマンシー」はデーモンの召喚をあらわす用語として使われるようになった。しかし、ネクロマンシーは星辰魔術と祓魔《エクソシズム》の融合した魔術であるといわれ、明らかに学問的魔術であり、複雑な儀礼・儀式をふくみ、しばしば教会の典礼を模倣し、その魔術の知識は魔術書や手引書に書かれていると考えられていた。そのため、実践者はラテン語の読み書きができる少数の教養あるエリート階級の人間で、事実上、ほとんどが低位の聖職者であった。中世盛期・後期において、ネクロマンシーのおかげでキリスト教会の魔術に対する関心が高まるとともに、非難が増大したが、魔術の非難はすべての種類の魔術や迷信にまで広がっていった。(32)

魔術の糾弾

中世盛期・後期には、学問的魔術の出現により、教会は魔術に対して脅威を感じはじめ、デモノロジーの体系化やデモニック魔術ネクロマンシーの勃興などによって、教会は魔術のデモニックな性質に関心を寄せ、さまざまな種類の魔術を糾弾するようになった。魔術に対する比較的穏やかな態度が変化しはじめたのは一二・一三世紀頃で、ひとつの要因は異端に関する関心の高まり、異端審問の形成にある。教会は魔術と異端を結びつけた。一四世紀頃から教会の魔術への関心はさらに高まり、邪術の告発や裁判も増えた。一四世紀はヨーロッパの危機の時代で、飢饉や黒死病、教皇のバビロン捕囚、教会の分裂など、不安定な情勢が続いたが、こうしたなか魔術への関心が増大し、悪魔の力の脅威が高まり、異端やユダヤ人に対する恐怖症《パラノイア》が強まった。そして、こうした事象以前に高まっていた魔術に対する不安は、悪魔的なウィッチクラフトという概念に極まった。歴史を通じて、魔術は常に倫理的・法的に非難されてきたが、司法による魔術の非難は中世盛期・後期において激しさを増し、魔術の糾弾の歴史は悪魔的で陰謀的なウィッチクラフトという新しいカテゴリーの出現で最高潮に達した。民衆も教会もウィッチを脅威であるとみなし、一五世紀には魔女裁判が始まり、一六・一七世紀の魔女狩りの時代へと至る。ウィッチクラフトは中世後期の概念と関心から生まれたが、初期近代の文化の重要な要素を形成している。だが、魔女裁判と過酷な魔女狩りは、ヨーロッパの魔術史、魔術の信仰の歴史という広い文脈のなかに位置づける必要があるといわれる(33)。

ルネサンス魔術

ベイリーによれば、ルネサンス魔術というのは、ルネサンス期におこなわれた魔術全般を指すのではなく、高度に知的なエリート魔術を一般に指す。博学なルネサンス魔術の思想家は一二・一三・一四世紀の学問的魔術の伝統の多くの面に依拠し、継承しながらも、魔術の力に対して中世の占星術師、錬金術師、ネクロマンサーとは異なった探究とアプローチをおこなうと考えていた。ルネサンス魔術の思想家は古代の権威に信を置き、古代の思想体系を十全に理解・評価することに重きを置いた。新しく発見された資料から魔術儀礼や実践にかんする知識を得るだけでなく、いにしえの失われた魔術文化を復活させようと考えた。そうした古代の魔術は力を約束するだけではなく、宇宙と宇宙における人間の位置についての理解を深めてくれるとされた。印刷技術の発達と読み書きの能力の向上のおかげで、論文が広く流布するにつれて、少数の思想家の魔術思想が広まって、魔術の一般的な概念が形成されるようになった。ルネサンス魔術の思想家として、ベイリーは、マルシリオ・フィチーノ、ピーコ・デッラ・ミランドラ、コルネリウス・アグリッパ、ジローラモ・カルダーノ、ジョン・ディー、ジョルダーノ・ブルーノ、トンマーゾ・カンパネッラらをあげている。ヘルメス思想、新プラトン主義、カバラ思想などの影響を受けたルネサンス魔術は一七世紀以降新科学や機械論的自然哲学にしだいに置き換わってゆくが、魔術史のみならず、ヨーロッパ史において重要な位置づけをもつ。[34]

魔術と宗教改革・科学革命・啓蒙主義

一六・一七世紀、宗教改革は民間の知恵や文化に根づいていた民間魔術に大きな影響を与え、特にプロテスタント勢力の強い国々では厳しい魔女狩りがおこなわれる傾向があった。さらにプロテスタントは一般に教会の儀礼の有効性を否定し、教会の儀礼にもとづく通常の呪文やまじない、あるいは癒しなど善なる目的のものであっても、それをおこなう者はデーモンと結託しているとみなそうとした。しかしながら、宗教改革によって、それまでの魔術の伝統に絶対的な断絶がもたらされたわけではない。マックス・ヴェーバーが主張したようにプロテスタント宗教改革がただちに「世界の脱魔術化」や近代の理性的なヨーロッパ文化の誕生を表すわけではなく、魔術の伝統は変化し、適応しながら、ヨーロッパがこうむった宗教的・社会的動乱に直面してさえも、そのほとんどが生き残った。[35]

初期の近代科学は魔術的思考、魔術信仰に対立すると同時に、協同しながら発展した。一六世紀、科学革命の重要な発展は、魔術思想や隠秘学の思想体系から大きな影響を受け、一七世紀には魔術思想と科学思想は重なり合い、互いに影響を与え合ったといわれている。自然界を理解するうえで、純粋の機械論哲学も隠秘学の思想体系も中世のスコラ学的アリストテレス主義に反発しながら発展した点で共通していた。だが、科学革命は結局のところ、ヨーロッパの魔術が依拠する基本原理とはいちじるしく異なった思想体系と宇宙概念を創り出した点において、魔術思想とは異なっていた。[36]魔術的自然観・宇宙観はしだいに新科学に置き換わってゆく。一方で、一七世紀初めには、薔薇十字文書が刊行され、普遍的な改革運動をめざす薔薇十字団があらわれた。薔薇十字主義には、グノーシスやカバラ、ヘルメス主義、錬金術、魔術、神智学など、西洋における「影の潮流」が流れこんでいるとみなされている。[37]

そして、一八世紀の啓蒙主義の時代には魔術の実践と信仰はヨーロッパ文化のなかで（少なくとも知識人・支配階級の内で）その位置づけを大きく変えることになる。機械論哲学、デカルトの合理主義、ベーコンの経験論により、魔術の馬鹿げた信仰は人間の進歩を阻害する迷信の一つであるとみなされ、現代西洋の思考を特徴づける「脱魔術化」を（完全ではないにしろ）引き起こした。ヴェーバーの「世界の脱魔術化（「呪術からの世界の解放」）」（呪術的救済システムからの解放）の概念は洗練され、異論が出され、再解釈されながらも、現代西洋の概念にとって重要な概念でありつづける。[38]

一八世紀以降の魔術

啓蒙主義はヨーロッパ文化における魔術の位置を大きく変えたが、魔術の歴史は一八世紀においても終わるわけではなく、ヨーロッパの大多数の人びとは魔術の信仰と実践にみちた世界に生き続けた。さまざまな社会集団の民俗誌学研究や民話研究などが生まれ、魔術の実践や迷信についても調査が実施された。また、一九世紀の初めには新しい形態の魔術や隠秘学実践が（啓蒙主義にただちに影響を受けた）中流・上流階級のなかにあらわれはじめた。そうした新しい魔術体系は（実際に、あるいは少なくとも言葉の上では）古い伝統にもとづきながらも、同時に啓蒙主義とそれが培った近現代文化への応答・反発であり、近現代の合理主義とその限界の批判であった。[39]また、一九世紀のロマン主義運動は啓蒙主義や唯物論的宇宙論、産業化による疎外などに反発して、有機的自然観、エソテリックな宇宙観、想像力の重視、古代・中世への回帰、魔術の再発見と創造を志向し、表現した。

一九世紀から二〇世紀にかけても、多くの人びとは呪文やまじない、縁起や予兆、ハーブや民間療法に頼り、占い師、伝統的なヒーラー、カニング・フォーク、ウィッチ・ドクターらは実践をつづけた。一九世紀にはこうした職業は専門化し、魔術の文献が増大した。現代でも生き残っている民間魔術は近年、歴史家の注目を大いに集めているが、地方で伝統的なカニング・フォークやヒーラーがよく見られるとすれば、都市部では占星術師や占い師があふれ、二一世紀初めの大都市における占星術師、手相見、タロット・カード・リーダーの存在は都市部における魔術的・隠秘学的実践のようすを示している。[40]

一八世紀啓蒙主義のさなかにあっても、ヨーロッパの知識人の間で魔術や隠秘学に対する興味が完全に消えたわけではない。動物磁気を提唱したフランツ・アントン・メスマーは自説の科学的・医学的性質を強調したが、彼の理論は科学的に実証されることはなかった。彼の磁気概念はパラケルススやヘルモントの影響を受けたといわれ、彼の動物磁気は魔術・錬金術に近い位置づけを与えられることになり、同時代の魔術思想に大きな影響を与えた。(41) フランスでは、一七八〇年代半ば頃まではメスメリズムの実践が盛んになり、メスメリストはメスメリズムをエソテリックな霊的実践や魔術実践と結びつけた。リヨンのメスマー協会は錬金術やヘルメス主義的魔術、カバラ主義と関係があり、他にもオカルティストのグループが増大した。リヨンで、ルイ＝クロード・ド・サン＝マルタンはマルチネス・ド・パスカリの教えにもとづいて「マルチニスト」セクトを創始、マルチネスの信奉者ジャン＝バチスト・ヴィレルモーズとサン＝マルタンはエリファス・レヴィの魔術思想に重要な影響を与えた。(42) またこの時代には、ジュゼッペ・バルサモ（別名カリオストロ）やサン＝ジェルマン伯爵がサロンや巷で活躍した。(43)

一九世紀半ばに起こった心霊主義《スピリチュアリズム》とその熱狂は、啓蒙時代の合理主義の限界や唯物論的宇宙観に対する人びとの不満、宗教の衰退に要因があるとされている。そんななか、おおむねルネサンス期の学問的魔術の体系にもとづいた高度に知的な儀礼魔術が発展しはじめた。最も重要な人物はエリファス・レヴィで、彼はその著作で、ヘルメス主義・カバラ主義・錬金術の伝統を統合した。彼は独自の儀礼と象徴体系をつくりだし、「アストラル光」理論を発展させた。レヴィの著作は影響力が大きく、一九世紀後半から二〇世紀にかけて他の儀礼魔術師たちは彼の象徴や思想に依拠し、パリはオカルティズムの重要な拠点となった。レヴィはイギリスのエドワード・ブルワー＝リットンと深い親交があり、ブルワー＝リットンの魔術思想に影響を受けたといわれる。一九世紀の魔術の発展を見るうえで忘れてはならないのは魔術的・隠秘学《オカルト》的結社の登場である。フリーメイソンは魔術や隠秘学の研究をおこなう団体ではないが、その複雑な儀礼はしばしば、神秘主義的、錬金術的、ヘルメス主義的あるいはカバラ的イメジャリとシンボリズムにもとづき、その儀礼と組織は他の結社のモデルとなった。ヘンリー・スティール・オルコットとブラヴァツキー夫人は「神智学協会」を設立し、(44) イギリスでは「英国薔薇十字協会」「黄金の夜明け教団」などが生まれた。ウィリアム・バトラー・イェイツが「黄金の夜明け教団」に加入していたことは有名である。フランスでは、スタニスラス・ド・ガイタとジョゼファン・ペラダンによって「薔薇十字カバラ団」が、パピュスによって「マルティニスト会」が、アメリカではパスカル・ベヴァリー・ランドルフによって「薔薇十字同胞団」が創設された。ガイタやペラダンは文学におけるオカルティズムを代表し、ヴィリエ・ド・リラダンの作品にもオカルティズムが見いだせると指摘されている[45]。

アレイスター・クロウリーは二〇世紀で最も有名で、最も影響力の強い儀礼魔術師で、一九世紀末のオカルト・リバイバルの最高潮と二〇世紀前半におけるその崩壊を象徴している。現代のヨーロッパや北アメリカの儀礼魔術の魔術師たちはレヴィやS・L・マザーズ、クロウリーらの基本儀礼に従うことが多い。一九世紀後半から二〇世紀初め、こうした魔術師は前世紀の学問的魔術のように物質と霊性のあいだの境界領域を探求したが、みずからを魔術師であるとともに科学者・哲学者であるとみなした。彼らは、現代的傾向として、意識の性質を探求した。このような現代の学問的儀礼魔術の実践は人間の心の限界を探査し、アイデンティティとは何かを考え、周囲の世界における自己認識、自己の位置づけを探ることに集中した。こうした関心は、フロイトやユングの心理学の領域と無関係ではない。W・J・ハーネフラーフによれば、ユングは錬金術やグノーシス主義などを深く研究し、エソテリシズムの世界観を心理学の用語であらわし、多大な貢献をなした。また、政治的側面にかんしては、ナチのイデオロギーのオカルト的源泉、魔術象徴やウィッチクラフトの政治的利用がある[46]。

一九世紀末から二〇世紀初めには、人類学者、つぎに社会学者が世界各地の魔術を研究しはじめ、さまざまな理論を提出し、現代の魔術研究の初期の歴史をかざった[47]。

二〇世紀後半（特に一九七〇年代以降）には、いわゆるネオペイガニズム運動がヨーロッパおよび北アメリカで発展し、増加した。現代のウィッチクラフトを代表するウィッカ（Wicca）はネオペイガニズム運動の最も古いもので、イギリスのジェラルド・ガードナーの努力によって始まった。二〇世紀後半には、現代のウィッチクラフトの中心はイギリスから合衆国へ移り、ウィッカはフェミニズム運動の色彩が濃くなり、ウィッチは女性のエンパワーメントの象徴になった[48]。

四　本書の構成と内容

ごく簡単に魔術の実践内容や魔術のカテゴリー、魔術の歴史について見てきた。魔術の歴史は膨大であるため、ここでは特に本書の各論考・エッセイのトピックに関係の深いものを中心にたどった。このように魔術の歴史的変遷を俯瞰することによって、魔術というものが各時代各地域において、さまざまな形であらわれ、発展していった様子がつかめたのではないだろうか。

それと同時に、魔術をインテレクチュアル・ヒストリーのなかに位置づけることの重要性が明らかになったことであろう。ゴスデンは、「魔術を文化史およびインテレクチュアル・ヒストリーの中心にすえることは、ルネサンス期から啓蒙主義時代そして現代にいたるまで支配的となっている合理主義に統べられた西洋の言説に異議を申し立てることである」と主張している。ゴスデンは、魔術は宗教や科学よりも古くから存在し、宗教と科学の誕生をうながしたと述べ、人類の歴史を魔術–宗教–科学の「三重螺旋」の相のもとに俯瞰し、現代的問題としてさまざまな視点から魔術を論じている。[49] また、リーン・ソーンダイクによれば、古代・中世において、魔術という言葉は「有効な術」を指すだけでなく、「観念や教義の集積」も指し、それがあらわすのは一つの「世界観」であった。ソーンダイクはその著書『ヨーロッパのインテレクチュアル・ヒストリーにおける魔術の位置』において、インテレクチュアル・ヒストリーにおける魔術の位置を広い視野で見きわめようと企てるとともに、魔術史、科学史、哲学史、あるいは過去の人びとの精神の探究という営為において、魔術の実践や言説を考察することの必要性を説いている。[50] こうしたことから本書においても、さまざまな領域の〈知〉を横断するインテレクチュアル・ヒストリーの観点から、魔術の系譜とその文学に光があてられるだろう。

また、魔術は古くから、芸術と深い関係をもつ。オーウェン・デイヴィスが「芸術としての魔術」で示したように、不思議な図像、記号、文字、シンボル、魔法のアルファベットなどの描かれたグリモワール、魔術で使用されるタリスマン、アミュレットなどはそれぞれ、魔術の効力をもつとされる魔導書、魔術アイテムであると同時に、一つの芸術として見ることもできる。一方で、「魔術としての芸術」、つまり芸術・文学における魔術的創造がある。[51] 魔術をあつかう小説や詩、絵画、魔術的な音楽、ひいては現代の映画、ゲーム、漫画などは、受け手の想像力を刺激して、意識を変容させ、魔術世界へといざなう魔術的創造、あるいは魔術そのものであるといえるだろう。本書においては、魔術の芸術的側面とともに、文学や芸術の魔術的側面が考察されるだろう。

現代の多くの社会においては「脱魔術化」が叫ばれて久しい。だが近年、そうした近代における「脱魔術化」を再検討するとともに、「再魔術化」を議論する研究動向が高まり、魔術の再評価が論じられている。[52] 周囲に目を向ければ、「再魔術化」現象として、文学・芸術・文化に魔術の表象やイメージがまき散らされ、その概念は社会や経済、文化、思想に影響をおよぼし、一つの世界観としての魔術はグローバルな問題となってきている。だが、魔術の再評価の動向が高まっているにもかかわらず、これまで魔術というものが文学や芸術、文化のなかに、いかに顕れでているか、表現されているかを考察し、その背後に隠された魔術の系譜を探る試みはいまだ十分になされていない。そこで本書では、すでに述べた古代から現代までの魔術の歴史をふまえながら、これまで魔術がいかに西洋の文学や思想、文化にあらわれてきたかを考察し、その裏にひそむ魔術の系譜を浮かびあがらせることを目的とする。理念や実践としての魔術が、どのように理解され、用いられ、表現されているかを、時代・社会・思想・文化的背景を視野に入れながら、領域横断的な視点から明らかにし、時代・地域を超えて滔々と流れる〈知の歴史〉を探究する試みである。

魔術を社会学、人類学、精神分析学、宗教学などの地平で論じたD・L・オキーフはつぎのように述べている。言語という鏡は社会や文化のなかに存在するものを映しだす。そして、われわれは言語の鏡のなかに魔術の姿をはっきり見ることができる。魔術はなによりも人間の「普遍的な概念」であるからだ。さらに制度としての魔術があり、それらは社会的事実として存在する。魔術という語は人間の行動、発話、思想の或る驚くべき特質をあらわすのにも用いられ、魔術のメタファーは精神分析学や哲学などの理論用語にまで高められてきた。[53] 本書で取り上げる魔術も、言語という鏡に映しだされた魔術、あるいは社会、文化、思想のなかにあらわれた魔術であるといえるだろう。

本書は魔術のテーマを中核として、【第一部】では、古代から中世、ルネサンス期の文学と魔術に焦点があてられ、古典古代およびイタリア・ルネサンス期の文学と思想、中世北欧のルーン魔術、中世ロマンスがあつかわれる。【第二部】では、ロマン主義の〈知〉から近代魔術の〈知〉への道程として、ドイツ・ロマン派、近代魔術の源流としてのフリーメイソン、イギリスの作家E・ブルワー＝リットンがあつかわれる。【第三部】では、近代から現代へとつながる魔術・

文学・思想の系譜として、フランスのオカルティズム思想家エリファス・レヴィ、イギリスの作家・数学者ルイス・キャロル、フランス一九世紀文学、そしてユング心理学があつかわれ、本書は全体として広い地域、時代、多領域を横断する。それぞれの論考・エッセイの概要はつぎのとおりである。おおむね各トピックの時代順に配列され、三部構成になっている。

第一部　古代・中世・ルネサンス期における文学と魔術

【第一章】 根占献一「フィチーノ、プラトン的・偽プラトン的伝統、魔術——ルネサンス・ヘルメティズム研究」は、イタリア・ルネサンスを中心として、古代の新プラトン主義から現代の思想・文学に至るまで、幅広い歴史スケールで、魔術の思想・歴史・文化を考察する。まず、偽プラトン的伝統、ヘルメス主義の問題から説き起こし、ピーコ・デッラ・ミランドラ、レオナルド・ダ・ヴィンチ、ケプラーと魔術との関わりを論じる。つぎに、プロティノスに始まる新プラトン主義に論を進め、アプレイウス、シュネシオス、プルタルコス、ピロストラトスらの魔術的・秘教的作品へと分け入る。さらに、宗教社会学者大塚久雄に大きな影響を及ぼした、ヴェーバー「世界の脱魔術化」概念を検証しながら、現代の研究者D・P・ウォーカー、F・A・イェイツ、アビ・ヴァールブルク、P・ザンベッリらのルネサンス魔術研究について解説し、ヤーコプ・ブルクハルトの古代・ルネサンス観とフィチーノ思想圏の深化を図っている。

【第二章】 小澤実「中世北欧のルーン魔術」は、ルーン文字と魔術の関係を考察する。まず、ゲルマン社会におけるルーン文字の魔術を見るため、ルーン文字の刻まれた七世紀の石碑を取り上げて、その魔術的思考と実践を明らかにする。つぎに、『エッダ詩』所収の「オージンの箴言」「シグルドリーヴァの歌」を読み解きながら、一三世紀のアイスランド世界におけるルーン魔術とそれを支える思考を明らかにする。さらに、『エギルのサガ』『グレティルのサガ』を取り上げ、ヴァイキング時代のアイスランド人の活動を描いたとされる「アイスランド人のサガ」におけるルーン文字を用いた魔術の発現を論じることで、中世におけるルーン魔術の実相を議論するための基礎データを提示する。

【第三章】 横山安由美「中世ロマンスにおける魔術——「思いもよらぬこと」を思う」は、不可思議な事象「メルヴェイユ」、人為的魔術、魔術師メルラン、聖杯をめぐって、中世ロマンスにおける魔術を検証する。『小樽の騎士』『トリスタンとイズー』『魔術師マーリン』『ペルスヴァルまたは聖杯の物語』『聖杯の探索』などを読み解きながら、中世ロマンスにひそむ政治や思想、歴史、宗教、社会、文化などの諸問題と魔術の関わりを精緻に分析し、その構造と本質を明らかにする。

第二部　ロマン主義から近代魔術へ

【第四章】 鈴木潔「ドイツ・ロマン派と魔術──魔術の言語と詩のことば」は、魔術文学が花ひらいたドイツ・ロマン派の文学における魔術の様相を明らかにする。魔術や錬金術、結社などのモチーフを用いて表現したドイツ・ロマン派の作品を考察すると同時に、思想的背景として、アタナシウス・キルヒァー、G・H・シューベルト、サン＝マルタンらの思想を検証し、魔術とロマン派を根底で結ぶことになった薔薇十字的な自然観と言語観の融合、さらに人工言語の問題も考察する。

【第五章】 吉村正和「フリーメイソンから近代魔術へ──「自己宗教」の変容」は、フリーメイソンや神智学協会、黄金の夜明け教団などの結社の儀礼と思想が近代魔術の成立に重要な影響を及ぼしたことを明らかにする。さらに、F・ハルトマンの『魔術論』、W・B・イェイツの「魔術論」、黄金の夜明け教団における魔術思想を検証し、近代魔術においては、魔術が心理学あるいは芸術の領域に移行し、自己宗教としての魔術が確立したことを論じる。

【第六章】 田中千恵子「E・ブルワー＝リットンの魔術とゴシック──『ポンペイ最後の日』と『幽霊屋敷』」は、ブルワー＝リットンの小説『ポンペイ最後の日』『幽霊屋敷』にあらわれた魔術の様相を「心の魔術」をキーワードとして読み解く作品論である。レヴィに大きな影響を与え、魔術史・エソテリシズム史において重要な位置づけをもつブルワー＝リットンが、長年にわたる隠秘学研究を駆使して、魔術、メスメリズム、錬金術の不老不死の術を融合させながら、新しい魔術をつくりだし、近代魔術への道を開いたことを解明する。

第三部　近代から現代へ——文学・魔術・ユング心理学の地平

【エッセイ①】鈴木啓司「認識論から見たエリファス・レヴィのオカルティズム」は認識論の枠組みでレヴィの秘匿の知を分析し、レヴィのオカルティズムの本質を哲学的な観点から明らかにする。プラトン、ニコラウス・クザーヌスの議論を対照させながら、レヴィのオカルティズム思想の認識論的側面を論じるとともに、レヴィにおける「秘儀精通者」の特異で超越的な構造をあらわにする。

【エッセイ②】高山宏「「近代」は魔に始まり魔に終る——たとえばキャロルの数学魔術」は、ルイス・キャロルの数学魔術を取り上げ、数と数学の歴史に合理性を超えた魔術的側面がひそむことを指摘する。一七世紀半ばのロンドン王立協会の設立、コメニウス、薔薇十字団、ニュートン、ライプニッツらの知を検討しながら、「合理」の名のもとに公権化する魔学——魔術と科学の転位の構図をあらわにする。さらに『ロビンソン・クルーソー漂流記』『世界図絵』『アンシクロペディ』をめぐって、マジックの観念史における正統と異端、合理と非合理、表と裏の対立・混淆・変転をあぶりだす。そして重層構造をもつ『シルヴィとブルーノ』の魔術性、キャロルの写真撮影と現像工程における光学魔術、トポロジー奇術を検討しながら、二元論打破の融通無碍のマニエリスム的魔術世界を浮かびあがらせる。松岡正剛追悼。

【第七章】中島廣子「フランス十九世紀文学にみる音楽の魔力」は、フランス十九世紀文学にあらわれた音楽の魔力をテーマとして、ベルリオーズ、ブールジュ、マンデス、ヴィリエ・ド・リラダン、ヴェルヌの作品をめぐって論じる。「科学」と「進歩」が称揚された同時代の文学にあらわれた音楽の魔力の様相を、科学技術をもちいた芸術的魔術装置、ワグナーの音楽の魔術性、人工楽園、世紀末デカダンスなどの枠組みで検証する。

【第八章】渡辺学「ユングと魔術——脱魔術化から再魔術化へ」は、まずユング心理学の基本的概念である集合的無意識、個性化過程、共時性、無意識的絶対知などを解説したうえで、ユングと占星術、錬金術、易経、煉丹との関わりを明らかにする。さらに、ユングにおける魔術・呪術の語りを分析し、そこにあらわれたユングの魔術・呪術観を検証する。そして、プロテスタント教会の脱魔術化とカトリック教会の秘跡の評価を通じて、ユングにとって、脱魔術化や人心の救済の問題が精神分析、心理療法と大きく関わっていることを論じる。

五　おわりに

欧米では近年、魔術研究が盛んにおこなわれ、日本でも魔術（呪術）の包括的研究がおこなわれている。[54]また、英文学研究においても、欧米では魔術を含むエソテリシズムの問題を射程に入れる論文や研究書がとみに増えてきている。[55]文学を考えるうえで魔術やエソテリシズムは重要な問題であるといえるだろう。そんななか本書は、すでに述べた魔術の歴史をふまえて、文学を中心に、文化、思想、社会にあらわれた魔術について分野横断的に解明することをめざした。企画にあたっては、文学、哲学、歴史学、心理学など幅広い領域の専門家に執筆を依頼し、新たな視点からの考察をめざした。日本でもいまだ新しい試みであるといえる本書の企画に果敢に取り組み、執筆してくださった執筆者の方々に深く御礼申し上げます。広い地域と時代、多様な領域を横断する本書においては各論考・エッセイが共振しあい、魔術の系譜がありありと浮かびあがっていると思われる。

「序章」については、各論考・エッセイのトピックを盛り込む意図もあり、特に「魔術の歴史」の節が長文になったが、読者諸氏にとって魔術の全体像がつかめるように、また本書の各論考・エッセイの内容に対する理解が深まるようにと考えて、まとめた。[56]

本書の刊行にあたって、お力添えをくださいました皆様に心より感謝申し上げます。

最後になりましたが、編集・出版でひとかたならぬお世話になりました小鳥遊書房の高梨治氏に謝意を表すとともに、表紙カバーを美しいデザインで飾ってくださった鳴田小夜子氏に厚く御礼申し上げます。

【註】

本章では、magicについては「魔術」の語を用いた。Magicは一般には「魔術」、「呪術」、「魔法」、「奇術」などと訳される。この語は主に宗教民俗学の文脈では「呪術」と訳されることが多く、witchcraftを「妖術」、sorceryを「邪術」とする訳が学界では定着しているが（ローレンス・E・サリヴァン編『エリアーデ・オカルト事典』鶴岡賀雄・島田裕巳・奥山倫明訳［法蔵館、二〇〇二年］v-vi頁参照）、本章ではwitchcraftについては本文で示したような歴史的事情に鑑みて「ウィッチクラフト」とした。

（1）ゲーテ『ファウスト――悲劇第一部』手塚富雄訳（中公文庫、二〇一九年）四三頁。

（2）アントワーヌ・フェーヴル『エゾテリスム思想――西洋隠秘学の系譜』田中義廣訳（白水社、一九九五年）一九頁。

（3）クリストファー・マーロー『フォースタス博士』小田島雄志訳、クリストファー・マーロー『マルタ島のユダヤ人／フォースタス博士』小田島雄志訳（白水社、一九九五年）一五一頁。

（4）Michael D. Bailey, *Magic and Superstition in Europe: A Concise History from Antiquity to the Present* (Rowman, 2007) p. 1. ゲーテ、マーロウについても同書を参照。

（5）マーロー『フォースタス博士』一五一頁。

（6）有害な魔術と有益な魔術。ふつう一人の魔術師は両方の魔術をおこなうと考えられている。このカテゴリーに分けられない魔術もある。

（7）高等魔術は長くて細目にわたる儀礼を含む複雑な魔術で、貴金属や宝石、磨きあげた鏡、精巧に作られた図像など、洗練された（たいがい高価な）小道具が用いられる。低俗魔術は反対に、口頭の短い呪文や比較的限られた儀礼行為のような素朴な儀礼を含み、必要な場合にはありきたりの植物や石、家庭にある事物などを用いる。高等魔術にたずさわる魔術師は、高等魔術は高尚な術あるいは長きにわたる研究を要する学問の一形態として示し、彼らは専門化されたエリートであった。それに比べて低俗魔術の魔術師ははるかに社会階級の低い人びとであったが、高い階級の人びとが低俗魔術をおこなうこともあった［Michael D. Bailey, *Magic: The Basics* [Routledge, 2018] p. 40)。

（8）“The common tradition of medieval magic.” Richard Kieckhefer, *Magic in the Middle Ages* (Cambridge UP, 2000) pp. 56-94.

（9）一二世紀に起こった（知的な）学問的魔術（learned magic）〔「学術派の魔術」とも訳される〕は、自然魔術、図像魔術、星辰魔術、占い、錬金術、儀礼魔術といわれるもののかなりの部分を含む。それは、世界には隠れた自然の力が存在し、そうした力は、マグスあるいはアデプト（達人）といわれる専門家によって開発・操作できるという前提をもつ (David J. Collins, S.J., "Learned Magic," David J. Collins, S.J. ed., *The Cambridge History of Magic and Witchcraft in the West: From Antiquity to the Present* [2015; Cambridge UP, 2018] pp. 333-35)。

（10）Bailey, *Magic*, p. 8.

（11）Bailey, *Magic*, pp. 9-10.（拙訳。以下同）。

（12）Chris Gosden, *Magic: A History: From Alchemy to Witchcraft, from the Ice Age to the Present* (Picador, 2021) p. 1, 34, pp. 38-45. クリス・ゴスデン『魔術の歴史——氷河期から現代まで』松田和也訳（青土社、二〇二二年）九、四七、五二–五八頁。

（13）Owen Davies, *Magic: A Very Short Introduction* (Oxford UP, 2012) p. 2. 青木健「ゾロアスター教神官マゴスの呪術師イメージ——バビロニア文化の影響と呪術師イメージの由来」江川純一・久保田浩編『「呪術」の呪縛』下巻（リトン、二〇一七年）一八一頁。

（14）ハンス・ディーター・ベッツ「古代ギリシア–ローマの魔術（Magic in Greco-Roman Antiquity）」宮嶋俊一訳『エリアーデ・オカルト事典』一八七頁。Hans Dieter Betz, "Magic in Greco-Roman Antiquity," Lawrence E. Sullivan, *Hidden Truths: Magic, Alchemy, and the Occult, Religion, History, and Culture*, Selections from *The Encyclopedia of Religion*, ed. Mircea Eliade (Macmillan, 1989) を参照。

（15）Jeffrey Burton Russell, "Witchcraft," Sullivan, *Hidden Truths*, p. 69. ジェフリー・バートン・ラッセル「妖術（witchcraft）」高橋原訳『エリアーデ・オカルト事典』一三五頁。

（16）Bailey, *Magic*, pp. 33-36.

（17）Bailey, *Magic*, pp. 36-37.

（18）オーウェン・デイビーズ『世界で最も危険な書物——グリモワールの歴史』宇佐和通訳（柏書房、二〇一〇年）三〇–三一頁。Owen Davies, *Grimoires: A History of Magic Books* (Oxford UP, 2009) 参照。

（19）Bailey, *Magic*, pp. 37-38.

（20）Bailey, *Magic*, pp. 38.

（21）Bailey, *Magic*, pp. 39.

（22）Michael D. Bailey, *Magic and Superstition in Europe*, pp. 11-28.「三　魔術の歴史」については主にベイリーの上の研究書に依拠したが、本節註で示した文献の他に以下も参照した。Owen Davies, ed., *The Oxford History of Witchcraft and Magic* (2017; Oxford UP, 2023). ——, *Magic: A Very Short Introduction* (Oxford UP, 2012). ——, *Grimoires*. Bailey, *Magic: The Basics*. Collins, S.J. ed., *The Cambridge History of Magic and Witchcraft*. Gosden, *The History of Magic*. Kieckhefer, *Magic in the Middle Ages*. Wouter J. Hanegraaff, et al., "Magic" I-V, Wouter J. Hanegraaff, ed., *Dictionary of Gnosis & Western Esotericism*, in collaboration with Antoine Faivre, Roelof van den Broek and Jean-Pierre Brach, vol 2 (Brill, 2005) pp. 716-44. Owen Davies, *Art of Grimoire: An Illustrated History of Magic Books and Spells* (Yale UP, 2023).［邦訳］オーウェン・デイヴィス『ビジュアル図鑑　魔導書の歴史』辻元よしふみ・辻元玲子訳（河出書房新社、二〇二四年）。

（23）Bailey, *Magic and Superstition in Europe*, pp. 27-32.

（24）Bailey, *Magic and Superstition in Europe*, pp. 37-38.

（25）Bailey, *Magic and Superstition in Europe*, pp. 43-59.

（26）Bailey, *Magic and Superstition in Europe*, pp. 59-70.

（27）Bailey, *Magic and Superstition in Europe*, pp. 77-79.

（28）Bailey, *Magic and Superstition in Europe*, pp. 79-91.

（29）David J. Collins, S.J., "Learned Magic," pp. 334-49. Bailey, *Magic and Superstition in Europe*, pp. 95-96. Benedek Láng, *Unlocked Books: Manuscripts of Learned Magic in the Medieval Libraries of Central Europe*, The Magic in History Series (The Pennsylvania State UP, 1974) p. 22.

（30）Bailey, *Magic and Superstition in Europe*, pp. 96-97.

（31）Kieckhefer, *Magic in the Middle Ages*, p. 95. 同書によれば、中世以降、もともとネガティブな意味合いをもつ「魔術」の語の意味が変化し、ポジティブな意味合いをもつようになり、特に形容詞の magical, enchanting, charming, fascinating, bewitching などの語は「普通ではないが、魅惑的で、うっとりさせるようなものや体験」をあらわすようになった。その背景を探るためには、中世の宮廷文化における魔術の記述と、そうした文化を描く中世ロマンスにおける魔術の記述を見る必要があると述べられている（p. 95）。

（32）Bailey, *Magic and Superstition in Europe*, pp. 101-106. 中世ヨーロッパにおけるネクロマンシーについては、Kieckhefer, *Magic in the Middle Ages*, p. 165, pp. 151-75. Michael D. Bailey, "Diabolic Magic," *The Cambridge History of Magic and Witchcraft in the West*, pp. 361-71. Láng, *Unlocked Books*, p. 17-43. 中世の demon 概念は二つの異なった伝統（キリスト教のデーモン demon 概念とギリシア・ローマのダイモン daimon 概念）から生まれたため、demonic magic にかんする神学的・科学的議論は混迷した（Láng, pp. 20-21）。

（33）Bailey, *Magic and Superstition in Europe*, pp. 107-43. ベイリーによれば、「Magic と同じく、witchcraft もさまざまな意味の含みをもつ語である」。広義には、単に「邪悪な魔術」あるいは「有害な魔術」を指す傾向がある。また概して、「高等魔術」や「学問的魔術」などの複雑な儀礼体系とは異なる素朴な呪文や呪詛、まじないを用いた「民間魔術」あるいは「低俗魔術」を必然的に含意する。（*Magic and Superstition in Europe*, p.143）。

（34）Bailey, *Magic and Superstition in Europe*, pp. 180-93.

（35）Bailey, *Magic and Superstition in Europe*, pp. 193-200.

（36）Bailey, *Magic and Superstition in Europe*, pp. 179-206. 拙著『「フランケンシュタイン」とヘルメス思想――自然魔術・崇高・ゴシック』（水声社、二〇一五年）二二一―二二頁。

（37）田中義廣「訳者あとがき」ロラン・エディゴフェル『薔薇十字団』田中義廣訳（白水社、一九九一年）一五六頁。フェーヴル『エゾテリスム思想』、フランセス・A・イェイツ『薔薇十字の覚醒』山下知夫訳（工作舎、一九八六年）、Ralph White, ed., *The Rosicrucian Enlightenment Revisited* (Lindisfarne, 1999) 参照。

（38）Bailey, *Magic and Superstition in Europe*, pp. 206-13.「脱魔術化」については、マックス・ヴェーバー『プロテスタンティズムの倫理と資本主義の精神』大塚久雄訳（岩波文庫、一九八九年）一五七頁、一六一頁註。

（39）Bailey, *Magic and Superstition in Europe*, pp. 215-16.

（40）Bailey, *Magic and Superstition in Europe*, pp. 217-18.

（41）Bailey, *Magic and Superstition in Europe*, p. 223. メスマーについては、本書第六章第二節でも述べた。

（42）Bailey, *Magic and Superstition in Europe*, pp. 223-25. ロバート・ダーントン『パリのメスマー――大革命と動物磁気催眠術』稲

生永訳（平凡社、一九八七年）八六―八八頁参照。今野喜和人『啓蒙の世紀の神秘思想――サン＝マルタンとその時代』（東京大学出版会、二〇〇六年）参照。

（43）今野『啓蒙の世紀の神秘思想』一〇頁。フェーヴル『エゾテリスム思想』参照。

（44）Bailey, *Magic and Superstition in Europe*, pp. 225-31. Joscelyn Godwin, *The Theosophical Enlightenment* (SUNY Press, 1994) p. 196.

（45）フェーヴル『エゾテリスム思想』一〇六―一一五頁。

（46）Bailey, *Magic and Superstition in Europe*, pp. 231-38. ユングとエソテリシズムについては、Wouter J. Hanegraaff, *New Age Religion and Western Culture: Esotericism in the Mirror of Secular Thought* (State U of New York P, 1998) pp. 508-13. Sabina Magliocco, "New Age and Neopagan Magic," *The Cambridge History of Magic and Witchcraft*, p. 646. Bailey, Magic, p. 146. フェーヴル『エゾテリスム思想』一四二頁。ハーネフラーフは同書でユングとエラノス学会、エラノス学会とエソテリシズム研究についても論じている。

（47）Bailey, *Magic*, p. 15.

（48）Bailey, *Magic and Superstition in Europe*, pp. 238-47.

（49）Chris Gosden, *Magic: A History*, p. 397, 14, 12, pp. 411-32. ゴスデン『魔術の歴史』参照。インテレクチュアル・ヒストリーについては、Richard Whatmore, *What is Intellectual History?* (Polity, 2016) 他を参照。

（50）Lynn Thorndike, *A History of Magic and Experimental Science: During the First Thirteen Centuries of Our Era* (Macmillan, 1923) p. 4. 同書では、魔術を思想史において論じる重要性が述べられている。Lynn Thorndike, *The Place of Magic in the Intellectual History of Europe* (The Columbia UP, 1905) pp. 35-36. ピエール・アド『イシスのヴェール――自然概念の歴史をめぐるエッセー』小黒和子訳（法政大学出版局、二〇二〇年）では、〈自然〉をめぐる概念史のなかで魔術が論じられている。著者は同書執筆のきっかけはエラノス学会での発表であったと書いているが、エラノス学会のエソテリシズム研究に対する功績は大きい。

（51）Davies, *Art of the Grimoire*, pp. 9-11. デイヴィス『ビジュアル図鑑　魔導書の歴史』参照。

（52）本書のアプローチに関係の深いものとして、以下を挙げておく。Jason Ā. Josephson-Storm, *The Myth of Disenchantment: Magic, Modernity, and the Birth of the Human Sciences* (U of Chicago P, 2017). Christopher Partridge, *The Re-Enchantment of the West: Alternative Spiritualities, Sacralization, Popular Culture, and Occulture*, 2 vols (T&T Clark, 2004-05). その他、社会学の視点から消費

社会の構造を「魔術化」「脱魔術化」概念で分析するジョージ・リッツァ『消費社会の魔術的体系——ディズニーワールドからサイバーモールまで』山本徹夫・坂田恵美訳（明石書店、二〇〇九年）、文化・思想・科学・人類学的視点の Mark A. Schneider, *Culture and Enchantment* (U of Chicago P, 1993)、認識論の視点から近代の知を批判的に解剖し、参加型の知としての魔術的思考の可能性に焦点をあてるモリス・バーマン『デカルトからベイトソンへ——世界の再魔術化』柴田元幸訳（文藝春秋、二〇一九年）など。Cf. Colin Campbell, *The Romantic Ethic and the Spirit of Modern Consumerism* (Blackwell, 1987), Zygmunt Bauman, Postmodern Ethics (Blackwell, 1993).

（53）Daniel Lawrence O'Keefe, *Stolen Lightning: The Social Theory of Magic* (Vintage Books, 1983) p. 1. ダニエル・ローレンス・オキーフ『盗まれた稲妻——呪術の社会学』上下巻、谷林眞理子他訳（法政大学出版局、一九九七年）参照。

（54）クリス・ゴスデン「謝辞」ゴスデン『魔術の歴史』四八三頁。近年の日本における包括的研究書として以下を挙げておく。江川純一・久保田浩編『「呪術」の呪縛』上下巻（リトン、二〇一五—一七年）。

（55）本書第六章第一節でも触れた。エソテリシズムと文学の先行研究については、拙著『「フランケンシュタイン」とヘルメス思想』でも紹介した。また近年、欧米では文学とエソテリシズムとの関係を検証する論文・研究書の刊行が増えている。

（56）「序文」第一節～第三節については原稿段階で、小澤実氏、鈴木潔氏、渡辺学氏に目を通していただき、貴重なコメント・御教示を頂戴した。ここに記して感謝の意を表す。

第一部

古代・中世・ルネサンス期における文学と魔術

第一章

フィチーノ、プラトン的・偽プラトン的伝統、魔術
——ルネサンス・ヘルメティズム研究

根占献一

はじめに

題名に関し、まずは一言しておきたい。ルネサンスのプラトン主義者フィチーノ（Marsilio Ficino. 一四三三〜一四九九）とは本章では名がよく出るひとりなので、読者にはこのまま行論を辿っていただければ、問題はないだろう。「偽（pseudo）プラトン的伝統」というのは、これはわれわれ研究者の観点であって、フィチーノを始め、同時代人たちは使わなかった表現である。全体をプラトン的伝統、プラトン主義（platonism）の歴史と言っても構わないのだが、今日では通常このプラトン主義の系譜に含まれない一大文献が関与するために「偽」を冠した。それは特に副題に明示されている、ヘルメス主義（英語ならヘルメティズム、ヘルメティシズム）を指しており、フィチーノらの本意からは歴然と外れている。(1)

次に、この偽プラトン的伝統が魔術（魔法）を含むがゆえにこの魔術なる用語に関して検討しておきたい点がある。この魔術はわが国ではどのように理解されているだろうか。これが要注意のように思われてならないのである。英語そのままのマジックは手品とされていて、娯楽ともなっている。深刻な話ももちろんある。太宰治の一作品に「葉桜と魔笛」（『若草』昭和一四年［一九三九年］六月号）という物語がある。ここに魔笛と表題され、目を引く。ここでは口笛が魔笛と評されているのだが、西欧音楽愛好家にとっては、魔笛とくれば、もちろんモーツァルトの「魔笛」（*Die Zauberflöte*）が思い起こされよう。この音楽劇の場合、ドイツ語に忠実に「魔術の笛」と訳題されるべきであろう。笛に現実を変える力、いわゆる魔力があるからこの題名を頂いている。他方、太宰作品の場合はそれが明瞭ではない。むしろ現実を夢幻化し、謎めかしている。この「魔」には漢字一字の持つ表意文字の力が働いている。フリーメーソンの音楽劇である「魔笛」を意識して、太宰が魔笛と付けたわけではなく、「魔」という漢字を頭につける用語法なのであろう。モーツァルト作品の邦題もこのような漢字使用国の表意法なのであろう。

本章では魔術なる語を使う場合には、現実を改善または創出する力が込められた意味での「魔法」（Zauber）となる。他方で、この魔術は立場上、場合によっては現実を改悪または改変する場合がありえて、それがしばしば黒魔術と評されてきた。これに対して白魔術を弁護することがルネサンス時代に展開されていく。端的にいえば、白魔術とは自然魔術の謂であり、自然の力を使用する際に言われる。たとえば水車がまわることでエネルギーが発生するケースや農園での接ぎ木による合体成長は自然的である。これに対し、黒魔術では目に見えない存在の実在があり、これを活用することになれば、黒魔術となる。空中で生きるダイモン（デーモン）なる存在があり、人間がおのずからは決してなし得ないことをこれと協力のもと行おうとするものである。場合によっては、それはキリスト教の天使と比較されながら、キリスト教の神を脅かす「神通力」となるわけである。[2]

ダイモンもさることながら、天球があり、惑星に不滅の霊魂と身体があって神々として生きていると信じられており、ルネサンスを経過しない限り、この思想は終焉を迎えることはない。地球を中心に同心円状に広がる各天球、それに各天体、諸惑星が乗る宇宙があった。占星術が存続し続けたのも、このようなコスモス観に基づいていることが前提である。月から下の変動する世界にわれわれ地球はあり、これに対して月は鏡面のように滑らかで、その上方には不動の安定した世界が存在する。大きく二分されたアリストテレス的世界は、しかしプラトン的、偽プラトン的思考から照応関係にあると見られた。

一　照応する時代

（I）『イタリア・ルネサンスの文化』

ルネサンスとこのルネサンスが愛好した偽プラトン的文献が広く出回った時代とはいかなる文化社会の時だったのだろうか。日本のヨーロッパ研究では中世なる概念が、天体や星々が生命体でなくなってしまう近代という概念とともに大手を揮い、特に前者の中世という非常に雑駁な時代概念のなかに何もかも含ませてしまおうという傾向がある。そのような観点に立つ研究者にはルネサンスはある意味どうでも良く、不必要な概念となっている。

プラトン的、偽プラトン的伝統が文献批判的に意識され始めた一九世紀にルネサンス概念は明示されだした。それから次世紀の二〇世紀が過ぎて二一世紀となり、早四半世紀に迫ろうとしている。ここでは、ルネサンスにせめて一四世紀頃から一六世紀末くらいの外延的時間幅をいただきたいと、なにもかも自分たちの時代に含めたがる中世信奉者にお願いするのみなのだが、二一世紀の現代研究者から見れば、その二、三百年間の時代はどんどん彼方へ離れていくだけである。一九世紀以前にルネサンス以降の歴史家が見た風景とは異なる外景が現われつつあるのであろう。他方、中世の時間帯はいつになっても大きく動くことはなく、西ヨーロッパではラテン的中世のキリスト教社会が意識され、ほぼ一千年間を独占し、短いルネサンスは肩身の狭い思いをしている。だが、この時代が遠くなるのは自然であるとしても、ルネサンス研究者からはその時代が消失することはない。

一九世紀の明示的歴史家とはだれか。ヤーコプ・ブルクハルト（Jacob Burckhardt. 一八一八〜一八九七）を措いてない。一八六〇年に刊行された『イタリア・ルネサンスの文化』（*Die Kultur der Renaissance in Italien*）の著者であり、今日でも読まれ続けている名著である。邦訳も戦前からあった。そのなかでブルクハルトは時代の一次文献を駆使して一五世紀のイタリアの人文主義文化をくっきりと描写してみせている。また彼の人物評価は巧みになされ、味わい深いものがある。たとえば、反占星術論の大作を著わすとともに魔術を擁護したピーコ・デッラ・ミランドラ（一四六三〜一四九四）については、その代表的作品「人間の尊厳」（dignitas hominis）への言及が見出される。そしてその人間尊厳論はピーコ個人に留まらず、時代全体を具現する論述と見なされるほどの地位を与えられている。ブルクハルトは尊厳論の核心をなす言い回しがヘルメス主義に由来することに頓着していないが、ピーコの短編は現在でも大いなる問を投げかける魔術的な大作である。(3)

ルネサンスの人物は普遍人（uomo universale）、スーパーマンと評され、その万能ぶりが讃えられる。ブルクハルトはそのようにレオナルド・ダ・ヴィンチ（一四五二〜一五一九）を描き、さらにレオナルド以上にレオン・バッティスタ・アルベルティ（一四〇四〜一四七二）を絶賛している。両人をめぐる解釈はブルクハルト以降に新たな進展を見せ、彼らの時代的境位はさらに明瞭になりつつある。ここでは本章の課題に従い、ある面には触れておきたい。それはピーコの同時代人レオナルドには見られる「白魔術」実践、実験の性格である。そしてこれはたぶんに部外者からは魔術師的と見られる可能性を引き出していた。メディチ家からの初の教皇となったジョヴァンニこと、レオ一〇世はその文化人としての魅力から全欧的に注目され、一六世紀ローマに時代を代表する知識人を集合させていた。来伊できない遠方の者は誕生して日が浅い活版印刷術が産み出す書物の献呈を好んで行った。

ローマにやはり来ていたレオナルドはジョヴァンニの弟ジュリアーノのもとにいたのだが、神秘的で謎めいたレオナルドには魔術師の噂が立ち始めていた。天文研究と天文観察に必要な器具の製作などがその原因となっていた。鏡面の働きやレンズ磨きなどがいかに時代人たちを蠱惑したかは、ガリレオ・ガリレイやヨハネス・ケプラーらの仕事ぶりがこれを伝えているところである。

鏡については幾らか述べておきたいことがある。地球のグローバル化が急速に進むルネサンス時代、天正遣欧使節一行のひとり、原マルチノが南欧からもたらした鏡は「魔鏡」と伝わる。私はこの鏡が原一族で大事にされてきた経緯を仄聞したことがある。鏡は比喩的にも非常に好まれた製品である。水面で姿かたちを写しているわけでなく、人工品であり、また光の本質が古来議論されてきた伝統下では、光線を取り込み、反射するがゆえに独特の魅力、魔力を有していたのである。(4)

原マルチノと同時代人だった天文学者ケプラーには興味深い史実が幾つもある。そのひとつは実母が魔女裁判にかけられ、息子のケプラーが苦労する逸話がケプラー『夢』(*Somnium*)に出てくる。また夢を主題にした作品は、後述するシュネシオス『夢について』のラテン語訳が現われ、影響の大きい作品となるが、ケプラーは自作のなかで月旅行を語っていてユニークである。コペルニクス以来の太陽中心説と自らの発見に基づく楕円軌道を取りながらも、彼はピーコの反占星術論に真っ向から反駁して、天球と大地の関連性を強調し、確認した占星術師であった。ガリレオはアリストテレス的な宇宙二区分思考に疑義を呈し、月の影響を過小評価したのだが、この時代にあっても天文学と占星術の区別は明確でなく、大学の科目としても両用されている。天候予想も暦制作に欠かせず、ケプラーはこの道のスペシャリストだった。時代の天気予報士は、今日と違い当たり外れが大きかったわけであるが、農事上などの要請があり、社会的に不可欠な職務だった。ケプラーはこれを生業のひとつにしていたのであった。加えて、将来の運命を左右する生誕時の星の配置、惑星等に基づくホロスコープはルネサンスに勢いを増し、一大流行となった。イエス生誕の「種明かし」にさえ用いられ、人気を博した。(5) 啓蒙主義者ヴォルテールの文化史叙述から影響を受けたブルクハルトから見れば、このような社会流行は乗り越えなくてはならない理性の迷妄、迷信の部類に属していた。

(Ⅱ)『コンスタンティヌス大帝の時代』

ブルクハルトの歴史認識を考えるためにここではもう一冊の書物に注目したい。それは『コンスタンティヌス大帝の時代』(*Die Zeit Constantins des Grossen*) である。一八五三年に刊行された。コンスタンティヌス大帝とはもちろんミラノでキリスト教を公認した四世紀初めの皇帝であり、その名を負うコンスタンティノポリスの首都を建設したことで知られる。コンスタンティノポリスはもちろん現在のイスタンブル(トルコ共和国首都)である。大帝の都は一四五三年に陥落(東ローマ帝国滅亡)し、それが大事件となったことは、史上名高い。この陥落の結果、東ローマのギリシア系学者の亡命が始まり、イタリア・ルネサンスのギリシア熱が高揚したという単純な因果説が今でも囁かれ、教科書に登場する。

都を東遷したコンスタンティヌス大帝ではあるが、西の古都ローマと無縁では全くなかった。現在サン・ジョヴァンニ・イン・ラテラノ教会などがあるラテラン地域、そしてこの地区から遠く離れ、テヴェレ川に架かるミルヴィオ橋での一戦などはローマがキリスト教化される古跡としてあまりにも有名であろう。この間にローマの丘々があり、カンピドリオの丘もそのひとつである。今日では五賢帝の最後マルクス・アウレリウス・アントニヌスとされる騎馬像は長い中世の間、コンスタンティヌス大帝と信じられ続けた。ラテラン地区からこの丘に移遷されたのは、ローマに永住することになるミケランジェロ(一四七五〜一五六四)の時代であった。ミケランジェロのアイデアの数々がこのカンピドリオの丘には見られる。

ブルクハルトにとり、西ヨーロッパのラテン的キリスト教社会到来に欠かせない皇帝が象徴的な意味でもコンスタンティヌス大帝であった。この皇帝が生きていた時代は、グノーシス主義とかヘルメス主義、あるいは中期プラトニズム

(the Middle Platonism) から移行しつつあった新プラトン主義が隆盛する文化状況にあった。『コンスタンティヌス大帝の時代』ではその描写が見られ、注目される。つまりキリスト教と異教が交錯し、錯綜し合う論点沸騰の時代が彼の時代に相当していた。[6] その時代がまたルネサンスを魅惑し、フィチーノはその代表的証人となっているわけである。

思い出しておきたいのだが、エジプト生まれの可能性が高いプロティノスが学園を開いたのはここローマであり、ここで新プラトン主義が誕生したと言われる。彼は三世紀の哲学者だが、新プラトン主義の系譜は大帝の時代にはイアンブリコスがちょうど現われていた。[7] イアンブリコスもまたローマから見れば、東方、オリエント地域、シリアの出身者である。そして今日「神働術」(テウルギア)の大立者と目されている重要人物である。彼らの間にポルフュリオスがいて、師プロティノスの衣鉢がイアンブリコス、さらには新プラトン主義の最後のほうに位置する、五世紀のプロクロスへとその伝統が続くことになる。ポルフュリオスはフェニキア出身、プロクロスはコンスタンティノポリス生まれだが、両親はアナトリアの出身なので、イタリア半島から見れば、やはり完全な東方地域出身者となる。

総合的に彼ら全員の地域を見た場合、ヘレニズム文化の繁栄とローマ帝国の統治を視野に収めていなくてはならないだろう。地域信仰を軽視しなかったローマ帝国の多神教世界観により彼らの哲学が育まれた面があった。聖アウグスティヌスはその『神の国』(八巻~一〇巻)でプラトン主義者たち(プラトニキ)の伝統、プラトンから始まり、プロティノスがさらに発展させた哲学の伝統を高く評価する一方で、ポルフュリオスのダイモン説には激越な批判を加え、これと天使の違いを強調し、イエスが体現したキリスト教の真理を擁護するのである。ただアウグスティヌスは知ることができなかったが、五世紀のプロクロスの新プラトン哲学のエッセンスは、六世紀以降、ディオニュシオス・アレオパギタの名のもとに集約され、カトリックの教会位階論や天使論に活かされていく。これは歴史的発展のパラドックス以外の何ものでもないのではあるまいか。

これらの新プラトン主義者たちはフィチーノによるラテン語訳が印刷、公刊され、ルネサンス以来、特に親しまれ始め、今日でもフィチーノのラテン語訳は意義を失っていない。もちろんフィチーノは彼らの始まりと評すべきプラトンのラテン語訳や注釈書をもおおやけにしたのである。実は、新プラトン主義の遠き元祖プラトンにしてもイタリアとの縁は薄くなかった。アテナイ出身のプラトンは南イタリアでピュタゴラス主義者に学び、さらにシチリア島にわたって研鑽を積み、シラクサで哲学の政治的実践を行った。このあとで、アテナイ郊外のアカデメイアに学園を開くことになる。紀元前三八〇年頃のことであり、これがプラトン・アカデミーの始まりとなる。その後もプラトンとシラクサとのきずなは強かった。紀元後五二九年に東ローマ帝国のユスティニアヌス帝が閉鎖するまで続く学校となった。

古代の学校は哲学諸派の学園であり、アリストテレスのペリパテーティコス派も、ストア派、エピクロス派なども独自に創設された学校を伝統的に存続させていたが、中期プラトニズムから新プラトニズムにかけての時代はストア派からの影響がプラトン主義に強く現われ、またプラトン主義者たちがアリストテレス哲学を解釈し活用するということが行われて、アリストテレスの流派自体は影を潜めていた時代であった。哲学史的に言えば、新プラトン主義の著述がアリストテレス作として中世に読まれることが起こり、ある意味、アリストテレスの名でプラトン的、新プラトン的思想が混入してくる。それが明瞭となり、区別化がなされるためにはルネサンスを待たなければならなかった。他方で、大学成立とその講義に深く関わるアリストテレスの大系がラテン世界に導入され、学術上の新展開、大発展が起こったのが、中世盛期に当たる時代であった。

ブルクハルトの両著述が主に扱う、四世紀と一五世紀の間がこの史家が考える中世の時間であり、この時代観は西ヨーロッパに限れば、今日でもその妥当性を失っていないのではあるまいか。先に中世主義者の「一千年」と記したが、時間的単位は大して違っていない。ただ何を以って転換期と見、いかなる始点となったかは研究者の史観によろう。コンスタンティヌス大帝の時代と称される世紀は哲学上の特徴とともに、政治上の神権的絡みからも宗教上の一神教性強化の面でも分節点となりうる。そして後世が過去のシンボリックな時にいかに親近感を抱いて接したのかという「ルネサンス」的反応が注目されるのである。

「ルネサンス」的反応を例示してみよう。名の挙がらなかった帝政時代の重要なプラトン主義者に、二世紀のアプレイウス（北アフリカ出身）と四世紀後半から五世紀にかけてのキリスト教徒でもあったシュネシオス（同じく北アフリカ出身）がいる。彼らもまたルネサンス時代に非常に好まれるようになり、世界（宇宙）が天と地の照応関係にあったように、彼らの時代がフィチーノらの時代と照応関係にあったことを如実に示している。シュネシオスは『夢について』が重要であり、身体が休んでいるあいだの霊魂の認知や予知の能力が示されている。この作品はフィチーノのラテン語訳でよく読まれるようになり、影響が広がった。アプレイウスは、変容を遂げる正に魔術を地で行く物語であり、秘教に導かれるイニシエーションとしての『黄金の驢馬』、深い学識を示す『プラトンとその教説』、『ソクラテスの神について』などで知られる。特に『黄金の驢馬』はルネサンス時代に愛読され、模倣作品などが生まれた(8)。

その他、本章のルネサンス的主題からいけば、作品としてはプルタルコスの『モラリア』やピロストラトスの『テュアナのアポロニオス伝』を挙げておきたい。前者には『イシスとオシリスについて』が含まれている。それは、ヘルメス主義同様、エジプト熱をかき立てずにはおかなかった長編作品である。プルタルコスはギリシア本土のカイロネイアの出身で帝政初期に生き、多種多様な叙述を残してルネサンスの哲学者や文人に強力な影響を及ぼしている。アナトリア出身であるテュアナのアポロニオスはプラトン主義の源泉となるピュタゴラス主義の影響を受ける一方、行った奇蹟によりナザレのイエスに紛う、彼の同時代人であった。魔法使いの代表格となるアポロニオスを伝えたピロストラトスのほうは生没年不詳だが、レムノス島の出身と目され、アテナイで学び、ローマで活動した。プロティノスやオリゲネスの師とされるアレクサンドリアのアンモニオス・サッカスと同時代人と見なしてよいのではなかろうか(9)。

二　魔術と脱魔術の近代

本章冒頭でモーツァルトの「魔笛」に言及し、この「魔」の意味をすでに考えている。日本語（漢字）の醸し出す趣でなく、原語ドイツ語の奏でる具体性で魔笛の魔は了解しやすくなった。作曲家の名だけを挙げるのは芳しくなく、この台本を書いたエマヌエル・シカネーダーの名も出し、その作劇にも注目すべきであろう。台本にはまた幾つかの資料ソースがあり、特に古代のエジプトやペルシアを連想させる点は見逃せない。またアプレイウスの傑作『黄金の驢馬』も浮かんでくる。「偽プラトン的伝統」にはこれらの地域の文化もまた関わっているからであり、この作品、「魔笛」は

広義にはその伝統のなかに位置付けることも可能であろうし、「秘教オペラ」ともなるであろう。(10)

ここではもうひとつのドイツ語作品を取り上げたい。それはトマス・マンの『魔の山』(*Der Zauberberg*)である。もう二〇世紀に入った現代小説である。最初の世界大戦(一九一四〜一八)を挟んで構想、執筆され、戦後に公刊された。日本語題名だけで知った高校生の時にはこの『魔の山』の魔は漢字の秘力により、何か不可思議な暗く奥深い山の印象を与えずにはおかなかった。なかなか読むには手ごわく、成功しなかった。大学生となり、この魔がやはり魔術、魔法の意と分かり、通読に向かわせた。山号ならぬ「魔法山」なのである。ただこの大作での魔術(Zauber)の効用はなかなか読み解きがたく、ここでの魔法というのはモーツァルト作品「魔笛」のフランス語題名 la flûte enchantée のアンシャンテ、呪いをかける、呪縛するような意味に近いのではなかろうかと思われる。

そのような山中のサナトリウムに青年たちだけでなく、ルネサンスから育ってきたようなイタリア系の人文主義者《ヒューマニスト》や、急進的なユダヤ系のイエズス会士が登場する。イエズス会はルネサンス時代に誕生した「新」修道会であった。周知のように近世日本との縁は深く、「鎖国」後も蓄積された日本情報はドイツ語圏イエズス会系学校で行われる演劇に役立った。先の『魔笛』に、演出上、日本的品物が現れても不思議な話ではない。二〇世紀初めに上智大学の開学に際してはドイツ系のイエズス会士が主導を握っているのであり、しかも触れたばかりの文学作品と以下述べることとなる学術論文が現われた時代と時を隔てていない。

魔術(Zauber)を注視するためにマンの時代の思想家を検討したい。彼の青壮年時代、社会学者のマックス・ヴェーバーが活躍していた。経済、宗教、政治、芸術(音楽)のそれぞれの分野で合理化を鍵言葉として考察を行った、歴史社会学の学者である。ヴェーバーとマンの没年にかなりの開きがあり、マンを含む知識人を巻き込むこととなる、戦後のヴァイマル共和国の運命を知らずにヴェーバーは五〇代半ばで一九二〇年に死去する。マンのほうはさらに二度目の世界大戦を経て一九五五年に亡くなっている。これに対して、ヴェーバーの生年が一八六四年、マンが一八七五年であるから、両者はある期間まで同時代人と呼んで構わないのではあるまいか。作家と学者に何か接点があったのか、共有できる体験が存在しなかったのか、それは目下私には副次的な関心事に過ぎない。

要諦は、同時代のドイツ語圏でその魔法、魔術の持つ語感、ニュアンスをできるだけ正確につかむことである。マンのほうではそれは作品名に現われ、豊かな内容を持つ筋立てで全貌が示される。ヴェーバーのほうはこの小論を教導するうえで非常に大事な観点を持ち、それが対比的な語句として現われる。「世界の脱魔術化」(Die Entzauberung der Welt)[11]という極めて印象深い言い回しがそれである。超越神一神のみに寄せる、装飾無用、色彩不要で堅持される信仰が示唆される。価値観多様な世界が蠢き、犇めく高山たる魔の山は眼下にしか存在しないような、別の、近代的伝統がこの字句に込められていると察知されよう。

世界から魔術、呪術を取り去るという具体的な行為を含んでいる。特にこれは宗教上の救済に関してそれが不要であることが強調されるのである。聖礼典、ミサも呪術的行為であり、それが救いになりえないことをルネサンス時代に起こったピューリタン改革に見るのである。それはカトリック教会が長く用いてきた救済の究極手段であった。ヴェーバーの字句を解釈すると、偽プラトン的伝統に関与した、魔術のエジプトや占星術のバビロン(カルデア)と差があまりなかった古代イスラエルの倫理内容がここに飛躍的に異なる方向を目指すのは、まさにこの呪術装置の拒否によるのである、と。ヴェーバーはこの点を『プロテスタンティズムの倫理と資本主義の精神』(*Die Protestantische Ethik und der Geist des Kapitalismus*)で明確に述べている。これは彼の確信的判断であり、その主張はこの論文だけに留まっていない。魔術からの解放は彼の宗教社会学全体の基礎概念となっている。精緻な論文が公刊されたのは『魔の山』よりかなり早く二〇世紀初頭となる。

「世界の脱魔術化」概念に私がさらに瞠目するに至ったのは、ダニエル・P・ウォーカー(Daniel P. Walker)の研究書に出会ってからである。それは『フィチーノからカンパネッラに至るスピリトゥス魔術とダイモン魔術』(*Spiritual and Demonic Magic from Ficino to Campanella*, Kraus Reprint, 1969. 初版は The Warburg Institute, University of London, 1958)であり、このなかで教会が典礼において独自の魔術を持ち、教会以外の魔術を認知する余地はなかったとした。再説すれば、ローマ・カトリック教会で行われる聖餐儀礼とそこで起こる化体は魔術の産物となる。この時代の魔術文献に通暁した研究者としてその見解は重いだろう。

ウォーカーのこの表現を看取し、注目したのは科学史家ロバート・S・ウェストマン（Robert S. Westman）であった。それは科学革命とヘルメス主義との関係が問われた時の一論文「魔術改革と天文学改革――イェイツ理論再考」（Magical Reform and Astronomical Reform. The Yates Thesis Reconsidered in *Hermeticism and the Scientific Revolution*, Papers read at a Clark Library Seminar, March 9, 1974 by Robert S. Westman and J. E. McGuire, William Andrews Clark Memorial Library, University of California, Los Angeles, 1977）においてであった。イェイツ理論に関してはこのあとで触れてみよう。

ウォーカーにはこの他、『スピリトゥス魔術とダイモン魔術』を挟むかたちで、『地獄の衰退――一七世紀における永遠の責苦議論』（*The Decline of Hell. Seventeenth-Century Discussions of Eternal Torment*, University of Chicago Press, 1964）、『不浄なスピリトゥス――一六世紀末および一七世紀初期英仏における憑依と悪魔祓い』（*Unclean Spirits. Possession and Exorcism in France and England in the Late Sixteenth and Early Seventeenth Centuries*, Scolar Press, 1981）がある。表題と長い副題が多くを語ってくれていて、説明は不要であろう。ヴェーバーが「世界の脱魔術化」の名の下、合理的な信仰形態の萌芽を力説した時期に異教の神々も再興し、スピリトゥスやダイモンが空中に浮遊し、場合によっては豪遊し始めたのである。このことはウォーバーグ（ヴァールブルク）研究所でウォーカーの同僚であったフランシス・A・イェイツが数多くの出版物を公刊して示してみせた。魔術に関する両者の論述法は異なるものの、学界に大きな寄与を行った。

研究所の元祖アビ・ヴァールブルク（一八六六～一九二九）もまたヴェーバーと時代を同じくし、近代社会の合理化過程の進捗に関心があり、世界の脱魔術化ならぬ「非（あるいは脱）ダイモン化」（Entdämonisierung）されていく社会を想定した。[12]だが、ウォーカーやイェイツの研究が示したように、ダイモンもまたヴェーバーのいう「被造物神格化の拒否」に遭わなかったのである。異教の象徴物の再発見を伴う神々の再生は、その寓意的解釈の盛行をもたらした。ヴァールブルク派のイコノロジー（図像解釈学）の根元はここに見出せるであろう。[13]

イェイツ理論は英語圏では当然としても、イタリアと日本で特に歓迎された観がある。イェイツは論文を除くと著書はほぼ邦訳されているのではあるまいか。研究所所員として彼女が書き続けたものだけに留まらず、初期作品も翻訳が現われた点で日本はイタリアを凌ぐかもしれない。歴史叙述の巧みさはウォーカーに見られない彼女の特徴であり、知的な一般読者の心をもつかむのに成功した。彼女には無限宇宙と太陽中心説のジョルダーノ・ブルーノに主たる関心が本来的にあり、この点ではイタリアの先行する研究や同時代の研究者たちの仕事から彼女が得たものは大きかった。イタリアの研究者たちもイェイツへの貢献に自足している点があるのだが、それは主著と目される『ジョルダーノ・ブルーノとヘルメス伝統』(*Giordano Bruno and the Hermetic Tradition*, Routledge and Kegan Paul, University of Chicago Press) に結実する。

その刊行年を見てみよう。本書はまず一九六四年に初版 (Routledge and Kegan Paul Ltd) がロンドンで、ついで一九七一年にシカゴ (University of Chicago Press) で再版された。再版はこの年だけではなくその後も行われ、読者数が多くに上ったことを示している。のみならず新書版ほどのサイズ版 (The First Vintage Books Edition, Random House, New York) が一九六九年に出ている。私が初めて読んだのはこの版であり、あとでリプリント版ハードカヴァが入手できた。

丁寧な歴史叙述がなされているだけに研究駆け出しの者には、ヘルメス・トリスメギストスが何者であるかを知ることができたし、それまではよく分からなかったフィチーノの「古代神学」(prisca theologia) 概念もこの書から興味深く教わった。[14] 当時、半可通の研究者のなかにはこれで「錬金術」の発展が手に取るようにわかると宣わり、個人的には苦笑せざるを得なかった。世にあまた部数が現われたからと言って、正確に読まれているわけではないのである。ここで言われるヘルメス的伝統のヘルメスという名から錬金術と早合点したのであり、フィチーノは錬金術に秀でている大家と喧伝された。[15]

ヘルメス・トリスメギストスに帰せられる『ヘルメス文書』(*corpus hermeticum*) からはイェイツ理論に無理があり、太陽中心説へ決して向かわせないという、コペルニクスに端を発する科学革命を踏まえた発言も科学史家からなされ始めた。先に挙げた一点はそのひとつである。邦語文献では高橋憲一の業績が注目されるであろう。この問題に関しては私も少し考えるところがあり、文を草したことがある。[16]『ヘルメス文書』をルネサンスにおいて初めてラテン語訳したのはフィチーノであったが、この文書の作者とされたヘルメスの名がそれまでに全く知られていなかったわけではなく、その名声はコジモ・デ・メディチのごとき人文主義者でない者にも届いていた。コジモはプラトンの前にこのヘルメスを訳すようにフィチーノに頼んだほどである。そして俗語訳のほうも遅れを取らなかった。

本節の終わりに、『ヘルメス文書』翻訳とイェイツの主著翻訳に言及しておこう。前者の翻訳は当時名を馳せていた雑誌で連載されていたが、一緒に纏まったのは雑誌発行と同じ朝日出版社から、荒井献と柴田有の連名で出た『ヘルメス文書』（一九八〇年）を以って嚆矢とする。画期的な翻訳となり、詳細な注はまさに学術書の名に恥じない。柴田にはまた『グノーシスと古代宇宙論』（勁草書房、二〇一一年第一版八刷）があり、初版刊行の一九八二年から変わらずに刷を重ねてきた労作である。これの「第一章「ポイマンドレース」とその情況」はルネサンス研究者には特に重要である。なぜならフィチーノは『ヘルメス文書』全訳にあたり、文書全体の題名をポイマンドレースとしたからでもある。

後者、すなわち『ジョルダーノ・ブルーノとヘルメス伝統』は最初この柴田訳で出る予定があり、確かに『ヘルメス文書』解説には朝倉書店から近刊予定と出ている。われわれ関係者の間では話題になり、固唾を飲んで見守っていたが、結局出なかった。それから三十年の時間が経過して、二〇一〇年に工作舎から『ジョルダーノ・ブルーノとヘルメス教の伝統』（前野佳彦訳）と題して刊行された。装丁は見事であり、意欲が示され、力が込められている。ヘルメス教とは何なのかと思わないでもないが、「幻の代表作 待望の邦訳」と謳われている。昔日を知る者にはその通りであろう。さらに謳い文句を引用すれば、「『ヘルメス文書』に始まり、ブルーノが導く魔術的世界観の隠された系譜」とある。[17]

三　ザンベッリとモレスキーニ――ヘルメティズム研究の現況

ヴェーバーの端的な字句「世界の脱魔術化」が近代欧米社会を構成する人々全般に妥当したわけでないことは確かであろう。明治日本が出会った西欧社会が隅々まで、Entzauberung や Entdämonisierung が完遂した社会となっていたわけではなかった。明治以降、この国にキリスト者が生まれた。彼らのなかには「世界の脱魔術化」概念に魅了される者も現われた。近代的価値観となったからである。非キリスト教世界の日本社会を究明する概念としてこれが機能できるかは怪しいはずだが、西欧の価値観は西欧の解明への手掛かりに留まらず、翻れば日本社会の陋習に気づかせることとなった。[18] 民衆思考とはその程度、レベルであると容認され、諦念に至ったのだろうか、それともまだ迷信からさめやらぬ前近代的事例として得々と語られたのであろうか。

研究者たちの理念的、定立的指針に較べると、ルネサンス時代の哲学者や文学者には魔術に対し曖昧な点が覆い難くあったように思われる。占星術は魔術と表裏一体の関係にあった。ルネサンスはこの占星術を是認する空気がまちがいなく濃かった。ピーコのようにこれに断固、反対した者はいたし、フィチーノも将来を決定する判断占星術には異を唱えた。だが、占星術を形成する宇宙観、とりわけマクロコスモスたる上空世界がミクロコスモスたる人間と照応関係にあることは大方信じられた。キリスト教の立場から将来的に個人の選択の自由意志を縛ることには反対した。また単純にヒト即ミクロコスモスと決めつけられない事情もあった。あくまでも優れて理性的霊魂がヒトらしい活動を保証しているのであった。

研究の始まりからルネサンス魔術を精緻に行ってきた研究者にパオラ・ザンベッリがいる。エウジェニオ・ガレンの高弟として知られる哲学史家である。イタリア人研究者として時代の魔術圏を半島地域に限定することなく、アルプス以北地域にも目配りして、いかに魔術思考が南北を緊密に結びつけていたかを細密に描くところに彼女の学術上の特徴がある。世に現われた活版印刷書籍に留まらず、手写本に対する調査も貪欲である。彼女が関心を抱いた北方の人物たちは、ヨハンネス・トリテミウスであり、ネッテスハイムのコルネリウス・アグリッパであろう。ザンベッリはまた中世哲学の素養が深く、スコラ哲学者を引用することも多い。[19] アルベルトゥス・マグヌスはそのひとりである。重視されるべきはイェイツのような歴史叙述でなく、事の分析・解明である。ウォーカーのように単調な因果線でなく、複雑多岐にわたる事の進捗・阻害である。敬意を払いつつ、英語圏のウォーカーやイェイツとは研究上の一線を画していると言えよう。

そのようなザンベッリの研究から見えてくることは、占星術と天文学間に分かちがたい類縁性があったように、一般的に言われてきた白魔術と黒魔術の、ウォーカーの分析で使い分けが行われるスピリトゥス魔術とダイモン魔術の境界が必ずしも一定、明瞭でなかったことがある。黒白の魔術についてはすでに簡単に述べたところである。スピリトゥスの場合、古代の、特にストア哲学に始まり、さらにキリスト教神学に取り入れられて久しく、また医術的にも使用され、その働きがさまざまに言われるにしても、スピリトゥスの存在を疑う人はいなかった。フィチーノもスピリトゥスを多用しており、この一概念だけでも学位請求論文の大作が執筆されているほどである。[20] ウォーカーはフィチーノの魔術とはこのスピリトゥスを用いたものと判断した。フィチーノ自身もその認識である。

他方で、ダイモンのほうはこれまた不可視領域に入るのだが、スピリトゥスに自然哲学的な質料性があるのに対して、ダイモンには擬人的存在感があって不滅であり、厄介であった。フィチーノの魔術にも時にこれに根拠があると、その『生命（生活）論』（*De vita*）の一部が例示に挙がることがある。[21] この『生命論』は実に博学的博物学の見本であるような書物であり、珍しい植物も列挙され、その効能が説かれている。フィチーノは親の代からの医術業だったこともあり、実に丹念に調べ上げている。外来種もある。

これらが高級品であり、富裕な商人層にしか渡らなかったとしても、先に述べたように、社会層を二分して、いわゆる知識人を民衆レベルから切り離したいとは思わない。服用が全社会的レベルに及ぶことは困難だったろうが、効き目の理解度や有効性に関して、フィチーノに庶民の感覚つまり俗信がなかったとは言い難かろう。そこに魔術が忍び込んでくるのも必定となろう。われわれならば、たとえば食後に一日二度朝夕服用と指示されるが、あの時代はやはり占星術により適時を伺ったであろう。鉱物資源もまた服用される。植物同様に考えて構わないだろうが、こちらのほうは益々庶民の生活感覚からはずれ、高価そのものだったろう。ロレンツォ・イル・マニフィコが服用したことで分かる。[22] 天然資源は服用に留まらず、装身具ともなる。これにはまたマクロな世界からの影響を吸収する力があると信じられ、身に着ける際の適時が探られる。

もうひとりのイタリア人研究者クラウディオ・モレスキーニを紹介して、本章がプラトン的、偽プラトン的な伝統であったことを想起しておきたい。モレスキーニはその扱う古典が中世を経て遠くルネサンスにまで影響を及ぼすので、その考察する歴史的時間が途方もなく長大な学者である。最新作は『キリスト教ルネサンス——一五・六世紀イタリアの諸更新と宗教的改革』（*Rinascimento Cristiano. Innovazioni e riforma religiosa nell'Italia del quindicesimo e sedicesimo secolo,*

2017, Roma）である。ここでは本来は古典学者であるはずなのに完全にルネサンス史家となっているが、研究の主たる関心は変わっていない。[23] また、これは英語に直ちに訳されて公刊されてもいるようだが、目下手元になく確認は取れていない。

古いところではアプレイウスが専門と言ってよく、彼と中期プラトン主義を扱った著書がある。[24] 新プラトン主義の前の段階である中期プラトン主義に関しては、モレスキーニから学ぶことができた。なおアプレイウスについては既述した通りである。また古代ではモレスキーニは『ヘルメス文書』とヘルメス主義のラテン文書『アスクレピウス』に通暁している。元来ギリシア語で書かれていた『アスクレピウス』（ギリシア語名『テレイオス・ロゴズ』）には魔術への言及が顕著であり、懼れられもしつつ、魅惑的な作品でもあった。彼はこれら文書の古代から中世を経てルネサンスに至る歴史書の著者でもある。[25] ルネサンスではヘルメス・トリスメギストスを高らしめたフィチーノへの言及を怠ることはないが、モレスキーニは旧来の『ヘルメス文書』に新たに付加し、ヘルメス伝統を豊かにしたルドヴィーコ・ラッザレッリ（一四四七〜一五〇〇）に殊の外、興味を寄せ、ラッザレッリ自身の書き物編纂も行っている。[26]

ラッザレッリについては、モレスキーニ以外の別の研究者たちによっても、近年成果が明らかにされていて注目が集まった。フィチーノ研究の第一人者だったクリステラーには先駆的研究がラッザレッリについてもあり、見直されている。そしてこの点でヘルメス伝統のイェイツ理論に少なからず捨象した面があったのではないかと指摘されている。錬金術の観点からも見落とせないラッザレッリを綴るには紙数が尽きようとしている。別の機会を待とう。

おわりに

現在は電子サイトで容易に情報が得られることもあり、また本書の性格上、古典書籍の註は最小限に留めた。このために本文に現われる重要文献の翻訳書を挙げることはしなかった。特にブルクハルトの『イタリア・ルネサンスの文化』と『コンスタンティヌス大帝の時代』、アウグスティヌス『神の国』、ヴェーバー『プロテスタンティズムの倫理と資本主義の精神』、ケプラー『夢』、マン『魔の山』などの邦訳がこれに該当する。また本章に多くの名が出た古代の哲学者、文学者の古典が京都大学学術出版会から逐次翻訳刊行され続けている。すでに当該する註で一度記している通りであり、逐一註で列挙することはしなかった。翻訳点数は実に厖大な量に上り、古代が如何に豊穣な世界であったかを痛感させられている。

これらの仕事いずれに対しても、なかには故人となった方たちも少なくないが、この場を借りて翻訳者たちの営為に深謝する次第である。

これらの諸書中、ヴェーバー『プロテスタンティズムの倫理と資本主義の精神』は院生時代にドイツ近代史の村岡哲教授のもとで一年かけて原書を読み通した体験を持つ。村岡ゼミではこのほかマイネッケの歴史主義（Historismus）を読み、やはり示唆を受けた。プラトン主義の歴史に関心があった私は、歴史主義概念の成立にこれが影響を与えていると知ったからである。院生時代に初めて大きな学会で発表し、活字化された最初期論文となった[27]。原典講読が即座に影響したのである。ヴェーバーの「世界の脱魔術化」はあの時以来頭から消えたことはなかった。ウォーカーの聖餐解釈も同時期に知り、以後、魔術の本質がここにあると思うようになった。今回漸くこうして活字化できることになった。時間が経ちすぎたため改めて勉強のし直しが必要だったくらいだから、覚束ない結果に終わったかもしれない。

一方は魔術からの解放を言い、他方は魔術の独占が困難となったことを語っている。解放は一握りの人たちだけだった。それでも意義深い認識がここにあると評価したい。カトリック独占に対する疑念は聖餐論争を巻き起こし、様々な見解がルネサンス期に生まれた。それでも聖餐はやはりキリスト教そのものである。魔術の自由度が高まり、魔術師に好んでなる者も現われた。だが批判も少なからずあり、あらぬ嫌疑をかけられ、犠牲者も出た。このため魔術の本義をめぐる議論が本格化して、人権擁護派が名乗りを挙げ、迫害に反対する論陣を張った。ヒトの本性から魔術嗜好が消え去ったとは思わないが、これは「魔女狩り」だ、と声を荒げることが比喩表現となっていることから判断すると、旧社会と違った現代社会となったことを物語っているのではあるまいか。ただし嗜好性がなくなっていない以上、手を替え品を替え、手品もどきは存続し続けることだろう。

【註】

（1）根占献一「フィチーノとヘルメス――ルネサンス・ヘルメティズム研究」『早稲田大学大学院文学研究科紀要』別冊六（一九七九年）二〇七―二一六頁。本号の印刷発行は昭和五五年、一九八〇年三月である。なお拙稿はこれを（一）とも謳っているのだが、この機会に本章はその（二）、続きとなれば、幸いである。

（2）根占献一「フィチーノにおける占星術の問題」『イタリア學會誌』第三一号（一九八二年）一四七―一五六頁。拙論冒頭で「魔術・占星術・錬金術のような秘学や魔女熱狂」と記している。本章では主として魔術に限定することになろうが、それでもそれ以外の、ここに列挙された分野もまた私のなかで意識されていることを付加しておく。なおここで「秘学」としているのはエゾテリスム（エゾテリズモ、エソテリシズム）の訳語となる「秘教」でもよかったのかもしれない。他方で、類似語にオカルト（隠秘）学という表現もあるし、仏教学からの密教を充てる場合もあり、ニュアンスの相違がそれぞれに込められているのであろう。

（3）Brian P. Copenhaver, *Magic and the Dignity of Man: Pico della Mirandola and His Oration in Modern Memory* (The Belknap Press of Harvard University Press, 2019). 本書は大作であり、現代思想との関連性が見逃されていない。Hiroshima という表記があり、本文に名を出す Max Weber も登場する。

（4）示唆的題名を持つ、花田清輝「鏡のなかの言葉　レオナルド」『復興期の精神』（講談社文庫、昭和四九年［一九七四年］）所収。レオナルドの「鏡文字」は有名であるが、彼が左利きで書いたことも忘れてはならないだろう。左利きの人が書く文字が逆さになることは珍しくない。また比喩的意味で「乱反射」しているのは、川崎寿彦『鏡のマニエリスム――ルネッサンス想像力の側面』（研究社、昭和五三年［一九七八年］）であろう。様々な情報が得られよう。

（5）Ornella Pompeo Faracovi, *Gli oroscopi di Cristo* (Venezia: Marsilio, 1999).

（6）読み応えがあった諸書に、E・R・ドッズ『ギリシァ人と非理性』岩田靖夫・水野一訳（みすず書房、一九七二年）、ドッズ『不安の時代における異教とキリスト教』井谷嘉男訳（日本基督教団出版局、一九八一年）、H・チャドウィク『初期キリスト教とギリシア思想』中村坦・井谷嘉男訳（日本基督教団出版局、一九八三年）、A・ラウス『キリスト教神秘思想の源流』

水落健治訳（教文館、一九八八年）。これら翻訳書とちがい、邦語研究書としては未だにこの書の右に出るものはないのではないか。野町啓『初期クリスト教とギリシア哲学』（創文社、昭和四七年［一九七二年］）。ただし研ぎ澄まされた叙述が為されているので、その肉付けが場合によっては必要であろう。なお創文社の版権は講談社に移ったのでオンデマンドで読むことができる。

（7）大帝時代を知るために、エウセビオス『コンスタンティヌスの生涯』秦剛平訳（京都大学学術出版会、二〇〇四年）は欠かせないのだが、以下本章に現われるイアンブリコスら諸人物たちの一次文献が数多く京都大学学術出版会から翻訳されていることを特記しておきたい。

（8）Edoardo Fumagalli, *Matteo Maria Boiardo volgarizzatore dell'«Asino d'oro». Contributo allo studio della fortuna di Apuleio nell'umanesimo* (Padova: Editorice Antenore, 1988). Julia Haig Gaisser, *The Fortunes of Apuleius and the Golden Ass* (Princeton University Press, 2008).

（9）Matthias Dall'Asta, *Philosoph, Magier, Scharlatan und Antichrist. Zur Rezeption von Philostrats Vita Apollonii in der Renaissance* (Heidelberg: Universitätsverlag C. Winter, 2007). ピロストラトス『テュアナのアポロニオス伝』をルネサンス時代にラテン語訳し、拡がるきっかけを作ったのはアラマンノ・リヌッチーニであった。このリヌッチーニについては、根占献一「メディチ体制とアラマンノ・リヌッチーニの批判――彼の『自由をめぐる対話』の意義」『イタリア學會誌』第四三号（一九九三年）一―二七頁。本論文はその後、根占『共和国のプラトン的世界』（創文社、二〇〇五年）に所収された。先述同様、創文社の版権は講談社に移ったのでオンデマンドで読むことができる。

（10）ジャック・シャイエ『魔笛 秘教オペラ』高橋英郎・藤井康生訳（白水社、一九七六年）。「秘教オペラ」の原題は opéra maçonnique であり、秘教の原義が具体的である。Maurizio Cosentino, *Hermes e la loggia. Ermetismo e Massoneria nei secoli xv e xvi* (Pisa e Roma, 2005) には惜しむらくはモーツァルトもシカネーダーも現われないが、彼らの時代にも十分に言及されている。次に、別の翻訳書を取り上げると、原書（一九三二年）としてはシャイエより先に出ている、以下の書も参考になる。パウル・ネットゥル『モーツァルトとフリーメイスン結社』海老沢敏・栗原雪代訳（音楽之友社、一九八一年）。同書では『黄金の驢馬』は『メタモルフォーゼ』とある。さらに魔笛だけの関心に留まらない書に、キャサリン・トムソン『モーツァルトとフリーメーソン』湯川新・田口孝吉訳（法政大学出版局、一九八三年）がある。ルネサンス研究者から見て気になった点は music of humanist style が「人間主義的様式の音楽」となっていることである。モーツァルトの索引参照。

（11）訳語として「呪術の克服」とした研究者もいた。青山秀夫『マックス・ウェーバー――基督教的ヒューマニズムと現代』（岩波新書、昭和四九年［一九七四年］第三四刷）一八〇頁。またヴェーバー自身がMagieという単語を魔術（呪術）に充てる場合がある。ヴェーバー『音楽社会学』訳者代表安藤英治（創文社、昭和四六年［一九七一年］第三刷）九四頁。Zauber とMagie間、魔術と呪術間にはまた相違があろうが、本章では識者の訳語もヴェーバーの両用も事情を詳らかにせずにそのまま受け取ることにした。

（12）ヴァールブルクは伊藤博明の主導でその一大著作集の翻訳（ありな書房）が完了している。また伊藤には見落とせない力作二点があり、しかも本章に関わる『ヘルメスとシビュラのイコノロジー――シエナ大聖堂舗床に見るルネサンス期イタリアのシンクレティズム研究』（ありな書房、一九九二年）、『神々の再生――ルネサンスの神秘思想』（東京書籍、一九九六年）である。後者は表題から「神々の再生」が消えたものの、『ルネサンスの神秘思想』（講談社学術文庫、二〇一二年）で再刊された。本書には典拠、一次文献原書、二次文献翻訳書などが詳細に挙がっているので、詳細はこちらに譲りたい。さらに伊藤博明編『哲学の歴史 4 ルネサンス』（中央公論新社、二〇〇七年）所収（一七九―二一二頁）の根占献一「フィチーノ」を参照のこと。ここでは異教の「神々の再生」がもたらしたルネサンス的解釈と解決がキリスト教史のなかで検討されている。

（13）一例を挙げれば、メルクリウス（マーキュリー）が好例を呈そう。*Mercure à la Renaissance*, par C. Balavoine et al. (Paris: Champion, 1988). 十編余りから成る論文集で、ヘルメス・トリスメギストス論もある。

（14）『カルデア信託』『オルフェウス賛歌』『プロクロス賛歌』など本章で言及できずに終わった文献に関しては、Ilana Klutstein, *Marsilio Ficino et la théologie ancienne. Oracles chaldaïques – Hymnes orphiques – Hymnes de Proclus* (Firenze: Leo S. Olschki, 1987).

（15）これはヘルメス主義（ヘルメティシズム）に錬金術関係文書が欠けているという意味ではもちろんない。錬金術をも含む大論文集に、*Hermetism from Late Antiquity to Humanism. La tradizione ermetica dal mondo tardo-antico all'umanesimo.* Atti del convegno internazionale di studi, Napoli 20-24 novembre 2001, edited by Paolo Lucentini, Ilaria Parri and Vittoria Perrone Compagni (Turnhout: Brepols, 2003). 総頁数七九七。論文数は四〇本に迫る。

（16）高橋憲一訳・解説『コペルニクス・天球回転論』（みすず書房、二〇〇四年第二刷）。初版は一九九三年である。根占献一

「「時」の人フィチーノとコペルニクス——暦・太陽・黄金時代」甚野尚志・益田朋幸編『ヨーロッパ中世の時間意識』（知泉書館、二〇一二年）所収、六七―九一、特に七七―八二頁。これはのちに、根占『ルネサンス文化人の世界』（知泉書館、二〇一九年）に所収された。

（17）なおブルーノのイタリア語著作もこの間、加藤守通の個人訳で進行していて、目下全六巻（東信堂）を数える大仕事となっている。付記。本章校正中に、最終巻『無限・宇宙・諸世界について』が出、全七巻が完結した。

（18）大塚久雄「近代化の人間的基礎」『大塚久雄著作集』第八巻所収（岩波書店、一九七一年第三刷）二二二―二二六頁、では「魔術からの解放」と銘打った節で、民衆レベルの Magie に言及している。この初版は白日書房、一九四八年。なお唐木順三『詩とデカダンス』「唐木順三ライブラリー」Ⅱ所収、二〇一三年、では「魔術からの解放」が少なからず現われ、大塚から影響を受けた可能性がある。この初版は創文社、昭和二七年（一九五三年）。

（19）共著に寄せた論文、またこれらを主に収録した論文集が多いなか、この一冊は特に重要であろう。Paola Zambelli, *L'ambigua natura della magia, Mondadori* (Milano, 1991).

（20）Cynthia Bruner Bryson, *Marsilio Ficino's "Triple Spiritus" towards a Coherent Theory*, Degree Date: University of South Carolina 2003 (UMI Dissertation Services).

（21）種々の版があるなか、ラテン語対訳版を掲げると、Marsilio Ficino, *Three Books on Life*. A Critical Edition and Translation with Introduction and Notes by Carol V. Kaske and John R. Clark (New York, 1989), Marsilio Ficino, *De vita*, a cura di Albano Biondi e Giuliano Pisani (Padova, 1991).

（22）根占献一「フィチーノ、ジョヴァンニ・ピーコと仲間たち」『京都ユダヤ思想』第一四号（二〇二三年）一四五―一六五、特に一五六頁。なおフィチーノがプロティノスのラテン語訳出版に際して、これを献じたのはメディチ家の当主たるロレンツォに対してであった。これについては、根占「フィチーノ」『ルネサンスの教育思想』上巻（東洋館出版社、昭和六〇年［一九八五年］）、特に二〇九―二三五、特に二二一頁。また根占『ロレンツォ・デ・メディチ』（南窓社、二〇二二年、第三版）。

（23）本書には Francesco Giorgio（Zorzi）に関わる論考も含まれている。この人物については Eugenio Garin の後継者だった Cesare Vasoli がしばしば論及していることで知られる。以下の書はそのヴァゾーリも含まれるが、読ませる諸論から成り立ち、本章に有益な論集となっている美装本。*L'ermetismo nell'Antichità e nel Rinascimento*, a cura di Luisa Rotondi Secchi Tarugi (Milano: Nuovi Orizonti, 1998).

（24）Claudio Moreschini, *Apuleio e il platonismo* (Firenze: Leo S. Olschki Editore, 1978).

（25）Claudio Moreschini, *Storia dell'ermetismo cristiano* (Brescia: Morcelliana, 2000).

（26）Claudio Moreschini, *Dall'Asclepius al Crater hermetis. Studi sull'ermetismo latino tardo-antico e rinascimentale* (Pisa: Giardini editori e stampatori, 1985).

（27）根占献一「マルシリオ・フィチーノと歴史――プラトニズムとマイネッケの歴史主義」『西洋史学』第一一二号（一九七八年）三六–五二頁。のちに、根占『共和国のプラトン的世界――イタリア・ルネサンス研究 続』（創文社、二〇〇五年）に所収された。先述同様、創文社の版権は講談社に移ったのでオンデマンドで読むことができる。

追記。ルドヴィーコ・ラッザレッリの詳細に関しては、本章校正以前に現われた、以下の拙稿を参照いただければ、幸いである。「ヨハン・ゴーリッツのコリュキアナ、アンジェロ・コロッチのアカデミー、ルドヴィーコ・ラッザレッリの「蚕の詩」――ルネサンス思想圏と世界」『学習院女子大学紀要』第二六号、二〇二四年、九–二四頁。

第二章

中世北欧のルーン魔術

小澤実

一　ルーン文字と魔術

日本に住む私たちはルーン文字と聞いて何を思い浮かべるだろうか。ルーン文字の刻まれた護符を用いた占い、ヴェルヌ『地底旅行』、トールキン『指輪物語』、そして「ハリー・ポッター」シリーズといったファンタジー文学、『ドラゴンクエスト』や『ファイナルファンタジー』のようなビデオゲーム、擬似西洋中世を舞台にしたアニメの魔法陣など。フィクションの世界においても、その世界で用いられている通常のコミュニケーションの道具とは異なり、魔術（呪術）のような特別な目的で用いられているように見えるのがルーン文字である。(1) そのような現状を反映して、SNSを検索するだけでも、ルーン文字といえば「魔法の文字」という共通認識が溢れている。(2) しかしそれは現実に存在したルーン文字の用途に即した理解なのだろうか。

実のところ、ルーン文字と魔術の関係は、ここ数十年どころかルーン文字の学術的研究がはじまる一六世紀以来、研究者にとって最も大きな関心の一つとなってきた。(3) もともとルーン文字は、二世紀ごろ、ローマン・アルファベットを規範にゲルマン世界においてコミュニケーションを図ることを目的に作成された文字体系であった。(4) その後ルーン文字は、利用範囲が北欧にほぼ限定されながらも、中世後期までローマン・アルファベットと並行して用いられるコミュニケーション手段として機能していた。しかし、ルーン文字が出現した当初のゲルマン社会においては、文字を読み書きできる人も社会のエリート層に限定されていた。他方で、その読み書き能力を備えた層の希少性に起因する特権的かつ呪術的要素は、文字それ自体、文字の並び、文字と数の組み合わせなどで担保されていた。装身具や武器などにルーン文字が刻まれる場合、所有者や作者の名前も含めて、なんらかの呪的効力を持つ呪物として機能することもあった。加えて、「ルーン詩」などで規定されるように二四文字（二世紀から八世紀に利用された古フサルク）もしくは一六文字のルーン文字（八世紀から一二世紀頃に利用された新フサルク）には、それぞれの文字に対応する名前も意味もあったし、(5)『エッダ詩（韻文エッダ）』の「オージンの箴言（高きものの歌）」に見られるようにルーン文字それぞれに独自の解釈をほどこすこともあった。(6) 通常のコミュニケーション媒体として用いられる際にそうした呪的要素が機能することはおそらくなかったが、[7] 状況によってはルーン文字が「魔法の文字」として意味を持ちうることもあった。一六世紀以降のルーン文字解釈において、この体系に魔術的意味を読み込むエソテリックな流れは、まさにこうしたルーン文字の呪的側面に注目し、場合によってはそれを増幅かつ拡大解釈してきた。[8] その結果として、冒頭に述べたような、「魔法の文字」としてのルーン文字が私たちの世界で受容された、と考えることができるかもしれない。

以上のような大まかな流れを反映して、ルーン文字と魔術の関係を論じる研究もおおよそ二世紀から八世紀の事例に集中してきた。この時代のルーン文字は古ゲルマン社会全体で共通して用いられた二四文字の古フサルク（ルーン文字のアルファベットは最初の六文字を取ってフサルクと呼ばれる）である。すでに述べたように、文字利用範囲が限定されていたこともあり、またそれ以降の社会構造やそれに基づく心的構造とは異なるゲルマン社会であったこともあり、独自の研究分野が生み出されている。[9] また、コミュニケーション手段としての色合いが強くなった一六文字の新フサルクの時代においては、ルーンと魔術との関係を論じることは少なくなった。多神教からキリスト教へ移行した中世に関するルーンと魔術の関係を論じる研究はさらに少ない。

しかしながらキリスト教的中世においても、ルーン文字を用いた魔術の記述を私たちはいくつも確認することができる。とりわけ、絶海の孤島として、キリスト教化しながらもゲルマン時代以来の言語と文化を一定程度以上保存してきたアイスランドにおいてである。[10] 北欧の他の地域にも魔術文化が残っていなかったわけではないが、異教文化を多分に残した社会の形成とその社会の諸側面を記録した史料の多様性という点において、アイスランドは特別な位置を占める。より具体的にいえば、第一に『エッダ詩』、第二に物質、第三にサガの記述である。これらの史料に基づき一定程度の研究は蓄積されているが、大陸における古フサルクと魔術との関係ほどには十分ではない。そのような現状を踏まえた上で、本章では、中世アイスランド語テキストにおけるルーン文字の利用法を概観することで、研究の現状とルーン文字と魔術との関係の一端を考察したい。次節では前提としてのゲルマン社会におけるルーンの利用を、第三節では『エッダ詩』に見られるルーンの記述を、第四節では『エギルのサガ』と『グレティルのサガ』という、ヴァイキング時代のアイスランド人の活動を描いたとされる「アイスランド人のサガ（家族のサガ）」で描写されるルーン魔術を検討する。[11]

二　ゲルマン社会におけるルーン文字の魔術

すでに多くの研究が明らかにしているように、古代地中海世界においてもゲルマン世界においても、魔術的思考とその実践である魔術は遍在した。[12] すでに述べたように、二世紀にゲルマン世界に登場したルーン文字は、それを読み書きできる層が限られていたことから、ローマ文化圏と異なり、文字そのものが特別な意味を持ちうる条件が揃っていた。人間にはままならない天候や勝利できるかどうかわからない戦闘に日々直面しているゲルマン人にとって、世界そのものでもある神々とどのように関わってゆくかは極めて重要な問題であった。[13] 世界＝神々と人間である自らを仲介する魔術は、ゲルマン人（のみならず前近代人）にとって、彼ら自身の思考と生を規定する要素でもあった。

ゲルマン時代、ルーン文字は、武器、装身具、日用品などに刻まれた。その多くは、持ち主や制作者の名前であったが、意味を成さないであろう文字列が刻まれていることもあった。それらは、相手に対する呪法や護身などの効用を持たせるために、武器や装身具に刻まれた、と考えることができる。時代が降るにつれて、次第に、短い単語や句のみならず、ルーン文字列が刻まれるようになった。とりわけ石は支持媒体として重視された。五世紀ごろよりルーン文字の刻まれた石碑が北欧各地で建立されるようになった。初期のルーン石碑は、ヴァイキング時代に現れた定型文を持った石碑とは異なり、各地で多様な表現が刻まれた。そのうちの一つ、スウェーデンのブレキンゲ地方にある七世紀に遡る石碑群を確認しておこう。それぞれが関連する複数の石碑の存在は、ヴァイキング時代に突入する以前のこの時代において、それらが建立された地域に大きな権力が生成していたこ

図版 a：ステントフテン石碑
(https://commons.wikimedia.org/wiki/File:Stentoftenstenen.jpg)

図版 b：ビョルケトルプ石群
(https://commons.wikimedia.org/wiki/File:Bj%C3%B6rketorpsstenen_tre.jpg)

とを推測させる。石碑を建立させた一族は在地支配者である。それらの石碑のうち、二つの石碑、すなわちステントフテン石碑（図版 a：石碑番号 DR357）とビョルケトルプ石碑（図版 b：DR360）には、次の文言が記されている。[14]

> 私はここに光り輝くルーン、つまり力（魔術）のルーンを隠した。この記念碑を損なうものには、恐ろしい死のあらんことを。

ステントフテン石碑は本来の建立地からコペンハーゲン国立博物館に移送されているが、ビョルケトルプ石碑は今なお建立された当時の現地で一三〇〇年前の姿を現在に伝えている。この石碑はいずれも四メートルを超える三つの石群から構成されており、そのうち二つの石は何も刻まれていない。しかし他のルーン石碑に比べて例外的に巨大な石群を、そこに刻まれた前述の文言と合わせて考えると、この石碑を建立した在地有力者にとって石碑の立つ空間は宗教的意味を持つ聖所であり、そこに立つ石碑は当時の宗教儀礼と関連する記念碑であったことが推測される。

ルーン文字と魔術という観点でこの文言は二点興味を引く。一点はこの文言が、ゲルマン時代の伝統をひく呪詛の定型文であること、もう一つは「力（魔術）のルーン」（ginnaRunar）という、ルーン自体に魔術効果があることを示していることである。[15] 八世紀に古フサルクから新フサルクに移行したのち、ルーンによる文言は格段に長くなった。それはルーンが、他の文字と同様に、文字通りの意味を伝えるコミュニケーション手段としての機能を高めていくことを意味している。しかしブレキンゲにあるこの二つの石碑に刻まれた文言は、呪詛をつたえる文字列であると同時に、ルーン自体に魔術の効果があることをも示唆している。そう言った意味で、古ゲルマン世界から新しいヴァイキング世界への移行期を象徴している文言と言えるかもしれない。

しかし、ヴァイキング時代に入ってコミュニケーション手段としてのルーンが大勢を占めるようになるとはいえ、ルーンそれ自体に魔術的効果があるという観念が消失したわけではない。北欧におけるキリスト教の導入は、ゲルマン時代の思考や慣習をキリスト教のそれに置き換えることになったが、全てが置き換えられたわけではない。むしろ、ハイカルチャーであるキリスト教の導入が他地域よりも遅く、なおかつ現地勢力が十分にキリスト教を受容したとはいいがいたい北欧においては、ヨーロッパの他の地域よりも異教的慣習は残存した。[16] 文字文化の主たる担い手となった聖職者が躍起となって糊塗しようとした異教時代の要素は、とりわけアイスランドにおいて独自の文化となって発現した。続く二つの章では、『エッダ』とサガという、中世アイスランドを代表する二つの文献の中に見える魔術を確認しよう。

三 『エッダ詩』におけるルーン

『エッダ』には韻文の『エッダ詩（韻文エッダ）』と、スノッリ・ストゥルルソンによって編まれた『スノッリのエッダ（散文エッダ）』がある。いずれも一三世紀にまとめられたが、前者は神話などを扱った三十一の韻文から構成されており、『王室写本』（*Codex Regius*）や『フラート島本』（*Flateyjarbók*）と呼ばれる写本に収められている。[17] そのうち最古とされる「巫女の予言」は、アイスランドにキリスト教が導入される以前の一〇世紀ごろに原型が作られたとされる。いずれにせよ『エッダ詩』は数百年にわたって蓄積された口承神話の集積である。[18] 他方で『スノッリのエッダ』は、「ギュルヴィたぶらかし」「詩語法」「韻律一覧」の三部から構成されており、スノッリが北欧各地で収集した古い伝承を用いて伝統的な詩作法を提示している。[19] このうちルーンと魔術との関係に大きな影響を与えたのは『エッダ詩』である。

『エッダ詩』に収められた「オージンの箴言」には、「ルーンの話」（一三八―一四六連）というルーン文字について書かれた箇所がある。ここで北欧神話の主神オージンが、ユグドラシルの樹に逆さ吊りになっている時に、ルーン文字を読み取る描写がある。[20]

わしは、風の吹きさらす樹に、九夜のあいだ、槍に傷つき、オージン、つまり、わし自身に我が身を犠牲に捧げて、たれもどんな根から生えているか知らぬ樹に吊りさがったことを覚えている。(一三八)

わしはパンも角杯も恵んでもらえず、下をうかがった。わしはルーン文字を読みとり、呻きながら読みとり、それから下へ落ちた。(一三九)

ベストラの父、ベルソルの音に高い息子たちから、わしは九つの魔法の歌を習い、そして、オーズレリルの宝の蜜酒を一飲みした。(一四〇)

すると、わしは大きくなり、賢くなり、成長し、健康になった。ことばが、ことばから言葉をわしに探してくれ、仕事が、仕事から仕事をわしに探してくれた。(一四一)

ルーンをお前は見出すだろう。知恵者が描き、偉大な神々が作り、神々のフロプト(オージンの別称)が彫った占いの棒、すこぶる大きな、すこぶる硬い棒を。(一四二)

オージンはアース神のもとで、ダーインは妖精の前で、ドヴァリンは小人の前で、アースヴィズは巨人たちの前で、わし自身もいくつか彫った。(一四三)

どう彫るか、知っているか。
どう解くか、知っているか。

どう描くか、知っているか。
どう試すか、知っているか。
どう祈るか、知っているか。
どう殺すか、知っているか。
どう供えるか、知っているか。
どう生贄を捧げるか、知っているか。（一四四）

殺しすぎるよりも祈らぬ方が、いつもお返しに贈物をする方がよい。生贄を捧げすぎるよりも供えぬ方がよい。こうして、スンドは、人類のつくられる前にそれを彫ったのだ。彼は戻ったときに、その場に立ち上がった。（一四五）

ここでは、いかにしてルーンが生まれたのかが明確にされている。ルーンは主神オージンと切っても切り離せない存在であることを『エッダ詩』の聞き手は理解することになる。以上に引き続き、十八のルーンに関する記述がなされる。全てを記述するには紙幅が足りないので、最初の三連のみを示しておきたい[21]。

王妃も人の子も知らぬまじないをわしは知っている。第一は救いといって、争いや心配やすべての悩みからお前を救うであろう。（一四六）

医者になろうと思っている人々の子に必要な第二のまじないをわしは知っている。（一四七）

焦眉の折には敵にたいする第三のまじないを知っている。わしは敵の刃をなまくらにしてやる。彼らの剣も棒も傷

つけることはない。（一四八）

ここでは、オージンのみが知っているという、さまざまなタイプのルーン魔法が記述されている。オージンとルーンが不可分と理解している聞き手は、ここで十八のより具体的なルーンの効用を知ることになるだろう。『エッダ詩』には「オージンの箴言」に加えて、ルーンに関する重要な記述をもう一箇所確認することができる。それは「シグルドリーヴァの歌」であり、そこではシグルドリーヴァ（ヴァルキュリアの別称）の言葉を借りて、「オージンの箴言」よりもさらに詳細にルーンの効用が記されている。[22]

戦の樹（勇士）よ、力と名声の混ぜられた麦酒をおもちしましょう。その中には呪文と医療のルーンと効き目の強い魔法と愛のルーンがいっぱい入っているのです。（五）

勝利を望むならば勝利のルーンを知らねばなりません。剣の柄の上に、あるいは血溝の上に、また、剣の峰に彫り、二度チュールの名を唱えなさい。（六）

信じている女に欺かれたくなかったら、麦酒のルーンを知らねばなりません。角杯の上に、手の甲に彫りなさい。爪にナウズのルーンを印しなさい。（七）

角杯を潔め、災いにたいし身をまもり、飲み物の中に韮を投げ入れなさい。そうすれば、あなたの蜜酒に災いがまぜられることは決してないのをわたしは知っている。（八）

妊婦の分娩を助けたければ安産のルーンを知らなければなりません。手の平にそれを彫り、関節を伸ばし、それか

らディース（女性神格の総称）たちの加護を願いなさい。（九）

帆の馬（船）の海路の安全を願うなら浪のルーンを使わなければなりません。舳先と舵の上に彫り、櫂に焼き込まねばなりません。高浪はおさまり、波が黒くもならず、無事に港に着ける。（一〇）

医者になって傷を見ようとするなら枝のルーンを知らなければなりません。樹皮の上に、東にむかって枝を垂れる森の樹の上にそれを彫りなさい。（一一）

誰からも恨みを憎しみで返されたくなければ雄弁のルーンを知らなければなりません。人々が法廷に行く民会でそれを編み、織り、すべて組み立てるのです。（一二）

誰よりも賢くなりたければ知恵のルーンを知らなければなりません。ヘイズドラウプニルの頭から、ホッドロヴニルの角杯から、滴った飲物でフロプトが解釈し、彫りつけ、考えをめぐらしたものです。（一三）

以上の「シグルドリーヴァの歌」の記述からは、「オージンの箴言」に比べても、より具体的にルーン魔術のやり方を説明している。ここでは医療のルーン、愛のルーン、勝利のルーン、麦酒のルーン、韮のルーン、安産のルーン、浪のルーン、枝のルーン、雄弁のルーン、知恵のルーンという具体的なルーン魔術が確認できる。谷口は、これら以外にも、『エッダ詩』の中におけるルーンの記述を挙げている。(23)

以上を検討すると、『エッダ詩』の語り手と聞き手が同様の世界観を共有していたと仮定するならば、一三世紀半ばに『エッダ詩』が編纂された時点で、アイスランドにおいては、第一にルーンはオージンが発見した知識であり、第二にそうしたルーンにはそれぞれなんらかの魔術と結び付けられる特別な意味があり、第三にそうしたルーンを用いた魔術を具体的に機能させる手順があったと信じられる素地のあったことを示している。もちろんこのようなキリスト教的世界観と相反する世界観は、公的には抑圧されていたと考えられるが、知識人も含めてアイスランド人の多くは、オージンに直結するルーン魔術とそれを担保する世界観を理解し共有していたであろうことは推測できる。

四　サガにおけるルーン魔術

前節における『エッダ詩』の検討は、一三世紀のアイスランド世界におけるルーン魔術の認識を我々に伝えてくれた。ここで私たちは、サガと呼ばれる散文作品の検討に移ろう。さまざまな類型の作品があるサガの中で、九世紀から一一世紀の植民時代（ヴァイキング時代に相当する）におけるアイスランド人の活動を描いた作品群は「アイスランド人のサガ（家族のサガ）」と呼ばれている。[24]一三世紀になって文字化された作品であるため、必ずしも植民時代の現実を反映しているとは言えない。しかしこれまでの研究により、次の二点は確認できる。[25]一つは、作品の中に、ゲルマン時代以来の慣習が記録されていることもある、という点である。一三世紀のアイスランドはすでにキリスト教化が進行した世界ではあるが、地中海世界がそうであるようなキリスト教世界とは全く異なる世界でもあった。大陸世界ではすでに失われた慣習がなおもアイスランド語のテキストに記述されていることもしばしばあった。もう一つは、一三世紀に書かれた作品である以上、一三世紀の聞き手でもあるアイスランド人やノルウェー人にも受け入れられる内容が記述されているという点である。この二点を確認した場合、「アイスランド人のサガ」に書かれている内容は、一三世紀のアイスランド人やノルウェー人にとって、納得できる「現実」が描かれた作品であることを確認しても良いだろう。このことは、前節で検討した『エッダ詩』で描かれた世界をアイスランド人がどのように観念したかということを踏まえれば、より一層明確になる。

ここでは、「アイスランド人のサガ」で確認しうる、ルーン文字を用いた魔術の記述を検討したい。[26]最初に検討するのは『エギルのサガ』である。[27]このサガの主人公エギルは、スカルドと呼ばれるヴァイキング時代の韻文を詠む詩人でもあるアイスランド人ヴァイキングである。そのエギルの生涯を描出した物語が『エギルのサガ』であり、「アイスランド人のサガ」の中で最も人気が高い作品の一つでもある。[28] その中では、いくつかのルーンを用いた魔術の場面を確認できる。

まず第四四章を見てみよう。[29]

バールズは杯をトール神の槌のしるしを切って潔め、酌婦に渡した。彼女はエギルのところに持ってきて飲むようにすすめた。エギルは短刀を引き抜くと自分の手のひらに突き刺した。彼は角杯を手にとってルーン文字を刻みつけ、それに血を塗った。彼は次のように歌った。

角杯に　ルーンを刻めり
その文字を血もて赤く染めたり
猛き野牛の耳の樹（角）の根もとに
そのことばを選べり
浮かれ女のさす麦酒をば
好むままに飲まん
バールズが潔めし麦酒
われらのためになるやいなや知りたし

すると角杯は真二つに割れ、飲物は藁の上に流れた。

この後エギルはバールズを殺害する。ここでエギルは、宴会の席で用いる角杯にルーンを刻みつけ、その文字を自らの血で赤く染めた。しかるのちに、バールズから注がれた麦酒に（おそらくは）毒が入っているかどうかを問いただしたところ、角杯が割れて麦酒が藁に吸い込まれた、という場面である。ここでは、血で染めたルーン文字が、エギルの問いかけに答え、麦酒が毒であるかどうかをエギルに伝える役割を果たしている。「シグルドリーヴァの歌」七連に見られた麦酒のルーン魔術と重なる部分がある。

次に五七章を見てみよう。(30)

エギルは手に榛の棒をもち、島の奥まで見渡せる突き出た岩のところへ行った。それから馬の頭をとり、棒の上に突き刺した。この後前置きの呪文を唱えてから次のようにいった。

「ここに侮辱の棒を立て、この侮辱をエイリーク王とグンヒルド王妃に向ける」――エギルは馬の頭を島の奥に向けた。

「この侮辱をこの国に住む土地神に向ける。彼らすべてが、エイリーク王とグンヒルドを国外に追放せぬうちは、さまよって定住するところを何処にも見出せぬように」

それから彼は棒を岩の割れ目に差し込んで、そこに突き立てた。馬の頭を島の奥の方に向けていたが、その棒にルーン文字を彫りつけ、それから先ほどの呪文のすべてを記した。

ここでは榛の棒に馬の頭を突き刺し、その棒にルーン文字を書き付け、自らを侮辱したエイリーク王とグンヒルド王妃を侮辱するように懇願した。そしてその侮辱が在地の神の知るところとなり、その神の力で、エイリーク王夫妻がどこかへ追放されることを望んでいる。ここでのルーンの儀式は、王と王妃という高貴な身分にある人を土地から追放するという効力を発揮させることにあるが、それを行うのは土地の神であり、ルーンが人の願望を神に届ける仲介役を担っていることがわかる。

次に七二章である。(31)ここでエギルはソルフィンの家に行くと彼の娘が病にかかり、不眠で苦しんでいるという話を聞く。エギルが彼に何か対処はしたのかと聞くと、ソルフィンはこのように答えた。

「ルーンを彫りつけたのです。それをしたのはこの近所に住む百姓の倅です。ところがその後、前よりも具合が悪くなりました。エギルさん、何かこのような病気に対して打つ手をご存知ありませんか」

このように問われてエギルは次のような行動をとった。

食事をすますとエギルは少女の寝ているところへ行き、彼女に話しかけた。彼は少女をその場所から持ち上げさせ、下に清潔なシーツを敷くように頼んだ。その通りにされた。それから彼女が横になっていた場所を探し廻り、ルーン文字の彫ってある魚の骨を見つけた。エギルはそれを読んでからルーン文字を削りとり、火の中に投じた。彼は魚の骨全部を燃やし、少女が前に敷いて寝ていたシーツを風に当てさせた。

続く箇所でエギルは、この魚の骨に書かれたルーンの魔術についてのスカルド詩を歌った。(32)

正しく解くる者の外は何人も
ルーンを彫るべからず
黒き棒（ルーン）により
惑わされし者少なからず
余は彫られたる魚骨に
十のルーンをみとめたり
にらの菩提樹（乙女）をかくも長く病の床につかせしはこれなり

そしてエギルはルーンを彫りつけ、彼女の休んでいるベッドのクッションの下においた。すると彼女は、眠りからさめたようになり、病気は治ったわ、まだ力は出ないけど、といった。父母は大変よろこんだ。ソルフィンはエギルに、必要と思われるもてなしをここで受けてくださるようにと申し出た。

以上からわかるのは、十のルーン文字が刻まれた魚の骨が娘の寝床に置かれることで魔術が発現し、その娘に不眠という害悪をもたらしたことである。そしてその魚の骨からルーン文字を削りとり、魚の骨自体を焼却することで、娘が魔術から解放されたことである。(33)

別の「アイスランド人のサガ」にもルーン魔術の記述がある。『グレティルのサガ』の七九節には次のように記されている。(34)

さて老婆の望み通りになった。海外にやってくると、何かきちっと決められた通りといったように岸に沿ってびっこをひいた。そこには肩にかついで行けそうな大きな木の根が老婆の前にころがっていた。老婆はその木をじっと見つめてから、同行者にそれを自分の前でまわして欲しいと頼んだ。それは火で焦げたようになっていて、片側がこすられていた。老婆はそのこすられている平らな部分を削らせた。それからナイフを手にとると根にルーン文字を彫り、自分の血で赤く染め、それに向かって魔法の呪文を唱えた。それから太陽の進行方向とは逆に後ずさりして木のまわりをまわり、そこで多くの悪い呪文を唱えた。それから木を海の中に投げ込ませ、それがドラング島に漂着してグレティルの大きな災いになれ、と言った。

ここからわかるのは老婆が、木の根にルーンを彫り、それを自分の血で染め、なおかつ「魔法の呪文」(galdr)を唱え、さらに「陽の進行方向とは逆に後ずさりして木のまわりをまわり」、なおも「呪文」を唱えている。ルーンだけではなく、自身の血、声に出す呪文、一定の規則に従った儀礼が魔術の発現の条件となっていることである。さらに老婆は、ドラング島という離れたところにいるグレティルに直接災いをもたらすために、魔術を帯びた木の根を海の中に投げ込み、島へ漂着するように仕向けている。

五　展望

本章ではゲルマン時代から一三世紀のアイスランドに至るまでのルーン魔術の事例を確認してきた。史料が断片的であることもあり、従来の研究では、ルーン文字は一貫して表音文字として文字通りの意味を伝えるコミュニケーション手段であることが強調されてきた。ルーン文字が表音文字で綴り通りの意味を伝えること自体は間違いないが、中世アイスランドの史料を確認すると、断片的ながら、当時なおルーン魔術が用いられていたことが確認された。『エッダ』やサガという、事実の伝達に留保がつけられる史料であることはおくとしても、同時代のアイスランド人は、そこに記述されるルーン魔術について一定程度以上の理解を示しているであろうことは推測できる。

実のところ、ゲルマン時代からヴァイキング時代を経て中世に至る北欧において、セイズと呼ばれる魔術そのものは広範囲にわたり実践されてきた(35)。近年その全体像が、認知考古学に基づく考古学研究やフランソワ＝グザヴィエ・ディルマンやステーヴン・ミッチェルらによる文献研究により明らかにされつつある(36)。北欧に限らずキリスト教中世における異教的要素やその表れでもある魔術に関しては、これまでもジャン＝クロード・シュミットらの研究によって明らかにされてきた(37)。しかし近年の北欧の事例に基づく魔術研究は、従来のように規範宗教であったキリスト教への対抗言説や異教の残滓という観点ではなく、先史時代から中世に至る北欧において残存していたとされる彼ら自身の世界観において、魔術がどのように機能していたのかという、キリスト教世界観とは別の世界観を構成する要素の一つとして魔術を捉えているように思われる。このような考えはかつてロシアの中世史家アーロン・グレーヴィチによっても提起されていた(38)。当該社会における世界の認知を再構成した上で、神々との通行である魔術の意味と機能を探るというアプローチは、文化人類学の魔術研究では基本的なアプローチであるものの、歴史学とりわけ北欧中世研究においてはまだ十分に吸収しえていない(39)。

ゲルマン時代から中世にかけてのルーン魔術の検討の結果、以下のことは言えるだろう。第一に、研究史の観点で言えば、ゲルマン時代からヴァイキング時代にかけてのルーン魔術の研究は一定程度蓄積がある一方で、キリスト教導入後の中世における研究はほとんど手付かずであることである(40)。第二に、史料の観点で言えば、中世におけるルーン魔術にアプローチする際には、『エッダ』やサガのように、ゲルマン時代の思考様式を残しつつも、キリスト教化された社会の中で文字化されたテキストの解釈が困難なことである。第三に、ルーン魔術もまた、ゲルマン信仰とその世界観の中で生成され機能してきた魔術であるが、コンテクストが変化した中世においては、北欧やアイスランドで同時に用いられていたそのほかの魔術と合わせて理解される必要があること、である。その上で言えることは、ルーン魔術は、中世北欧を特徴づける要素の一つであり、他の西洋中世社会との差異を見出すための重要な手掛かりということである。

【註】

（1）本章では、magic / Magie を魔法や呪術ではなく魔術と訳す。

（2）サブカルチャーにおけるルーン文字受容の研究は今後が待たれる。小澤実「トールキン・ルーン文字・ＪＲＰＧ」『ユリイカ二〇二三年一一月臨時増刊号 総特集＝Ｊ・Ｒ・Ｒ・トールキン』（青土社、二〇二三年）二三三―二四八頁。

（3）ルーン文字と魔術との関係について、基本書は Anders Bæksted, *Målruner og troldruner: runemagiske studier* (København : Gyldendal, 1952). Klaus Düwel, "Magische Runenzeichen und magische Runeninschriften," in: Staffan Nyström (red.), *Runor och ABC: Elva föreläsningar från ett symposium i Stockholm våren 1995* (Stockholm: Stockholms medeltidsmuseum, 1997) pp. 23-42. 日本語では、谷口幸男「ルーン文字と呪術」同『ゲルマンの民俗』（渓水社、一九八七年）二三二―二六一頁［元論文は一九七〇年］。

（4）ルーン文字に関する基本書は、Michael P. Barnes, *Runes: A Handbook* (Woodbridge: Boydell, 2012) ならびに Klaus Düwel und

Robert Nedoma, *Runenkunde*, 5, überarbeitete und aktualisierte Aufl. (Stuttgart: Metzler, 2023). 日本語による簡便な紹介として、秦宏一「ルーン文字」河野六郎・千野栄一・西田龍雄編著『言語学大辞典　別巻　世界文字辞典』（三省堂、二〇〇一年）一一三七―一一四二頁、ならびに小澤実「ルーン文字」大城道則編『図説古代文字入門』（河出書房新社、二〇一八年）七九―八五頁を参照。日本語で読めるルーン文字の概論は、レイ・ページ『ルーン文字』菅原邦城訳（学藝書林、一九九六年）。ラルフ・W・V・エリオット『ルーン文字の探究』吉見昭徳訳（春風社、二〇〇九年）。ラーシュ・マーグナル・エーノクセン『ルーンの教科書――ルーン文字の世界：歴史・意味・解釈』荒川明久訳（アルマット、二〇一二年）。なお日本におけるルーン文字研究は以下の論文で詳述されている。小澤実「半世紀の孤独――谷口幸男『ルーネ文字研究序説』（一九七一年）とその後」谷口幸男（小澤実編）『ルーン文字研究序説』（八坂書房、二〇二二年）二八五―二九七頁。

（5）ルーン詩については、Düwel und Nedoma, *Runenkunde*, 5, pp. 251-256.

（6）第三節で論じる。

（7）レイモンド・ページやマイケル・バーンズら英国の研究者はルーンの呪的要素を極力廃した解釈を行う一方、デューウェルは重視している。

（8）近代におけるルーン文字のエソテリック的もしくはオカルト的解釈に関して、小澤実「フェルキッシュ・ルーン学の生成と展開――アリオゾフィー、グイド・リスト、『ルーンの秘密』」前田良三編『彷徨する宗教性と国民諸文化（アジア遊学）』（勉誠社、二〇二四年）二〇五―二二五頁。なお、アカデミックな訓練を受けながら、ルーンにエソテリックな解釈も施す事例として、ゲルマン学で博士号を取得したスティーヴン・フラワーズ（エドレッド・トーソン）がいる。彼は『ルーンの秘密』の英訳をはじめ、多くの研究書を刊行している。ルーン魔術に関する彼の思考については以下の邦訳を参照。エドレッド・トーソン『ルーンの教え――ルーンの魔法、歴史、そして隠されたコード』吉田深保子訳（フォーテュナ、二〇二一年）。

（9）基本書は、Sigmund Feist, "Runen und Zauberwesen im germanischen Altertum," *Arkiv för nordisk filologi*, 35 (1919) pp. 243-287. Klaus Düwel, "Runen als magische Zeichen," in: Peter Ganz (hrsg.), *Das Buch als magisches und als Repräsentationsobjekt* (Wiesbaden: Harrossowitz, 1992) pp. 87-100. Karl Martin Nielsen, "Runen und Magie. Ein forschungsgeschichtlicher Überblick," *Frühmittelalterliche Studien*, 19-1 (1985) pp. 75-97. Mindy MacLeod, and Bernard Mees, *Runic Amulets and Magic Objects* (Woodbridge: Boydell, 2006). Stephen E. Flowers, *Runes and Magic: Magical Formulaic Elements in the Older Runic Tradition*, 3, revised and expanded edition (Bastrop,

Texas: Lodestar, 2014).

（10）アイスランドのルーンテクストに関しては、Þórgunnur Snædal, *Rúnir á Íslandi* (Reykjavík: Árnastofnun, 2023). アイスランドの史料に関して、Alessa Bauer, “Runen auf Island in epigraphischen und literarischen Quellen: ein und dieselbe Tradition? ” in: Andreas Hammer, Wilhelm Heizmann, und Norbert Kössinger (hrsg.), *Magie und Literatur: Erzählkulturelle Funktionalisierung magischer Praktiken in Mittelalter und Früher Neuzeit* (Berlin, 2021) pp. 51-76. François-Xavier Dillmann, *Les magiciens dans l'Islande ancienne : études sur la représentation de la magie islandaise et de ses agents dans les sources littéraires norroises* (Uppsala : Kungl. Gustav Adolfs Akademien för svensk folkkultur, 2006).

（11）本章では、史料引用に際して谷口幸男の訳書を用いる。ただし同じ谷口の訳書でも同一単語に対する訳語の間で差異がある。読者の混乱を避けるため、オーディンをオージン、ルーネをルーン、ビールを麦酒にするなど、表現を一部改めた箇所もある。なお解釈や訳語の選択においては、菅原邦城（解説・小澤実）『概説北欧神話』（ちくま学芸文庫、二〇二四年）に、より適切な訳文が収録されている。

（12）魔術に関する研究書は多数存在するが、二点のみ挙げておきたい。クリス・ゴスデン『魔術の歴史——氷河期から現在まで』松田和也訳（青土社、二〇二三年）。Sophie Page and Catherine Rider (eds.), *The Routledge History of Medieval Magic* (London and New York: Routledge, 2019).

（13）ゲルマン人については、マガリ・クメール、ブリューノ・デュメジル『ヨーロッパとゲルマン部族国家』大月康弘・小澤雄太郎訳（白水社文庫ク・セ・ジュ、二〇一九年）を参照。

（14）デンマーク（現在のスウェーデン領であるスコーネ・ハッランド・ブレキンゲも一六五八年までデンマーク領）にあるルーン石碑の刊本は、Lis Jacobsen and Erik Moltke (eds.), *Danmarks runeindskrifter*, 3 vols. (København: Munksgaard, 1941-42). 近年の総論として、Lisbeth Imer, *Danmarks runesten: En fortælling*, 2nd ed. (København: National Museum of Denmark, 2023). またテクストは、スウェーデン国立文化遺産局が運営するサイト（https://www.raa.se/hitta-information/runor/）で確認することができる。

（15）ルーン魔術の定型文は、John McKinnell, Rudolf Simek, and Klaus Düwel, *Runes, Magic and Religion: A Sourcebook* (Wien: Fassbaender, 2004)。

（16）ヴァイキング時代の信仰については、Thomas Dubois, *Nordic Religions in the Viking Age* (Philadelphia, Penn: University of Pennsylvania Press, 1999). 神話と宗教は区別すべきである。ピーター・オートン「異教神話と宗教」伊藤盡訳『ユリイカ』三九巻一二号（二〇〇七年）一四五—一六二頁。

（17）エッダ詩の刊本はいくつか出ているが、多くの研究で依拠されてきた標準版は、G. Neckel, mit Hans Kuhn (hrsg.), *Edda. Die Lieder des Codex regius nebst verwandten Denkmälern, Text*, 5th ed. (Heidelberg: C. Winter, 1983). 邦訳はV・G・ネッケル他編『エッダ　古代北欧歌謡集』谷口幸男訳（新潮社、一九七三年）［校訂者ネッケルのイニシャルがV・Gとなっているが、Vは不要］。

（18）テリー・グンネル「エッダ詩」伊藤盡訳『ユリイカ』三九巻一二号（二〇〇七年）一二一—一三七頁。Carolyne Larrington, Judy Quinn, and Brittany Schorn (eds.), *A Handbook to Eddic Poetry: Myths and Legends of Early Scandinavia* (Cambridge: Cambridge UP, 2016).

（19）標準的な刊本は、Guðni Jónsson (ed.), *Edda Snorra Sturlusonar: nafnaþular og skáldatal* (Reykjavík: Íslendingasagnaútgáfan, 1976). 最近英訳のある次の刊本が刊行された。Anthony Faulkes (ed.), *Snorri Sturluson: Edda. Prologue and Gylfaginning*, 2nd ed. (London: Viking Society for Northern Research, University College London, 2015). ——(ed.), *Snorri Sturluson: Edda. Skáldskaparmál* (London: Viking Society for Northern Research, University College London, 1998). ——(ed.), *Snorri Sturluson: Edda. Háttatal* (London: Viking Society for Northern Research, University College London, 2007).「スノッリのエッダ」は、三部それぞれ別の媒体に谷口によって訳されている。「ギュルヴィたぶらかし」V・G・ネッケル他編『エッダ　古代北欧歌謡集』谷口幸男訳、『スノリ「エッダ」「詩語法」訳注』（『広島大学文学部紀要』特輯号三、一九八三年）［『日本アイスランド学会公刊論集』三（一九八三年）三三—一五五頁］」、「スノッリ・ストゥルルソン『エッダ』「序文」と「ハッタタル（韻律一覧）」訳註（一）（二）（三完）」『大阪学院大学国際学論集』一三巻一号（二〇〇二年）二〇三—二三〇頁、一三巻二号（二〇〇二年）一二五—一五四頁、一四巻一号（二〇〇三年）九九—一三〇頁。

（20）ネッケル他編『エッダ　古代北欧歌謡集』三八—三九頁。

（21）ネッケル他編『エッダ　古代北欧歌謡集』三九頁。

（22）ネッケル他編『エッダ　古代北欧歌謡集』一四四—一四五頁。

（23）谷口『ルーン文字研究序説』一二一頁。

（24）日本語で読めるサガの解説は、谷口幸男『サガとエッダ——北欧古典への案内』（新潮社、一九七六年）、ペーテル・ハルベリ『北欧の文学 古代・中世編』岡崎晋訳（鷹書房弓プレス、一九九〇年）、清水誠『北欧アイスランド文学の歩み——白夜と氷河の国の六世紀』（現代図書、二〇〇九年）を参照。サガ独特の世界観について、M・I・ステブリン＝カメンスキイ『サガのこころ——中世北欧の世界へ』菅原邦城訳（平凡社、一九九〇年）。近年におけるサガ研究の動向については、Ármann Jakobsson and Sverrir Jakobsson (eds.), *The Routledge Research Companion to the Medieval Icelandic Sagas* (London and New York: Routledge, 2017). Heather O'Donoghue and Eleanor Parker (eds.), *The Cambridge History of Old Norse-Icelandic Literature* (Cambridge: Cambridge UP, 2024).

（25）同時代社会とサガとの関係を論じるのは、J・L・バイヨック『サガの社会史——中世アイスランドの自由国家』柴田忠作・井上智之訳（東海大学出版会、一九九一年）、熊野聰『サガから歴史へ』（東海大学出版会、一九九四年）、阪西紀子『北欧中世史の研究——サガ・戦争・共同体』（刀水書房、二〇二二年）。比較的近年の研究動向は、小澤実「中世アイスランド史学の新展開」『北欧史研究』二四（二〇〇七年）一五一—一六八頁。

（26）Klaus Düwel, "Literarische Zeugniss," in: Klaus Düwel und Robert Nedoma, *Runenkunde*, 5th ed. (Stuttgart: Metzler, 2023) pp. 264-270.

（27）エギルのサガのテキストは、*Egils Saga* (Íslenzk fornrit II) (Reykjavík: Hið íslenska bókmenntafélag, 1933). 邦訳は、「エギルのサガ」『アイスランドサガ』谷口幸男訳（新潮社、一九七九年）五一—一五三頁。

（28）Jón Karl Helgason, "Bloody Runes: The Transgressive Poetics of Egil's Saga", in: Laurence de Looze, Jón Karl Helgason, Russell Poole, and Torfi H. Tulinius (eds.), *Egil, the Viking Poet: New Approaches to 'Egil's Saga* (Toronto: University of Toronto Press, 2015) pp. 197-215.

（29）「エギルのサガ」『アイスランドサガ』六〇—六二頁。

（30）「エギルのサガ」『アイスランドサガ』九三頁。

（31）「エギルのサガ」『アイスランドサガ』一二一—一二二頁。

（32）エギルという人名と「魚の骨」という表現は、大英博物館が収蔵している著名な「フランクスの聖遺物箱」(The Franks Casket) のルーン文字記述を想起させるが、両者に直接的な関係はない。Leslie Webster, *The Franks Casket* (London: British Museum Press, 2012).

（33）七六章では、ソルフィンの娘ヘルガと結婚できなかった男ボズヴァルが「愛のルーン」を彫る代わりに「病のルーン」を彫ったことが記されている。七八章では、エギルの息子が、父エギルに、ボズヴァルを悼む歌を作り、息子がそれをルーン文字で機に彫りつけるのが良いと述べている。

（34）グレティルのサガの刊本は、Guðni Jónsson (ed.), *Grettis saga Ásmundarsonar* (Íslenzk fornrit 7) (Reykjavík: Hið íslenska fornritafélag, 1936). 邦訳は、谷口幸男訳「グレティルのサガ」『アイスランドサガ』一五五–三〇七頁。

（35）日本語で読める文献として、フォルケ・ストレム『古代北欧の宗教と神話』菅原邦城訳（人文書院、一九八二年）。

（36）Neil Price, *The Viking Way: Magic and Mind in Late Iron Age Scandinavia*. 2 ed. (Oxford: Oxbow, 2019). Leszek Gardela, Sophie Bønding, and Peter Pentz (eds.), *The Norse Sorceress: Mind and Materiality in the Viking World* (Oxford: Oxbow, 2023). ディルマンの著作は註10を参照。ミッチェルの代表的な著作として、Stephen A. Mitchell, *Witchcraft and Magic in the Nordic Middle Ages* (Philadelphia: University of Pennsylvania Press, 2011). ――, "Scandinavia," in: Sophie Rider and Catherine Page (eds.), *The Routledge History of Medieval Magic* (Routledge, 2019) pp. 136-150. ――, "Magic in Old Norse-Icelandic literature: a typology of modes," *Filologia Germanica / Germanic Philology*, 13 (2021) pp. 197-224.

（37）ジャン＝クロード・シュミット『中世の迷信』松村剛訳（白水社、一九九八年）。また野口洋二『中世ヨーロッパの異教・迷信・魔術』（早稲田大学出版部、二〇一六年）。

（38）アーロン・グレーヴィチ『中世文化のカテゴリー』川端香男里・栗原成郎訳（岩波書店、一九九二年）。

（39）必ずしもルーン魔術を扱っているわけではないが、ミッチェルは北欧中世における魔術を扱う方法論を積極的に発表している。Stephen A. Mitchell, "Magic as acquired art and the ethnographic value of the Sagas," in: Margaret Clunies Ross (ed.), *Old Norse Myths, Literature and Society* (Viborg: University Press of Southern Denmark, 2003) pp. 132-152. ――, "Magic and Religion," in: Anders Andrén, John Lindow, and Jens Peter Schjødt (eds.), *The Pre-Christian Religions of the North. History and Structures, Volume II: Social, Geographical, and Historical Contexts, and Communication between Worlds* (Turnhout: Brepols, 2020) pp. 643-670. ――, "Magic and memory in the Medieval North," *Historisk tidskrift för Finland*, 105-3 (2020) pp. 336-364.

（40）記述文献におけるルーン文字を扱う研究集会「Runes in Mythology, Ritual, Literature: The Aarhus Old Norse Mythology Conference 23rd-24th November 2023」が、先日オーフスで初めて開催された。

第三章

中世ロマンスにおける魔術
――「思いもよらぬこと」を思う

横山 安由美

ある意味では、すべてが魔術だった。医者が病気や病人に力を及ぼす本草学や鉱物学は、魔術だった。悪魔憑きのように肉体に取り付いて、肉体自体が癒えようとしなくなる病気というものも、それ自体が魔術的だった。魂を揺さぶったり、逆に鎮めたりする高音や低音の力も魔術的だった。〔…〕王侯が纏う威容や教会の儀式が醸し出す威容も魔術だったし、犠牲者よりも弥次馬たちを竦ませたり畏怖させたりする黒々とした断頭台や不吉な太鼓の音も魔術だった。最後に、誰かの像を我々の脳裏に焼き付け、その人に取り憑かれることに自ら同意させてしまう、愛、そして憎しみもまた、魔術的だった。(1)（ユルスナール『黒の過程』）

はじめに

文学における魔術の役割を考えることは、言い換えれば、魔術がどのように文学を「魔法にかけ」（enchanter）、いかなる次元において現実世界を変貌させせるのかを問うことであるのかもしれない。本章では中世フランスの作品を中心にしてこの問題を少し考えてみたい。ヨーロッパのなかで最も早く俗語による文学制作が始まり、他国の文学に影響を与えたフランスの文芸を見ることは、西洋文学の基層を見ることにも等しく、一定の意義をもつことだろう。

「魔術」に相当するフランス語は magie と sorcellerie の二つがあり、それぞれ異なるニュアンスをもつ。前者は英語の magic に相当し、特定の環境や時代において、一定の儀式や技を通して驚異的とみなされる現象を生み出すことと定義できる。そこに異教性を見て取ったアウグスティヌスやセビリャのイシドールスは人に害をなす行為として否定的に解釈をしたものの、基本的には占星術や錬金術などを含む、世界についての知識や自然科学に類したものを指す。(2)Sorcellerie は英語の witchcraft に相当する。「魔法使い」（sorcier）の語はラテン語の「神託、運命」（sors）に端を発する。運命を予測し、とりわけ「呪いを投げかける者」といった語感をもち、どちらかというと民間信仰的な文脈で病気や死や物的損失を引き起こす者と考えられていた。やがて時代が進むと周縁的な立場にある女性に対してその役割が押し付けられ、いわゆる「魔女狩り」の流行に繋がってゆく。以上から、magie は知識人の技芸としての「魔術」、sorcellerie は民間の世知としての「魔法」と便宜的に訳し分けることができるが、実際には両者の弁別が困難な場合も多い。さらに西洋中世では、超自然や神秘的なるもの、あるいは後述する「メルヴェイユ」など、多様な概念が混在しているために、本章では想定外かつ理性で説明することが不可能な諸々の現象を広く扱うこととする。

これらの魔術的実践は多くの史料に記されているが、たとえ背景に有形無形の民間信仰があったにせよ、記述や概念化自体は広義での政治的意図によって行われた。とくに中世ではローマ教会と国という二つの制度が大きく関与した。キリスト教は魔術的な信仰や実践を固有のかたちで選別して、良いことを「奇跡」、悪いことを「悪魔崇拝」と定めていった。また王権による利用としては、たとえばマルク・ブロックの『王の奇跡』[3]が示すように、王が瘰癧患者に触れて病を癒やす「ロイヤル・タッチ」が挙げられ、こうした場面が文学や絵画で積極的に描かれたばかりでなく、戴冠式などの場において儀礼化され、王権のもつ超自然的性格を世間に知らしめることとなった。

魔術を概念化することによって、善と悪の原理を突き詰め、世界を解釈することが可能になる。それはただの術であるに留まらず、力の源泉はどこなのか、実行する者は誰なのか、結果は良いことなのか悪いことなのかといった考察を生じさせ、これらの変数を巧みに組み合わせることによって一定の思想を醸成したり、宣伝したりすることが可能になっていった。たとえば病気や凶作など否定的な出来事は悪魔由来の事象とされ、実行者とされた人間は悪魔と「契約」した者と見なされる。「契約者」個人の意思はほとんど問題にならず、彼がもっぱら社会の中心に在るか周縁に在るかで判断が変わってくる。絶対的な悪があり、その作用の結果として悪い事象があるという表面上の論理とは裏腹に、個々の事象が帰納的に解釈されていったことを考えれば、「事実」として伝えられる歴史もまた、文学に負けず劣らず魔術についての壮大な虚構を行っていたと言えるだろう。

一　ロマンスにおけるメルヴェイユ

中世ヨーロッパの文学作品において頻繁に発生する不可思議な現象は「メルヴェイユ」（merveilleux）と呼ばれる。ラテン語の形容詞「驚異的な」（mirabilis）に語源をもつことからわかるように、接する人間にとって「驚くべき」、「不可思議な」何かを指す。出来事ばかりでなく、場所、物体、人間、その他の生物や怪物などが該当し、中世の想像界においては重要な位置を占めていた。それらが現実には起こり得ない事象である以上、現実をありのままに描くという写実的意図の下にはないことは言うまでもないが、どのような目的で利用されたのだろうか。

中世初期の代表的な文学ジャンルである武勲詩と聖者伝における超自然の用例は比較的わかりやすい。武勲詩は早くは一一世紀に誕生し、王への奉仕としての戦役、とりわけ異教徒との戦いを描いたが、そこで驚異的な事象は奉仕と武勲における封建的理想を体現する要素となる。たとえばロランのもつ名剣デュランダルは岩に切りつけても壊れない驚くべき強靭さをもち、ロランの並外れた資質や勇猛さの象徴として機能している。一〇世紀頃から制作された聖者伝に登場する奇跡もまた、信仰や殉教における宗教的理想の表現として働いたことは容易に想像できるだろう。

宗教説話のひとつである『小樽の騎士』（一三世紀）に触れてみたい。これは傲岸不遜な騎士が「小樽を水で満たす」という業を隠者に課せられる話だ。「戦って敵を倒す」という行為であれば失敗も想定の内にあるが、樽を満たす行為には失敗の可能性は微塵も想定されえない。「できないはずがない」という思いから、騎士は人生を棒に振るほどその行為に執着し、無為のうちに憔悴する。一年後に再会した隠者は、彼がいまだに実現できておらず、それほどに罪深いことに衝撃を受けてはらはらと涙する。それを見た騎士は、赤の他人が自分のために身を苛むことにひどく驚く。「いやはや、驚異を目の当たりにして、俺の心はただただ驚嘆するばかりだ(4)」、そう言って隠者の心の平穏を祈らずにはいられなかった。――その瞬間騎士の目から涙が溢れ、涙が小樽を満たしたのだった。小樽は「不埒な心の者は満たすことができない」ひとつの魔法の物体と解釈できるが、この物語は傲慢な男に対する神の罰や、魔法の眩暈そのものに主眼があるのではない。むしろ樽で水を汲むという些細な行為ができないということ、また自分が見ず知らずの他人から心底哀れまれているということ、そうした「思いもよらぬこと」との遭遇それ自体が男にとっての「驚異」であり、これによって彼の人生観や世界観が変貌する物語なのだ。

一二世紀から盛んになった宮廷風騎士道物語についてはどうだろうか。騎士たちは宮廷から出て森や辺境の地に向かい、冒険の成功あるいは失敗を経て宮廷に帰還する。このような反復的な円環構造のなかに描かれるアーサー王ロマンスでは、冒険とメルヴェイユは不可分の関係にある。驚異的事象を前にした恐怖や驚きが物語に刺激を与えることは言うまでもない。だが近代の小説が行ったように驚きの心理や人物の表情を細々と描写することはなく、口をきく動物やドラゴンなど、誰もが明らかに驚くような事象を導入して語りさえすればそれでよい。物語のもつ口承性、すなわち語り手と聴衆の空間共有によって臨場感が確保されるからだ。それは著述のエコノミーにも繫がり、怪物に対面した騎士であれば、著者は代名動詞「驚く」se merveillier を用いて「彼は驚く」il se merveille と書きさえすれば十分だった。

驚異的な事象の克服は勇猛な騎士たちの腕の見せ所となり、さらに、障害の克服によって悪に打ち勝ち、キリスト教的、封建制度的価値観を勝利させる構造となっている。だがその不可思議な力の源泉は不明である場合が多く、悪魔の所為とされた他のジャンルとは異なっている。モチーフとしては「ブルターニュもの」と呼ばれるケルトの神話的事象が利用されることが多い。典型的なのは、浅瀬や橋などの不思議な場所だ。ケルト神話では水場は「異界」の入り口と考えられていたため、驚異的な出来事はしばしば海、川、池などの水場で起きる。そこは通過が危険で困難な地であったり、異界の守り手にあたる不思議な人物や怪物がいる場合もある。場所そのものに意図はないにせよ、こうした試練は結果的に騎士を敗北させ、宮廷への帰還を阻むという点では騎士の社会的統合に対する何らかの「悪意」を包有していると捉えることもできなくはない。少なくとも騎士自身の主観はそう解釈するだろう。これは個人が魔術によって他人を「呪う」という通常の用例とは異なり、騎士たちの使命の裏返しとして成立する、構造的な反社会性を魔術が担っていると言えるだろう。

ナラトロジーの観点では、メルヴェイユは物語の始まりと終わりに登場することが多く、いわば現実に裂け目を作って現れ、再び裂け目から異界に戻っていく。マリ・ド・フランスの短詩《レー》のひとつ『ランヴァル』では、騎士ランヴァルの眼の前に突然神秘的な力をもった美しい乙女が現れる。彼の証言を巡って宮廷で不当な扱いを受けた騎士は、最後に愛する乙女と共に馬の背に飛び乗り、伝説のアヴァロンに向かったと語られて、物語は終わる。(5) また、中世の登場人物たちは本質的に行為者であり、前述の通り、物語は彼らの心理よりも行動を、とりわけ行動の結果としての社会的成功や失敗を描くことが多い。したがって民話の形態学という観点から構造分析を行うことも可能なのだが、その場合はメルヴェイユは主人公に働きかける者、具体的には彼に役立つ「寄与者」、または邪魔をする「敵対者」として機能する。たとえばヴァルテールはクレチアン・ド・トロワの『ペルスヴァルまたは聖杯の物語』を国際民話話型（ＡＴＵ）の九一〇Ｂ型としてとらえ、類似した諸作品との比較検討に有意義であることを雄弁に示している。(6)

だが主人公が魔術による助力を通して成功を約束されている民話とは異なり、ロマンスにおけるメルヴェイユは多義的かつ複雑な役割をもち、利用方法は作家ごとに異なる点に注意したい。クレチアンは一般的に人間がメルヴェイユを克服する構図を多く利用する。ランスロは「剣の橋」を見事渡りきり、ゴーヴァンは矢が雨あられと降ってくる「驚異の寝台」から生還し、それぞれ騎士としての資質を示している。一方マリ・ド・フランスの場合は、大鷹に姿を変えた騎士が塔の窓から入り込んで不遇の奥方と愛を結んだり（『ヨネック』）、いたちが摘んだ赤い花によって奥方が乙女を生き返らせたりする（『エリデュック』）など、登場人物たちの精神的成熟へのイニシエーション、そして現状の変革に向けた決意を導くものとしてメルヴェイユが機能している。(7)

いずれにしても、これらの超自然的要素は平板な騎士社会に対して詩的な広がりを与える点で共通している。奉仕や恋愛といった現実社会の要請に形而上学的な価値を与え、登場人物たちを成長させ、価値づけていくからだ。「ブルターニュもの」が一二世紀以降拡大していった理由を、池上俊一は次のように説明している。

主たる聴衆である騎士たちには、もともと豊かな叙事詩的記憶が集合的に伝えられ、それは一方では「武勲詩」となり、他方では「古代もの」ロマンに結実した。だがそれはいまだ神話的な奥行きと超越的な力を欠いていた。教会が非難する古代の神々に戻るのでも、聖書の世界から選んできて教会に従属するのでもなく、新たなエリート集

団たる自分たち自身の神話がほしかった彼らには、ケルト的な幻想性がピッタリ合った。(8)

この現象は歴史的状況から補足することもできるだろう。一〇六六年のノルマン征服によってフランスから渡ってきたノルマン王朝のイングランド王は、本来イングランドに祖先や建国神話をもたない。しかし同時代のフランスを始めとする他国に文化的に対抗するために、古くから居住したケルト系住民(ブルトン人)とノルマン人を暗黙裡に同一視していった。ヘンリー二世が文芸を保護したのは、彼自身の文学的嗜好だけによるものではなく、王朝に都合のよい年代記や物語を作家たちに作らせることによって、自らの過去を権威づけようとしたからである。(9) ブルトン人は古代ローマ帝国の支配よりも前からヨーロッパに居住していたことを考えれば、ケルトの「幻想性」に加えて「古さ」が王侯の嗜好に合致したことが推測される。また前記のマリ・ド・フランスも、一説にはヘンリー二世の異母姉妹とされるなど、少なくとも王と近い関係にある人物であり、自分はラテン語物語の翻訳は行わず、ブルトン人の伝承を取り上げること、またブルトン人は気高く勇敢なので、扱うには「良い題材」であることを『短詩《レー》』の随所で述べており、戦略的にこの主題を選択していることがわかる。(10)

二　人為的な魔術

前節では不可思議な事象全般を見てきたが、続いて本節では狭義の魔術、つまり人為的な性質をもつ魔術を見ていこう。いわゆる魔術師ばかりでなく、一般の人間が魔術の使い手となる場合も少なくない。

ベルール版『トリスタンとイズー』(11) では、トリスタンが「必中の弓」(l'arc qui-ne-faut) を発明し、「高低を問わず/狙ったものを射損じたためしなし」と描かれている。また愛犬ユダンを「吠えずに獲物を追う」ように調教する。これらは宮廷を逃れてモロアの森で自活するための工夫であったが、同時にトリスタンの叡智や英雄的資質を表現している。これまた物語の要となる「愛の媚薬」(12) は、イズーとマルク王の結婚がうまくいくよう、イズーの母であるアイルランド王妃が調合したものだったが、船上で誤ってイズーとトリスタンが飲んだものである。一説によれば媚薬の起源はケルト人のゲイス（Geis）と呼ばれる一種の呪術にあり、好ましく思う男性の意思を拘束し、我が物にするために女性が用いた技だったという。このようにトリスタン物語における魔術的物体は、男性が作る場合は武力や狩りの能力を完成させるものとして、女性による場合は癒しや愛の実現のために機能しており、それぞれの性別役割分担を顕著に示している。その成功は、完全な男性性や女性性の表現となる。

女性が作る「薬」は他の作品にも登場する。マリ・ド・フランスの『二人の恋人』では、ノルマンディーの国王が自分の娘を溺愛するあまりに「王女を妻に望むのであれば、彼女を両腕にかき抱き、町を出てから山の頂きまで、一切休息せずに運び上げるよう、決定し布告[13]」した。王女には愛する若者がいたが、彼は虚弱であったために、王女はサレルノの親族である婦人に壮強剤を処方してもらう。サレルノは当時有名な医学や薬学の本拠地だった。試練の当日、若者は無謀にも薬を飲まないまま一気に王女を山頂まで担ぎ上げたが、山頂でついに息絶えてしまう。絶望した王女が飲み薬を山頂から撒き散らすと、山は潤され、さらには国中の土地が肥やされ、「この薬のおかげで根を張った、うるわしい植物が多く見られたという[14]」。サレルモの婦人は瑕疵なく薬を調合し、薬は生命を生み出す驚異的な力をもっていたが、若者の「自己過信」（démesure）のせいで悲劇的な結末となってしまった。

クレチアン・ド・トロワの『クリジェス』においても、フェニスの侍女テッサラが医学や魔術の心得をもっている。フェニスとの結婚を強行しようとする皇帝アリスに対して、睡眠中に性交した夢を見る薬を調合し、またフェニスには仮死状態になる薬を調合して愛するクリジェスと一緒になれるよう計らってやる。仮死の薬は後にシェイクスピアの『ロメオとジュリエット』に登場することになるだろう。『クリジェス』では魔法の薬が成功裏に使われ、フェニスとクリジェスは無事結ばれる。しかし『トリスタン』、『二人の恋人』、さらには『ロメオとジュリエット』の三例は最後に双方の恋人が命を失い、悲劇的結末を迎えることとなる。人が善意で処方し、かつ薬の効能が正しいものであったとしても、魔法は物語構造上必ずしも登場人物たちの幸福をもたらすとは限らない。これは主要な使用目的である「恋愛」そのものの成就しがたさと関連するからだろう。

三　魔術師メルラン

メルラン（ラテン語：メルリヌス、英語：マーリン）は世界中で最も有名な魔術師のひとりだが、中世ではむしろ予言者として知られていた。名を馳せるきっかけとなったのは一二世紀のジェフリー・オブ・モンマスによるラテン語の史書『ブリタニア列王史』や『マーリンの生涯』[15]である。さらに一三世紀前半にロベール・ボロンが『メルラン』（邦題『魔術師マーリン』）を書いて、物語にキリスト教的な理論づけを与えつつメルラン像を大きく発展させた。メルランは、夢魔（incubus）が彼の母を孕ませてできた「悪魔の子」として設定される。悪魔から過去についての知を受け継ぐと同時に、誕生時に神から未来についての知も授かったメルランは、その全知をどのように使用するのかを自分自身で選択することになる。結局彼は悪魔の側には与せず、正当な国王一族の助言者かつ参謀として尽力し、後のアーサー王の誕生を手助けする。

予言の例を見てみよう。メルランの能力に疑義を抱いたひとりの有力な卿がいた。彼は姿を変えて三度メルランに自分の死因を尋ねる。最初は「落馬で首を折って死亡」、次は「宙吊りで死亡」、三度目は「溺死」であると魔術師は答える。それみたことか、全部異なるのだから出まかせに決まっている、と卿はほくそ笑んだ。その後のある日のこと、彼は馬に乗って橋を通りかかった。

男が橋の中程にさしかかると、彼の儀仗馬が躓き、膝からくずおれた。馬上の男は前方へぴょんと飛び上がり、真っ逆さまに落下して首の骨を折った。飛び出した拍子に橋の朽ちた支柱の一本に衣服がひっかかり、下半身を上にして宙吊りになり、両肩と頭部は完全に水中に没した。〔…〕〔仲間たちは〕驚き呆れて言った。「彼が首を折り、宙吊りになり、溺れて死ぬと言ったマーリンは、まことに真実を語っていたのだなあ。」[16]

予言の時点では事の真偽はわからないため、予言の驚異は当事者本人というよりは読者に向けられている。どれほど荒唐無稽に聞こえようがメルランは常に真実を言っていることが明らかにされ、読者はこの「答え合わせ」に小気味よさを感じる。

その他の魔法の例として有名なのは、環状列石の建立だ。ユテル王の即位記念に「永遠に立ち現れ、けっして廃れないようなことを手がけようではありませんか[17]」と言って、アイルランドにある巨石群をソールズベリーまで運ばせたというものだ。そして並ぶ巨石を見て「石は横に倒しておくよりも縦の方がずっときれいですね[18]」と言い、メルランは一瞬のうちにすべての石を縦に起こしたという。実際のストーンヘンジは紀元前数千年前に作られたと推定されるものだが、中世ヨーロッパの人々はメルランの仕事だと信じていた。

また魔術師の得意技のひとつが変身であり、老人、小姓、木こり、中風病みなどさまざま姿で現れては、人物たちの本性を見抜いていった。人を変身させる能力にも長けていて、ティンタジェル公爵夫人への横恋慕に悩むユテル王のためにメルランは次のような算段に出る。王を公爵に変身させ、自分は王の従者に変身し、公爵の不在中に城に入り込んで王と公爵夫人を会わせたのだ。てっきり夫だと思い込んだ夫人は王と熱い一夜を過ごし、そうして懐胎されたのが後のアーサー王だった。この物語はアーサーが石に刺さった剣エクスカリバーを抜いて王の資質を示し、戴冠されるところで終わっている。

なおメルランはユテル王の代に「円卓」を作らせ、次代の王（アーサー）の治世にそれが完成するだろうと述べている。この卓にはひとつの「危険な席」がある。普段は空席になっているが、そこに不埒な者が座ると、一瞬にして姿が消滅してしまうという、いわくつきの席だ。これは使徒のひとりでありながら敵にイエスを銀貨三十枚で売り渡したイスカリオテのユダの席を象徴している。外見と内面が一致しない裏切り者は、言葉や行為によって罰せられるのでなく、瞬時にして肉体（外見）を失うという究極の罰を受けるのだ。この設定からもわかるように、物語は「外見だけではその人を知ることにならない」という教訓を伝えている。人間の認識は通常は視覚や常識などから形づくられるが、実は不確かなものであるということをメルランは全知の立場から教え諭している。著者はキリスト教的解釈を加えたばかりでなく、魔法の物体や「危険な席」を利用して認識論的な転回を読者の一人ひとりに迫っている。

四　聖杯

「聖杯」もまた、中世最大とも言いうる究極の不可思議な物体だが、そもそもこれが何かという解釈を巡って中世から現代に至る議論はいまだに終結していない。本章ではごく簡略に触れるに留めよう。「聖杯」は通常graal（グラアル）またはSaint Graal（聖なるグラアル）の和訳として用いられ、クレチアン・ド・トロワが『ペルスヴァル』[19]の中で登場させた物体だ。漁夫王の城で食事に招かれた、純粋な若者ペルスヴァルの前を不思議な行列が通り過ぎる。行列は、穂先から血の滴が流れる槍を持った小姓、光り輝く聖杯を掲げた乙女、銀の肉切台を掲げた乙女たちから成り、若者はたいそう不思議に思ったのだが、つい質問しそびれてしまう。しかし翌朝目覚めると、城の人々も城それ自体も跡形もなく消えてしまう。ペルスヴァルはこの聖杯に心奪われ、残る人生を聖杯の探索に捧げることを決意する。残念ながら物語は未完で終わるが、それだけに謎が謎を呼び、その後数世紀かけて後続の作品が大量に作られていった。その一人が前述のロベール・ド・ボロンで、一二〇〇年頃に『聖杯由来の物語』[20]で聖杯の由来を描いた。最後の晩餐においてイエスが使用した器であり、かつそこに十字架に架けられたイエスの聖血を受けた容器であると設定したのだ。この設定が好評を博し、クレチアンの『ペルスヴァル』とロベールの『由来』双方の設定を受け継いだ物語がその後数世紀にわたって英語、ドイツ語、イタリア語など各国語の作者たちによって描かれてゆく。

流布本版アーサー王サイクルの一作である『聖杯の探索』という作者不詳の一三世紀の作品の冒頭では、夜中に「宮殿全体が崩れるかと思われたほど大きな、驚くべき雷鳴」が鳴り響き、昼間のようなまばゆい光とともにアーサー王の円卓に聖杯が現れる。

　そこへ白い錦繍《サミ》で蔽われた聖杯が入ってきた。けれども誰ひとり、それを捧げ持っている人物を見ることのできた者はいなかった。聖杯は広間の大扉から入ってきた。そして聖杯が入ってくるとたちまち、広間はまるでこの世のありとあらゆる香料がまきちらされたとでもいうように、すばらしい芳香でみたされた。聖杯は食卓のまわりを、広間の端から端まで、めぐっていった。そしてそれが食卓の前を通ると、その食卓はたちどころにどの席もめいめいの望む食物でみたされていった。そしてみんなに食物が供されると、聖杯はたちまち見えなくなり、それがどうなったのか誰もわからず、それがどこへ行ったのか誰の目にも見えないのだった。(21)

聖杯は宙を飛び、光や音や香を放ったり、人々を満腹にさせたりする。望みのものをすべて与えるという点で神話上の「豊穣の角(コルヌコピア)」に類似した力をもち、人間にとっての至福の源であり、誰もが追いかけずにはいられない目標となった。『聖杯の探索』ではこの後、すべての騎士たちが探索への旅立ちを誓い、アーサー王を残して城を離れていく。だが遍在する聖杯を求める旅は容易ではなく、彼らは思い思いの方向へ向かうのだが、神秘的な冒険をこなすうちに、一人またひとりと脱落していく。最後に残ったのは至純の騎士ガラアドと純粋な騎士ペルスヴァル、そしてボオールの三人だけで、この三人は偶然コルブニックの城で邂逅し、ヨセフェが司る本物の聖杯を用いたミサに立ち会うこととなる。

この探索の物語においては、聖杯という驚異的な物体の登場が物語の発端であると同時に、騎士たちの旅立ちの端緒ともなっている。さらに重要なのは、探索を通して本物の騎士が選別されてゆく仕組みだ。誰もが聖杯を求めるが、この霊的な物体に接近できるのは一握りの選ばれし者だけだ。超越的な能力と真の純粋さをもった者だけが接近できるという点では、最初から結末が予測可能な、予定調和的な展開であるとも言える。だがクライマックスに向けて、魔法の舟と神秘的航海、不思議なミサ、天使の登場など次々に生じる不可思議な出来事に読者は魅了され、最後のキリストその人を直接「見る」というガラアドによる究極の体験と、荘厳な死のうちに、物語は幕を閉じる。

『ディド・ペルスヴァル』は同じくペルスヴァルと聖杯探索を扱う一三世紀の作品だが、クレチアンの『ペルスヴァル』において不明だった「結末」を描いている。面白いのは、艱難辛苦の末にペルスヴァルが聖杯に再会して探索を完成させた暁に、「世界中で魔法が終わり、かき消えた」[22]と書かれていることだ。魔法はなぜ消えなければならなかったのだろうか。聖杯がキリスト教の究極の理念を体現するものであるならば、有象無象の魔法は異教的な邪な力であり、正しさの探求を妨げるものであると解釈されたからだろう。しかし聖杯探索の完成の後に描かれるのは、アーサー王による世界征服の野望と、息子モルドレによる父への裏切りであり、こうしてローグル王国は一気に崩壊へと向かっていく。探索の結果として聖俗の一体化や王国の霊的完成を描く物語も少なくないなかで、『ディド』は純粋に人間の欲望だけが支配する世界を提示するというきわめて現実的な選択を行ったことになる。脱魔法化は、人間を理性化するのではなく、逆に彼らの昏い欲望を前景化することとなってしまった。

五　おわりに

ここまでフランス中世文学を中心に魔術的な物体や現象を観察してきた。確かに当時の魔術は異教的な響きをもったが、しかし、ちょうど中世ヨーロッパではケルトの聖地の上にキリスト教の教会が建設されたように、あるいは外来のノルマン人の支配者が自らの歴史をブルトン人の歴史に重ね合わせたように、魔法にかかわる古来の文化的基層と民間信仰の上にキリスト教的文脈が接ぎ木され、発展していった。当時の人々にとって、それがケルト的かキリスト教的かという弁別にそれほど意味はなく、むしろ魔術の本質は「思いもよらぬこと」に出会う個々の人間のためらいや驚きの中にあった。出来事は彼に「思いもよらぬこと」を「思え」と迫ってくる。日頃の思考停止と知的怠慢を思い知らされ、かつ異質なるものがもたらす緊張と本能的な恐怖に身を竦ませながら、はたして自分がどのような危害を受けるのか、あるいは生き延びられるのかを自問させられる。しかも暴風雨や雪崩といった単なる想定外の自然災害とは異なって、魔術は何らかの人為性をもつものであるため、固有の恐怖をもたらす。その背景に誰がいるのか。どのような世界があるのか。それは何を意図し、私に何を求めているのか。私はここで逃げるのか、それともその魔力に支配されるのか。事象の背後に他者の「悪意」を想定せずにはいられない私自身の主観との戦いや葛藤が、そこで炸裂するのだ。

こうして現実の裂け目から入り込んでくる驚異は、私を現実の桎梏から引き剥がして、新たな世界の敷居に立たせる。私にとっての寄与者か敵対者かもわからないままに、私に判断や行動を強いる。人の前に突如現れる不可思議な事象はいわばひとつの実存的な「状況」であり、そこに取り込まれて終わるか、「超越」するかは自分の選択や能力にかかっている。うまくいけば、社会的成功を超えたより高い次元への移動、たとえば異界への旅立ちや現世を俯瞰する視線を得ることができるだろう。言い換えれば、精神的成熟へのイニシエーションや心理的作用のダイナミズムそのものが非日常な酩酊をもたらすのであり、それが私にとっての魔法なのだった。

【註】

（1）Marguerite Yourcenar, *L'Œuvre au noir* (Gallimard, 1968) p. 275.（引用は筆者訳）。

（2）Michel Zink, *Dictionnaire du Moyen Âge*, « Magie » (PUF, 2004) p. 863.

（3）マルク・ブロック『王の奇跡——王権の超自然的性格に関する研究』井上泰男・渡辺昌美訳（刀水書房、一九九八年）。

（4）『小樽の騎士』新倉俊一訳『フランス中世文学集』四、新倉俊一他訳（白水社、一九九六年）三九九頁。

（5）マリー・ド・フランス『十二の恋の物語』月村辰雄訳（岩波文庫、一九八八年）一三一頁。

（6）フィリップ・ヴァルテール「クレティアン・ド・トロワ作『グラアルの物語』に隠された民話——国際民話話型カタログATUでは何番にあたるのか？——」渡邉浩司訳『人文研ブックレット』（中央大学人文科学研究所、二〇二三年）三三頁、ハンス＝イェルク・ウター『国際昔話話型カタログ』加藤耕義訳（小澤昔ばなし研究所、二〇一六年）四四九頁。アールネ、トンプソン、ウターの編纂による各国の民話分類（ATU）のうち九一〇Bは「忠告を守る」類型であり、ペルスヴァルは聖杯を前に「饒舌の禁止」という忠告を遵守したことが物語の骨格となるという解釈が成立する。

（7）Cf. Zink, *Dictionnaire*, « Merveilleux », p. 909.

（8）池上俊一『ヨーロッパ中世の想像界』（名古屋大学出版会、二〇二〇年）七三五頁。

（9）アンヌ・ベルトゥロ『アーサー王伝説』松村剛監修、村上伸子訳（創元社、一九九七年）四三—四四頁。

（10）横山安由美「マリ・ド・フランスの『レー』にみる英仏の二重性――コンタクト・ゾーンとしてのイングランド――」『国際交流研究』一八（フェリス女学院大学、二〇一六年）二五―五七頁、参照。
（11）ベルール『トリスタン物語』新倉俊一訳『フランス中世文学集』一、新倉俊一他訳（白水社、一九九〇年）一九五頁。
（12）媚薬部分の情報は主にアイルハルト版に拠る。
（13）マリー・ド・フランス『十二の恋の物語』一三五頁。
（14）マリー・ド・フランス『十二の恋の物語』一四三頁。
（15）ジェフリー・オヴ・モンマス『ブリタニア列王史』瀬谷幸男訳（南雲堂フェニックス、二〇〇七年）、同『マーリンの生涯』瀬谷幸男訳（南雲堂フェニックス、二〇〇九年）。
（16）ロベール・ド・ボロン『西洋中世奇譚集成　魔術師マーリン』横山安由美訳（講談社学術文庫、二〇一五年）一四一頁。
（17）ロベール・ド・ボロン『魔術師マーリン』一五三頁。
（18）ロベール・ド・ボロン『魔術師マーリン』一五四頁。
（19）クレチアン・ド・トロワ『ペルスヴァルまたは聖杯の物語』天沢退二郎訳『フランス中世文学集』二、新倉俊一他訳（白水社、一九九一年）所収。
（20）ロベール・ド・ボロン『聖杯由来の物語』横山安由美訳『フランス中世文学名作選』松原秀一他編訳（白水社、二〇一三年）所収。
（21）『聖杯の探索』天沢退二郎訳（人文書院、一九九四年）三三二頁。
（22）William Roach, ed., *The Didot Perceval: According to the Manuscripts of Modena and Paris* (University of Pennsylvania Press, 2016) p. 242.

第二部

ロマン主義から近代魔術へ

第四章

ドイツ・ロマン派と魔術
――魔術の言語と詩のことば

鈴木　潔

はじめに

ヨーロッパ近代の人々が思い描いていた世界のすがたは、時の流れとともに少しずつ変化が生じていた。この変化に無視しえない影響を及ぼした魔術を巡る動向について考えるのが本章のテーマである。だが、魔術とは何か。ここでは魔法、妖術、幻術、呪術と呼びかえてもいいのだろうか。ある英和辞典では magic の類語として、witchcraft, sorcery, thaumaturgy, witchery, wizardry, necromancy, alchemy が挙げられている。厳密な定義はともかく、古代、中世の人々の世界や神についての想念が母体となって形作られた思考、すなわち宗教的な思想の新しい流れと見ることができるだろう。それには公認のものと、それからはみ出したもの、正統・異端の双方が関わっている。

ひるがえって、ドイツ・ロマン派とは何だろう。こちらも明確に定義できないのではないか。ドイツのロマン派というくくり方は、何を基準にしているのか。そう呼ばれる面々が自らグループを結成したり、共同で機関誌を発行したわけではない。バロックとならぶ一大思想運動としてエポック概念、類型概念として捉えるのが一般的であろう。一八世紀末から一九世紀初めにかけて、啓蒙主義や古典主義との対比で、感情を重んじ、不合理なもの・童話的なもの・民俗的なものを哲学、科学、文学、美術、音楽によって表現した人々だと。

さて、魔術とロマン派、ここでは二人の典型的な人物を取っ掛かりにして問題を眺めてゆきたい。その一人はアタナシウス・キルヒァー（Athanasius Kircher 1601-1680）である。生涯の大半をローマのイエズス会学院で研究に没頭した彼の業績を概観する。次いで、キルヒァーの死後一世紀の時を経て、秘密結社、魔術師、奇跡治療家の徘徊など、啓蒙主義時代にあって潜伏していた不可思議なものを希求する精神動向をさぐりながら、ドイツ・ロマン派の発生、生長を検討する。それも文学の動きだけではなく、科学の分野にも目を配って、そのなかでもとくに自然研究家Ｇ・Ｈ・シューベルト（Gotthilf Heinrich Schubert 1780-1860）の同時代人との人間関係とその医学者としての事績に注目することにしよう。さらに最後に、秘密結社、魔術的言語・理想言語など人工言語の問題を考察する。

一　最後のルネサンス人、キルヒァー

アタナシウス・キルヒァーは一六〇一年五月、ヘッセン方伯領の宗教都市フルダ近郊ガイサに生まれた。ドイツ国内で教育を受けたのち、イエズス会に入会し、各地の教団学院で物理学、数学、言語学を研究。一六二八年に司祭に叙任され、研修を済ませたところで、ヴュルツブルク大学から教授に招聘されて数学、哲学、東洋語の講義を行なった。三十年戦争が激化、スウェーデン軍が迫って来るなか、フランスに逃れ、しばらくリヨンとアヴィニョンで教鞭をとった。一六三三年には皇帝フェルディナント三世から数学研究者として招聘された。だがウィーンに赴く前に、短期の訪問のつもりでローマを訪れたところ、イエズス会学院「コレーギウム・ロマーヌム」（Collegium Romanum）で数学、物理学、東洋語の教授就任を請われ、結局こちらを受けてローマに留まった。同時にエジプトについての研究書を著す任務を命じられた。数年後に教授義務を免ぜられ、生涯の大半をローマのイエズス会学院で研究と著作に没頭することとなった。

研究分野は自然学、考古学、文献学、エジプト学、歴史学、言語理論、天文学、光学、音楽・音響学など有りとあらゆる分野に及び、その一つひとつに珍奇な多面性がある。たとえば音楽研究では音楽が健康な、あるいは病気の人間に働きかける情動効果を解明しようとしたり、ノアの洪水後に音楽を復旧したエジプト人のことなど古今の逸話や、毒蜘蛛タランテラにかまれたときの治療法、古代の楽譜、教理的基礎、自動作曲機械、自動演奏オルガン、音楽による暗号通信など多くの珍しい報告に溢れている。音楽を論じながらカバラのこと、薔薇十字のこと、コルネリウス・アグリッパ（Heinrich Cornelius Agrippa von Nettesheim 1486-1535）の隠秘哲学など、多方面へのアプローチが見られる。ユニヴァーサルな学問を追及したキルヒァーは「最後のルネサンス人」の一人とみなされているが、ルネサンス後期の神秘的宇宙観を共有しながらも、また自ら実験に手を染めるなど新しい実証的な方法を広く取り入れたので、近代の入り口に位置する人物とも評される。

二　ロマン派の揺籃

娯楽小説

キルヒァーが没しておよそ百年後、一七七〇年代、八〇年代生まれのドイツの若者たちは文学・芸術が貴族の嗜みから中産階級、庶民の楽しみとなった啓蒙主義時代に身を置いていた。彼らが好んで読んだ文学作品にはジョナサン・スウィフト（Jonathan Swift 1667-1745）、ロレンス・スターン（Laurence Sterne 1713-1768）、トバイアス・スモレット（Tobias Smollett 1721-1771）、それからM・G・ルイス（Matthew Gregory Lewis 1775-1818）の『マンク』_Ambrosio, or the Monk_（1796）、カゾット（Jacques Cazotte 1719-1792）の『恋する悪魔』_Le Diable amoureux_（1772）など英仏の翻訳もの、またヴルピウス（Christian August Vulpius 1762-1827）やクラーマー（Carl Gottlob Cramer 1758-1817）などのドイツのベストセラー作家のものであった。一七九〇年代のドイツは大量に印刷された娯楽小説に溢れていた。そうした作品を読んで育った世代のなかから後にロマン派と呼ばれる詩人、芸術家が生まれてきた。

こういう小説の洗礼を受けて育ったルートヴィヒ・ティーク（Ludwig Tieck 1773-1853）は埋もれていたシュナーベル（Johann Gottfried Schnabel 1692-1752）の『ある船乗りたちの不思議な運命……』_Wunderliche Fata einiger Seefahrer_ ……（1731-43）を改めて出版した[1]とき、その序文で「こうした娯楽小説にあまり厳格にならないよう」と、当時の読者に求めている。ホフマン（E. T. A. Hoffmann 1776-1822）はある作品（『精霊奇譚』_Der Elementargeist_, 1821）の登場人物に、若い時分フリードリヒ・シラー（Friedrich von Schiller 1759-1805）の『見霊者』_Der Geisterseher_（1787-89）やカール・グロッセ（Carl Grosse 1768-1847）の『ゲーニウス』_Der Genius. Aus den Papieren des Marquis C* von G**_ (1791-1795) に夢中になったことを告白させて、こういう作品に心を奪われたことを「いまでも別に恥ずかしいとは思っていない」と言わせている。

結社小説

そうした大衆小説のなかに一八世紀末、フランス革命前後の風潮に乗って出てきたのがいわゆる結社小説《Bundesroman, Geheimbundliteratur》である。八〇年代、九〇年代に出版された結社小説の数は、二百タイトルをはるかに上回るとされる。これらをティークやホフマンが夢中で読んだのだ。結社小説では、啓蒙主義隆盛のなかで雌伏していた不可思議が再登場してくる。当時は奇跡治療家が徘徊し、世界の没落やメシアの出現の予言を聞く集まりが開かれ、上流市民、大衆を引き寄せた。この風潮につけ込む詐欺師の活躍もあった。そのなかで秘密結社や陰謀に関する空想が市民の心のなかで急速に羽根を広げて行くことになる。

だがこの時代の大衆娯楽小説には、荒唐無稽な騎士小説や魑魅魍魎の跋扈する怪奇な歴史小説の形を借りながら、一八世紀の世俗化《Säkularisierung》に逆らう動きがあることに注目しなければならない。その動きのなかに私たちはロマン派のメールヘンや短篇小説を位置づけることが可能であろう。その先頭をきったのはやはりティークである。『金髪のエックベルト』*Der blonde Eckbert*（1797）がそれまでの騎士小説、つまり、trivial な物語とロマン派の創作との違いを明確にしたマニフェスト的作品と言える。つまりサスペンスが人間の内面という奇怪な領域に踏み込んだ作品になっている。彼ははっきり大衆小説から出発した作家と言える。

三　ロマン派作品のなかの魔術的要素

ここでドイツ・ロマン派の作品に顕れた魔術的な要素をざっと見てみよう。そこには一七・一八世紀の大衆小説のモチーフが溢れている。当時の出版状況としては、高尚な文学がリードしていたとは言えず、一七九〇年代のドイツでは大量の娯楽小説が印刷されていた。すでに八〇年代から加速度的に増大していった生産量はここにいたって爆発的になったと言われる状況があった。これらのうち、後に「騎士・盗賊・恐怖小説」(2)と定式化されるものにここでは話を絞りたいのだが、ロマン派の文学者たちも、たいていはこういう小説の洗礼を受けて育っていったのである。ティークをはじめとして、童話作家ハウフ（Wilhelm Hauff 1802-1827）も「幽霊、盗賊小説」を愛読したし、劇作家グリルパルツァー（Franz Grillparzer 1791-1872）はギムナジウム時代、シュピース（Christian Heinrich Spieß 1755-1799）、クラーマー、ラ・フォンテーヌ（Jean de la Fontaine 1621-1695）を熱心に読んだ。

しかし、啓蒙主義が小説に要請する「教訓のため」とか「何かの役に立つ」という手段・道具としての性格が次第に変わっていく。小説に描かれる物語自体が大衆の心をとらえる。近代になって印刷出版の普及とともに小説というものが広まったのは、何よりもそれが大衆にとって面白いからで、そもそも小説と娯楽性とは切り離せないだろう。一八世紀啓蒙主義の「民衆の教化」という要請も、「面白く役に立つ」というキャッチフレーズを伴って小説とは親和性を示す。小説はいかなる内容も盛り込める形式で、ある種の主張をそれに盛り込むことも簡単にできて、牧師のものする修養書が小説になったり、また啓蒙思想を小説の形で発表することもできる。そういえば、ホフマンの場合は『騎士グルック』『ドン・ジュアン』『クライスレリアーナ』から『黄金の壺』へと進んでいって物語作家になったのだから、彼は〈音楽評論小説〉というジャンルから出発したのだ、と言えなくもないのである。[3]

このように、大衆小説の出版部数が増大するなかで、啓蒙主義の広まりと歩調を合わせて宗教書が減り、小説が増える傾向が明瞭だ。教会の牧師が神の教えを説くのに代わって、小説家が啓蒙の教えを説くものが優勢となる。家庭小説《Familienroman》と呼ばれるものがその代表だろう。それに対して、娯楽に重点のある作品が騎士小説、冒険小説、盗賊小説などである。これら、大衆の心をとらえた小説の面白さはどこにあるのだろうか。いろいろ考えられるだろうが、やはりそれは物語性に行き着くといえる。昔から小説作家はみな、小説には物語を前へ進めていく力、なんらかのサスペンスが絶対に必要なことを心得ていた。サスペンスといえば推理小説のみを想起するのが一般だが、suspense とは宙ぶらりんの状態のことで、ドイツ語では《Spannung, Ungewissheit》のことであって、つまり、未決定とか謎、を指す。普通は物語中の人物の運命に読者が感情移入することでサスペンスが生まれる。無垢な処女に野卑な男が迫る、ああ彼女はどうなるか……というのが、まあ、いちばん trivial なサスペンスかも知れないが。[4]

サスペンスが生命の娯楽小説にもさまざまな色合いのものがある。しかし大衆小説とロマン派の文学の関連を見る上で重要なのは、荒唐無稽な騎士小説や魑魅魍魎の跋扈する怪奇な歴史小説の形を借りながら、「世俗化」に逆らう動きがあることで、その動きのなかに私たちはロマン派のメールヘンや短篇小説を位置づけることが可能だろう。言葉を変えれば、大衆小説のなかに幻想文学と呼べるジャンルが生まれてきたと言える。[5]

ティークは、はっきり大衆小説から出発した作家と言えるのだが、彼の作品から、当時の大衆小説にお定まりの主題のうち、とくに魔術的・錬金術的なモチーフをちょっと挙げてみると、まず秘密結社がでてくる。魔術師、カリオストロ、錬金術、侏儒、精霊、魔女、憑依、奇形、長命、分身《Doppel-Ich》。魔法の小道具では盃、鏡、水晶の皿など、そのほかホロスコープ、予言、透視、催眠術、カード占い、喋る動物、幽霊といったモチーフも使われている。これらが最初、大衆小説と同じ水準で用いられていたのが、次第に変質していく。ティークの場合、『カール・フォン・ベルネック』*Karl von Berneck*（1797）とか『ウィリアム・ラヴェル』*Die Geschichte des Herrn William Lovell*（1795-96）の段階ではゴシック小説の「説明される超自然」《explained supernatural》が描かれるのだが、『金髪のエックベルト』にいたると、作中で提出された不可思議な謎がサスペンスとなって物語を進めていき、物語の結末にいたっても謎は解決しない。むしろさらに深い謎として読者の心に不安な気分を残して終るのである。ここではもはや不可思議の合理的説明が拒否されている。人間がおのれ自身の不可解な内面と超自然に翻弄される物語となっている。[6]

シラーの『見霊者』はもとより、ゲーテ（Johann Wolfgang von Goethe 1749-1832）の『ヴィルヘルム・マイスターの修業時代』*Wilhelm Meisters Lehrjahre*（1795-96）中の「塔の結社」なども時代の風潮を映している。当時、もっとも大きな勢力を誇った秘密結社が、フリーメーソンだった。この啓蒙主義の砦と目されていた結社のロッジで、オカルト的な儀式が行なわれていたことに注目する必要がある。カバラとか占星術・錬金術につながる伝統である。こういう秘密めいたところが政治的陰謀を憶測させる所以にもなった。騎士小説では秘密裁判、いわゆるフェーメ《Feme/veme》が暗黒の力のありか、秘密結社の権力手段として描かれる。修道士が正義に逆らうものとされるのは、当時一般のイエズス会への反感の反映と言えるだろう。この時代、結社が次第に悪のものとイメージされてゆく。何か恐ろしい悪事をたくらむ陰謀集団とされ、[7]恐怖の対象となる。

ティークから、ブレンターノ（Clemens Maria Brentano 1778-1842）、アルニム（Achim von Arnim 1781-1831）、フケー（Friedrich de la Motte Fouqué 1777-1843）、そしてホフマンと続くロマン派の幻想小説が、母胎となった通俗小説と異なっているのは、不可思議とかオカルト的なものを物語のサスペンスとするだけではなく、隠れた力の人間に及ぼす神秘な影響として描いたことにある。つまり作品が超越的なものに触れたか否かが、通俗とロマン主義を分けるメルクマールだろう。ティークなどは、気がついたら幻想物語を書いてしまっていた、というところがあるのだが、ホフマンはそれをはっきり意識して、超越的なものを、精霊的原理にもとづいている世界として、その世界と関連をもつ人間のあり方を描き続けた作家だ、と言うことができる。彼の描く物語の主人公たちは、みな超自然の領域につながる人間で、こういう人間は地上の俗世間では錯乱状態になる。その典型が〈楽長クライスラー〉の姿であろう。ロマン派の詩人たちは「世俗化」に抵抗し、みなそれぞれに聖なるものを求めたのだが、ホフマンにとって聖なるものは、音楽と恋愛であった。音楽と愛は此岸における彼岸の威力の顕現に他ならず、その力は、日常の生活に不意に侵入してくるもので、これを言葉で描くには幻想小説という器しかなかった。『騎士グルック』*Ritter Gluck*（1809）で、こう言っている。「多くの者は夢の国で夢を夢みて過ごしてしまう——夢のなかに溶けてゆく……ごくわずかの者は、夢から醒め、高く舞い上がり、夢の国を抜けて進んでゆく——この者たちは真理に到達する——究極の時がきたのだ……語り得ないものに触れる時が！」(8)ホフマンが超自然とか不可思議をいかなる態度でとらえていたか、凡百の通俗作家といかに次元を異にしていたか、これで明らかだろう。いわば夢の国の出来事を語るのがゴシック小説とかメールヘンだが、彼は夢の向こうの、さらに高い世界を描いたのだった。メールヘン、ゴシック小説は不可思議なものと日常世界が截然と分けられていたのが、ホフマンではその境界が曖昧になってしまった。(9)こうして『黄金の壺』から始まる絢爛たる色彩と音楽の国が紡ぎ出されていったのだ。

さて、このようにロマン派は「隠れた力」「超自然的なもの」「彼岸の威力」などが人間に影響を及ぼし、日常に侵入してくるさまを作品で描いたが、こうした「魔的なもの」に魅了されたロマン派の世界観を考えるうえで、この時代の自然科学者たちに注目しなければならない。彼らは同時代の哲学者、宗教者、美術家と共に、新しい世界観を深く掘り下げ、広めていった。ここではとくにロマン派の思想に大きな影響を与えたG・H・シューベルトと、その周辺の人々に焦点を当てたい。

四　シューベルト、詩と科学

G・H・シューベルトは一七八〇年、ザクセン選帝侯国のエルツ山地の町、ホーエンシュタインの牧師の家に生まれた。ピエティズムの規律と敬虔な雰囲気に包まれて、つつましく平安な子供時代を送った。幼い頃より自然への探究心が芽生え、鳥の骨や鉱物を収集し、また物理学、天文学方面の関心が深かった。

一七九九年、ギムナジウム修了。父も学んだライプチヒ大学で、父の望みに従って神学部に進んだが、神学には身が入らず、一年後、医学部に転じた。一八〇一年には、学友たちと医学研究を完成するためハレ大学へ移った。精神病治療を学問として深く研究し、精神医学《Psychiatrie》の創始者といわれるJ・C・ライル（Johann Christian Reil 1759-1813）に師事し、精神病の理論を本格的に学ぶ。ところがある日、雑誌でガルヴァニズム（ガルヴァーニ電気）の神経に及ぼす作用の報告を読むや、実験を行なったJ・W・リッター（Johann Wilhelm Ritter 1776-1810）に面会するため学友たちとイェーナ大学を訪れる。ここで時の哲学を代表するシェリング（F. W. J. v. Schelling 1775-1854）、ヘーゲル（G. W. F. Hegel 1770-1831）を知り、この町に移ることを決める。研鑽を積み、一八〇三年、学位を得て医師としての経歴を踏み出した。

幼時より鉱物学と地質学に関心があったが、一八〇五年から翌年にかけてフライベルクの鉱山学校に赴いて、岩石水成説で有名なA・G・ヴェルナー（Abraham Gottlob Werner 1750-1817）のもとで研究する。この鉱山学校ではかつてバーダー（Franz Xaver von Baader 1765-1841）が、そしてまたノヴァーリスとシュテッフェンス（Henrik Steffens 1773-1845）が共に地質学を学んだ。鉱山は母なる自然のふところを覗かせる、限りない驚異の宝庫なのだ。ここで多くの友人ができ、また娘のゼルマ・ヴィルヘルミーナが誕生した。これは彼の唯一の血のつながる後裔となった。その一〇月、校長ヴェルナーが学校を去るとともに、シューベルトも数人の友人たちとドレースデンに移った。

そしてすでに一八〇五年以来、学問・文学についての講演を重ねて名声を得、この都市の芸術家サークルの間に確固たる勢力を張っていたアーダム・ミュラー（Adam Heinrich Müller 1779-1829）と協力して新しい芸術雑誌の出版に着手する。この雑誌『フェーブス・芸術ジャーナル』*Phöbus. Ein Journal für die Kunst.*（1808）の刊行には在ドレースデンの詩人、画家たちが多く参加したのだが、画家G・v・キューゲルゲン（Gerhard von Kügelgen 1772-1820）の家に滞在していたシューベルト、そして彼の医学生時代以来の友人で一八〇五年からこの都市に住んでいるヴェツェル（Friedrich Gottlob Wetzel 1779-1819）[10]も重要な協力者だった。ミュラーはゲーテに宛てた手紙で、クライスト（Heinrich von Kleist 1777-1811）とシューベルト博士が彼自身のプランのもっとも親密な協力者だと伝えている。またドレースデン時代に風景画家のC・D・フリードリヒ（Caspar David Friedrich 1774-1840）を知ったこともシューベルトにとっては忘れがたい出来事であった。彼はこの画家のキャンバスに、自分の抱く自然観の見事な形象化を見たのである。

自然と人間の有機的関係――『自然科学の夜の面についての見解』

シューベルトが著した評論集のなかでとりわけ評判となり同時代の思潮に大きな影響を及ぼした二冊がある。彼がミュラーの勧めを受けて一八〇七年から翌年にかけての冬、一四回にわたって講演を行なったが、講演のテーマは動物磁気、透視、夢であった。この記録が、画家キューゲルゲンへの献辞を添えて『自然科学の夜の面についての見解』*Ansichten von der Nachtseite der Naturwissenschaft*（1808）[11]として一八〇八年秋に出版されたのがその一冊である。

「最初のロマン派の面々と自然哲学者によって提起された理念が、人々それぞれでどれだけ異なっていようと、世界の見方、物事についての考え方は共通であった。……世界は生きた統一である、これがロマン的世界観の根底であり、その唱導者たちが倦むことなく繰返す命題である」[12]とリカルダ・フーフ（Ricarda Huch 1864-1947）は述べているが、このいわば有機的宇宙観はシューベルトにとっても思想的営為の出発点であり収斂点であった。人間は自然の階梯を登りつめた最高段、未来のより高い世界に接する位置にある存在である。自然の連続性はこの段階でも貫かれているゆえ、「人間は、地上の自然の最高峰に位置すると同時に、地上を越える自然の最初の萌芽でもある」[13]という二重性のなかに身を置いている。人間が、地上の自然の発展の最後段階で、直接より高い段階に接している。「一般的に、より高い未来の存在の、現在に境界を接する心的世界の精神は、人間存在において宗教として、あるいは芸術にしろ知的なものにしろ熱狂として発現していると思える」[14]。この「精神」は「現在の生の受動的状態においてとくに現れることが多い。そして不可思議な、およそ思いも及ばぬ底深いわれわれの本性は、たいてい没我の瞬間、あるいは現在の意思が眠り込んだ瞬間に姿を垣間見せるのである」[15]。従って『見解』の大詰めは「動物磁気とそれに関連する若干の現象について」[16]論じることになる。なぜなら催眠状態こそ人間の日常行動の停止した状態、磁気療法がもっとも効果を現す、典型的な「受動的状態」に他ならないからである。

『夢の象徴論』

『見解』に次ぐもう一冊は『夢の象徴論』*Die Symbolik des Traumes*（1814）[17]である。一八一三年七月、シューベルトは親友ヴェッツェルが『フランケン・メルクール』の編集者となって腰を据えていたバンベルクを訪れた。一夕、このヴェッツェルの友人がシューベルトをガーデン・パーティに招待する。この招待主こそ葡萄酒商にして文学愛好家、E・T・A・ホフマンの酒友にしてその最初の作品集の出版者クンツ（Carl Friedrich Kunz 1785-1849）に他ならなかった。こうして翌年出版されたのが、夢を手掛かりに催眠、動物磁気へと、多くの例証と診療経験にもとづいて考察を進めた『夢の象徴論』であった。

『象徴論』では、冒頭すでに全体を貫くライト・モチーフが提示される。「夢のなかでは、あるいは入眠に先立ってよく現れるデリーリウム《Delirium》の状態のときすでに、魂は平常とはまったく別の言語を話すようにみえる」[18]。ここでさりげなくもちだされた「夢の言語」という概念が次第に明白にされて論述の核となる。通常の言語が「語ことば」《Wortsprache》であるのに対して夢の言語は「絵ことば」《Bildesprache》であるといい、こちらは、生後学習によって身につける語によることばとは異なって生得のものであり、しかも語とは比較にならない、無限の表現力を備えているという。

ところが夢の言語は、預言者の「啓示のことば」《Sprache der Offenbarung》、また「詩のことば」《Sprache der Poesie》とも近縁関係にあって、これら形象による言語の「原型はわれわれをとりまく自然の内」[19]にあるとされる。ここでは、自然は「具体化された夢の世界」あるいは「生命ある象形文字による預言的言語」とされ、「より高い霊の世界で昔語られていた、そしていまも語られている言語」であり、「生命を文字とする書物」である。この自然言語説の究極の表現は「自然聖書」《Naturbibel》という一語に結晶している。自然は一巻の聖書とみなされているのである。

いまや『象徴論』の構想はおよそ明らかになったと思う。シューベルトの自然観は六年前の『見解』から変わるところはないが、ここで問題となるのは、自然観と言語観の独特の融合であろう。『象徴論』に見られる放恣とさえ思える言語観念の拡張・濫用は前者『見解』では全く窺うことのできなかったものである。この背景には、『見解』を著して以後彼が傾倒し、その『物の精神』*De l'esprit des choses*（1800）を翻訳もしたサン＝マルタン（Louis-Claude de Saint-Martin 1743-1803）の思想が投影していると考えられる。

サン＝マルタンの思想

サン＝マルタンはあらゆる「終末論的宇宙論」の始祖とされるマルチネス・ド・パスカリ（Martines de Pasqually 1715?-1774）の思想を継承している。マルチネスは、主著『諸存在の再統合論』*Traité de la Réintégration des êtres* ...（1772-73／出版 1899）において、世界と人間の創造史を取扱い、神との再合体への道を示している。すなわち「喪失と回復」《déchéance et réhabilitation》が彼の人間史の根本図式であるが、これを継承したサン＝マルタンは、世界の二重性——神からの離落と再合体への意志——というマルチネスの思想を言語の観方に転用する。従って言語史は喪失と回復という神の創造史の反復にすぎないのである。つまり彼によれば、神と人間精神の統一を啓示する《langage》は今や失われたのだがその残照は堕落言語たる《langues》の内に仄かに光っている。言語は、よし堕落したものでも、人間の恣意的な産物ではなく、原初の神と人間の一体を示すシンボルである。それゆえ人間が再び神と一体となるには、原言語である

《langage》を取り戻さねばならない。われわれが原言語を再び手にするときには、世界の秘密はことごとく解明されるであろうという点にマルタン主義の核心がある。[20] もはやサン＝マルタンの神秘主義が『象徴論』の構想に対して、いかほど多くを提供しているかは明白であろう。

メスメリズム

シューベルトは一八〇三年から、医師としての経歴を歩み出している。彼の治療法の根幹にあった「催眠療法」とは、ドイツ生まれでウィーンで医学を修めた医師メスマー（Franz Anton Mesmer 1734-1815）が始めた治療法で、その名をとって「メスメリズム」《Mesmerismus》とよばれる。

磁気を用いて病を治す療法は古くから行なわれていたのだが、鉄の磁石が人体に何らかの力を及ぼす、と信じるにいたったのには理由がある。メスマーが一七六六年に学位を得た論文は『惑星の影響について』*De Planetarum Influxu* と題され、中世占星術の影響の下に、星辰の人間に及ぼす影響を仮定し、ある神秘な力が「天の広大な空間を通してあらゆる物質の内奥に作用していること、ウル・エーテル、つまり神秘な流体が全宇宙を、よってまた人間をも貫流していること」というテーゼをたてたのである。それから十年、彼は自分が目にしている磁石による不思議な現象の原因を、かつて仮定したウル・エーテルと結びつけずにはいられなかった。

シューベルトは医師として、磁気療法を深く研究し、また治療にも用いた。彼は『見解』において、この新療法をめぐる喧騒は動物磁気説の本質と無縁の出来事であると力説している。新療法をめぐる喧騒とは、主としてプロイセンのフリードリヒ・ヴィルヘルム二世（在位 1786-97）の宮廷での降霊会を指している。

この王は皇太子時代から隠秘術にのめり込み、一七八一年には勃興したばかりの秘密結社に入社した。皇太子はまた多くの愛妾を持ったが、なかでも寵愛したのは宮廷トランペット奏者の娘、美貌のヴィルヘルミーネ（Wilhelmine Enke / Gräfin von Lichtenau 1752-1820）で、身近に置いて貴族の行儀作法を身に付けさせた。国王に即位した後、屋敷、地所、年金を与え、叙爵してリヒテナウ伯爵夫人とした。

黄金薔薇十字結社

王が加入した秘密結社は「黄金薔薇十字結社」(21)と呼ばれる。結社の歴史はモーゼの時代にまで遡るとか、クリスチアン・ローゼンクロイツという謎めいた始祖のことなどは、さしあたり新しい時代の神秘家たちのプロパガンダとみなしておくことにして、ここで取り上げる黄金薔薇十字結社は、一七五七年に成立し、一七八〇年代、九〇年代のごく短期間に非常な政治的影響力を発揮して、そのあと急速に歴史の舞台から去った秘密結社である。活動が盛んとなるのは、一七六四年にフリーメーソンとの繋がりができ、その後、結社中結社の結成、すなわち既成結社への潜入、乗っ取り方針が決まって以来のこと。彼らはフリーメーソンが「光の輝き」《Schein des Lichts》であるのに対して黄金薔薇十字は「光そのもの」《das Licht selber》だと称していた。

新入社員は数字、記号のシンボル、四大についての教えを学ぶ。ネオプラトニズム、パラケルスス（Paracelsus/Theophrastus (von) Hohenheim 1493-1541）、ベーメ（Jakob Böhme 1575-1624）などの系統の汎神論的な流出理論が核となっている。自然の認識が神の認識につながる、というロマン派の自然観でおなじみのあれである。この理念は教会キリスト教に満たされない部分を吸い上げたと言うべきか。一七七七年の改革で「キリストの国建設」を目指すとして、単なる宗教的なものから政治的色彩を鮮明にする。リクルートする対象は、自然研究家、医者、高級将校、神学者、いずれも上流ブルジョアと貴族であった。組織の方法は敵対する結社フリーメーソンの、とくにその高位位階システムにならって作られている。会員には厳格な守秘義務が課せられていて、知識を深めることとヒエラルキーの強化が一致するという巧妙な組織作りであった。会は、南ドイツ、ウィーン、ザクセン、シュレージエン、ベルリン、さらにポーランド、ロシアへと広まったが、なかんずくフリードリヒ・ヴィルヘルム二世治下のプロイセンで活動のピークとそして没落を迎える。王は、まだ皇太子時代、一七八一年にこの黄金薔薇十字結社に入社（結社員としての名はOrmesus）した。

リヒテナウ伯爵夫人と共謀した二人の〈佞臣〉も黄金薔薇十字会員であった。ヴェルナー（J. Ch. Wöllner 1732-1800）は、枢密財政顧問。一〇月に叙爵、総理大臣格に。タバコ、コーヒー専売の廃止、プロイセン最初の直接税導入などの政策。一七八八年、宗教部門の長に任命されるや、悪名高い宗教勅令を公布させる。ヴェルナーよりも王の愛顧を得たのが、ビショッフ（ス）ヴェルダー（J. R. v. Bischoffwerder 1741-1803）で隠秘学の知識で王をとりこにした。一七七九年に黄金薔薇十字会に入会し、サン＝ジェルマン（Comte de Saint-Germain 1710-1784?）とも交渉があったらしい。そして、悪名高いシャルロッテンブルクでの招霊会を主宰した。

五　薔薇十字思想・結実協会・真正言語

さて最後に、魔術とロマン派を根底でつなぐこととなったテーマに目を向けてみよう。それは他ならぬ言語の問題である。ルネサンス期におけるヘルメス主義的世界観の醸成、カバラ思想の影響のもとにユートピア的人工言語の「発明」がなされるとともに、これが全体知と魔術的言語、魔術的文字などを追求する薔薇十字運動を準備することになった。

薔薇十字思想と結実協会・啓明結社

三十年戦争を引き起こした新旧の宗教対立から一五四〇年に生まれたイエズス会は布教対象を欧州外に設定し、非キリスト教徒を信仰に導く宣教活動が対抗宗教改革のシンボルとなった。こうした対立のなかから各種の宗教結社が生まれ、薔薇十字思想を巡るさまざまな運動が発生した。これらの運動は疑いなく錬金術の新しい流れのなかにあり、さまざまな形でパラケルススの錬金術思想が底流にある。一七世紀になるとシュトラースブルクで出版・印刷業を営んでいたドイツ人の編纂で、『化学の劇場』[22]なるエゾテリックな文書のシリーズが出版された。

言語の問題を主たるテーマとしたアカデミー・結社が数多く生まれたなかで、ドイツで注目すべきは一六一七年から八〇年まで活動した「結実協会」（Die Fruchtbringende Gesellschaft）であろう。これには「詩人会員」として、グリュフィウス（Andreas Gryphius 1616-1664）、ハルスデルファー（Georg Philipp Harsdörffer 1607-1658）、オーピッツ（Martin Opitz 1597-1639）など、その他重要会員として、ブラウンシュヴァイク公、ブランデンブルク選帝侯フリードリヒ・ヴィルヘルム、文法学者ショッテリウス（Justus-Georgius Schottelius 1612-1676）、そしてドイツにおける薔薇十字運動の中心人物の一人、『化学の結婚』の著者である神学者アンドレーエ（Johann Valentin Andreae 1586-1654）が名を連ねていた。

この流れのなかで、イエズス会の修道士だったインゴルシュタット大学教授のアダム・ヴァイスハウプト（Adam Weishaupt 1748-1830）が一七七六年に創設した秘密結社、啓明結社（illuminati, Illuminatenorden）はとくに重要である。

人工言語と百科全書

【正統キリスト教の立場から】

ラテン語がローマ帝国の言語としてヨーロッパの全地域にわたって普遍言語の役割を果たし、かつまた西ローマ帝国でキリスト教文化の言語となった。キリスト教の教義が覇権を獲得して、ヨーロッパでは言語の起源に関する議論がアダムの言語とバベルの神話を中心に展開することになる。ところが次第に、ラテン語にせよギリシャ語にせよ、物事と人間の思想を調和的に表現することのできる唯一の言語ではないことが意識されるようになる。ペルシャ、エジプトその他の宗教、文化の流布もこの意識を強める。

さらにアウグスティヌス以来（スコラ哲学が確立してから）聖書の教義とアリストテレス主義の対立と融合が、一方で自然科学が勢力を持ってくるとそれとの戦い、あるいは妥協が図られつつ、言語に関する教義も変遷してゆく。言葉ではなく事物そのものによって表示される完全言語という発想が生まれる。すなわち創造主の定めた〈世界言語〉という観念で、これがただちに動物誌、鉱物誌、百科全書、世界絵図という観念を生み出す。エンブレーム、シンボルが広範に使用されることもこのことに無関係ではない。例の、見慣れたバベルの塔の図像は一一世紀以降に大量にあふれてくる。

【エゾテリックなモチーフから求められた「真正言語」】

ルネサンス期にヘレニズム世界を起源とするヘルメス主義的世界観がヨーロッパの観念世界にはっきりとした一潮流

を形作るようになる。古代東方の異教の流入などがあって、さらにイベリア半島を追われたユダヤ教によるカバラ思想[23]の影響も受け、ユートピア的人工言語の「発明」が行なわれるとともに、全体知と魔術的言語、魔術的文字などがテーマとなる薔薇十字運動も起こってきた。薔薇十字の最初の宣言書『薔薇十字団の名声』では「自然という大いなる書物」という表現が、『薔薇十字団の告白（コンフェッシオ）』では「言葉の時代、原初の言葉は光のように透明」という表現が見られる[24]。「自然の大いなる書は万人に公開されているが、それを読み、かつ理解できる者は、わずかしかいないのである」。「神は、それらの記号や文字を、聖なる経典、すなわち聖書のあちらこちらにくみ入れられたが、さらに神はそれらを、天と地のすばらしい創造物と、あらゆる動物のうちにも刻み込まれたのである」[25]。

ここに見られる「自然の書物」という観点は、エゾテリックの陣営（ベーメ、パラケルススなど）からだけでなく、すでに見たように正統キリスト教神学の立場からも、さらには新しい経験科学の陣営（ベーコン、ガリレオなど）からも、こもごもに主張される。この時期から多くの人々が「自然の書物」を言い始めたのである。

キリスト教ヨーロッパの世界像は端的に言えば、神がこの世界を作ったのだから、世界には神の意志が行き渡り、神の創造の計画が貫かれているというものである。自然の書物を読んで神を理解するという発想も、この世界像から生まれている。アリストテレス復活と、ギリシャ、ローマ、アラビアの文献がラテン語に訳された一二世紀以来、ヨーロッパではギリシャ的世界観とキリスト教を両立させるための巧妙な論理としても、神の書いた二つの書物という発想が受け入れられた。これがスコラ学の立場である。宇宙の秘密を解き明かすことは、聖書を読むのと同じだけの重要さをもつようになっている。

ヨーロッパの歴史に次々と持ち上がる事変、また結社、宗教改革、イエズス会、アカデミー、薔薇十字団の運動などは、顕在的・潜在的に普遍言語、自然の書物、全体知と魔術的言語、魔術的文字などがテーマとなっている。これらの問題は、すべて真正の言語を見出そうという試み[26]に通じている。

【現代への波及】

二〇世紀末になって、ライプニッツ（Gottfried Wilhelm Leibniz 1646-1716）まで遡って、その業績を追跡し、数学的解析と記号化を論理学に適用しようとする動きが現れる。事物の本性を表現できる理想言語の追求、普遍的なコード、音符、数字をモデルにした言語を考えようとする動きである。これが現代の人工知能（Artificial Intelligence）の試みにつながることは言うまでもない。「ＡＩは暗黙のうちにライプニッツの普遍記号学の構想を踏襲している」[27]のである。

【註】

＊本章では、拙論「幻想世界の形成——Ｅ・Ｔ・Ａ・ホフマンと大衆小説」（『同志社大学外国文学研究』第五四号、一九八九年）、「Ｇ・Ｈ・シューベルトのロマン的世界像」（『同志社大学外国文学会・外国文学研究』第一〇号、一九七五年）、研究ノート「シャルロッテンブルクの招霊会——フリードリヒ・ヴィルヘルム二世と黄金薔薇十字結社」（大阪市立大学ドイツ文学会『*Seminarium*』第一〇号、一九八八年）、研究ノート「人工言語と百科全書」（『*Seminarium*』第二五号、二〇〇三年）の一部を用いた。その際、改変を加えた箇所がある。また、註で挙げた文献については副題を省略したものもある。

（1）ティークがこの作品を一八二七年に改めて出版したとき、タイトルを『フェルゼンブルク島』*Die Insel Felsenburg* と変えた。邦訳あり、Ｊ・Ｇ・シュナーベル『南海の孤島フェルゼンブルク』常木実訳（郁文堂、一九七三年）。

（2）ドイツ通俗小説の最初の研究といえるアッペルの著書の表題は Johann Wilhelm Appell, *Die Ritter-, Räuber- und Schauerromantik* (W. Engelmann, 1859) という。これ以後、騎士小説、盗賊小説、恐怖小説という呼称が一般化したように思われる。

（3）プロテスタントの神学者が通俗的な文書の著者になることが多い。世俗化の世紀だった。

（4）ティークがギムナジウム教師のランバッハ（Eberhard Rambach 1767-1826）に協力して作った小説に Ottokar Sturm (Rambach), *Die eiserne Maske*（1792）がある。その前書きで、叙事詩と小説の違いに触れて、「小説では、その通りと思わせる関心のみならず、そうかなと思わせる関心も必要。いつも深刻ではらはらさせるものでなければならない……」と述べられている。ただし小説が読者を引き付ける諸力のうちサスペンス《Spannung》はどのように位置づけられるかについては厳密な議論が必要だろう。

（5）幻想小説の概念についいては議論の多いところだが、ドイツ・ロマン派と幻想文学の関連については「光と闇の二元構造――ドイツ・ロマン派の幻想文学」（『季刊・幻想文学』第一七号、一九八七年一月）で筆者の考えを少し述べたことがある。

（6）ティークの作品における〈不可思議〉の問題はそれ自体として検討する必要があるが、ロジェ・パウリン Roger Paulin の優れたティーク・モノグラフィーでもこう述べられている。「『ラヴェル』にしろ『カール・フォン・ベルネック』にしろ依然、秘密に満ちた出来事が合理的に説明されるという〈ゴシック・ノヴェル〉のモデル（「説明される超自然」）が当てはまる。それに対して『金髪のエックベルト』ではもはや合理性でもっては、人間の運命を左右する不可思議と現世界との接触が説明できない。不可思議を通して人間は自分が魂のカオスと超自然の恐怖の手中にあるのを見る」。Roger Paulin, *Ludwig Tieck: A Literary Biography* (Oxford UP, 1985).【独訳】Paulin, *Ludwig Tieck: Eine literarische Biographie* (C. H. Beck, 1988).

（7）陰謀理論が猛威をふるうにいたるには啓蒙思想自体に原因がある、と指摘する研究者もいる。すべての出来事には根拠があるとすれば、なにか説明し難いものが出来したとき、隠れた力を想定することになり、此岸に原因を設定すれば秘密結社の陰謀がすべての不可思議の原因となる、と。だから啓蒙されればされるほど、合理的に説明できない現象に対する恐怖が増大するというわけ。言い換えれば、同じ秘密でも、世紀の初めと終わりでの位置づけの違いがあることになる。いずれ説明される秘密と、ついには謎のままに終る秘密と。「不気味と無力は紙一重」"Unheimlichkeit und Ohnmacht sind eng benachbart" (Hans Mayer)。

（8）E. T. A. Hoffmann, *Fantasie- und Nachtstücke* (Winkler, 1960) p. 18. 邦訳あり、E・T・A・ホフマン『騎士グルック――一八〇九年のある思い出』鈴木潔訳、前川道介編『ドイツ・ロマン派全集』第三巻、前川道介・鈴木潔訳（国書刊行会、一九八三年）三二五–三二六頁（一部改変）。

（9）「ふと喫茶店を出て外を見上げたらUFOが浮かんでいたという方がかえってリアルであるような、そういう世界の輪郭の曖昧化というのがずっと進行しているような」現在の世界に近い？（川村湊との対談――『季刊・幻想文学』第二十号一九八七年一〇月――での笠井潔の発言）。

(10) ヴェツェルは『ボナヴェントゥーラの夜警』*Die Nachtwachen des Bonaventura* (1804) の著者とされていたが、現在では別人の著作と考えられている。邦訳あり、ボナヴェン・トゥーラ『夜警』平井正訳（現代思潮社、一九六七年）。

(11) 邦訳（抄訳、第十二、第十三講）あり、G・H・シューベルト『自然科学の夜の面』第十二・十三講、鈴木潔訳、薗田宗人編『ドイツ・ロマン派全集』第二十巻、薗田宗人他訳（国書刊行会、一九九二年）五一–八六頁。

(12) Ricarda Huch, *Die Romantik: Blüezeit, Ausbreitung und Verfall* (Rainar Wunderlich, 1951) p. 397.（筆者訳、以下同）。

(13) Gotthilf Heinrich Schubert, *Ansichten von der Nachtseite der Naturwissenschaft* (Arnoldische Buchhandlung, 1808) p. 309.

(14) Schubert, *Ansichten*, p. 320.

(15) Schubert, *Ansichten*, p. 322.

(16) Schubert, *Ansichten*, pp. 322-23.

(17) 邦訳あり、G・H・シューベルト『夢の象徴学』深田甫訳、ドイツ・ロマン派叢書（青銅社、一九七六年）。

(18) Gotthilf Heinrich Schubert, *Die Symbolik des Traumes* (Leseinstitut von C.F.Kunz, 1902) p. 1.

(19) Schubert, *Symbolik*, p. 24.

(20) Hugo Friedrich, *Die Sprachtheorie der französischen Illuminaten des 18. Jahrhunderts, insbesondere Saint-Martins* (DVjs. 13, 1935) pp. 293-310.

(21) プロイセンの黄金薔薇結社およびシャルロッテンブルクの招霊会（後述）については、研究ノート『シャルロッテンブルクの招霊会』、拙論「リヒテナウ伯爵夫人――E・T・A・ホフマン『精霊奇譚』覚え書き」（『同志社外国文学研究』第五三号、一九八九年）で少し紹介した。

(22)『化学の劇場』*Theatrum chemicum* (Lazarus Zetzner 編、全六巻 1602-1661)。

(23) ローマ帝国によって弾圧されて、ユダヤ人は離散し、ユダヤ教はヨーロッパの中心から排除された。宗教活動はイスラム支配下のバビロニア各地に分散し、一〇世紀以降はイベリア半島に中心を移していた。十字軍でもユダヤ教徒はイスラム教徒と同様に被害を受けたのである。ユダヤ神学の中心となったスペインでは神秘主義的な傾向も強まっていた。ユダヤ神秘主義の流れにはいくつかの潮流があるが、ヘブライ文字を神そのもの、神の創造のわざの現れとみなし、文字を通じて神智に到達しようとした神秘家の系譜からカバラが誕生する。

（24）ロラン・エディゴフェル『薔薇十字団』田中義廣訳（白水社クセジュ、一九九一年）二二、二八―二九頁。
（25）フランセス・A・イェイツ『薔薇十字の覚醒』山下和夫訳（工作舎、一九八六年）xxix頁。
（26）ヴェストファーレン条約（一六四八年）により三十年戦争を終結させたときの、皇帝フェルディナント三世（Ferdinand III 1608-1657 / 在位：1637-1657）から提起された「世界中の人々がお互いに理解し交流できる新しい言語を構築することは可能か」という問いに、イエズス会士キルヒァーは『結合術によって発見された新しい普遍筆記法』*Polygraphia nova et universalis ex combinatoria arte detecta* (1663) で応えた。ボヘミア出身の宗教改革者コメニウス（Johannes Amos Comenius 1592-1670）も人類共通の言語を構想している。
（27）西垣通『AI――人工知能のコンセプト』（講談社現代新書、一九八八年）一四一頁。

第五章

フリーメイソンから近代魔術へ
――「自己宗教」の変容

吉村 正和

はじめに

近代は、超自然的な存在とその力を前提とする古代魔術・中世魔術の有効性を否定するところから始まった。かなり長期にわたるこの脱魔術化のプロセスは、自然科学の進展とその普及と並行して進んでいく。観察と実験によって確認される事実の集積を数学的に整理して一定の法則を導き出す手法は、その普遍性によって魔術を含む旧体制の世界観を一掃することになる。旧来の魔術の前提となっているいわゆる超自然的な世界は、科学的な検証に耐えられない虚構として退けられていくのである。否定されたはずの魔術が近代において復活するとすれば、旧来の魔術がそのままの姿で再登場してくることはない。それでは、一九世紀に繁栄期を迎える近代魔術はどのような点において旧来の魔術と異なり、どのような性格をもつものと考えられるのか、それを探るのが本章の目的である。

近代魔術の成立にはさまざまな要因が重なっているが、その中でもっとも重要な役割を果たしたのはフリーメイソンと呼ばれる結社である。自然科学の進展とともに人々の宇宙・世界・社会に対する姿勢が変化する過程で登場したフリーメイソンは、科学的な思考法を一般の市民にも普及させていく役割を果たすことになる。近代自然科学の成立における象徴的な著作はアイザック・ニュートン（一六四二～一七二七年）の『自然哲学の数学的諸原理』（一六八七年）であり、フリーメイソンはこのニュートン科学の普及を背景として登場してくる。

一　近代魔術の源流としてのフリーメイソン

「フリーメイソンの父」デザギュリエ

一七一七年六月二四日、ロンドンの四ロッジが集結して総会が開かれ、フリーメイソンのグランド・ロッジが発足する。有力なロッジ「ラマー・アンド・グレイプス（大酒杯と葡萄）」（二〇年代にホーン・ロッジに移行）には、初期フリーメイソンの指導者たちが集まり主導的な役割を果たした。その中でも「フリーメイソンの父」と呼ばれるジョン・T・

デザギュリエ（一六八三〜一七四四年）の果たした役割は重要である。彼は、ユグノー派牧師の子としてフランスに生まれ、生後間もなくイギリスに移住する。オックスフォード大学クライスト・チャーチ・カレッジを経て、イギリス国教会牧師の資格を得る。一四年、ニュートンの信任を得て王立協会フェロー（実験担当）となり、一八世紀の代表的な公開実験者・科学技術者となる。一五年頃フリーメイソンに加入し、一九年にグランド・マスターとなる。『フリーメイソン憲章』（二三年）では冒頭の「献辞」を執筆しているだけでなく、「道徳律」に従うことを義務とする「責務」編にも関与したと思われる。

デザギュリエはイギリス国教会牧師としての立場もあり、フリーメイソンの思想について多くを語ることはなかった。それでも一七二八年にジョージ二世（一六八三〜一七六〇年）の即位を祝って執筆された詩『ニュートンの世界体系』には、前年に亡くなったニュートンへの称賛だけでなく、自らのフリーメイソンとしての立場を垣間見ることができる。「神」は「全知全能の宇宙の建築師」と呼ばれ、宇宙は物理的な引力によって動く巨大で精密な「機械」とみなされた[1]。人間社会の統治機関である政府も同じような普遍原理で動いており、その原理は道徳（兄弟愛）とされた。フリーメイソンの道徳律はニュートンの引力法則と同じように、「神」の摂理を証明するものと理解されていたのである。

フリーメイソン的理神論

道徳と理性を基軸とするフリーメイソンの発想は、一七世紀後半に登場する理神論（自然宗教）と共通する要素を含んでいる。フリーメイソンは理神論的ではあるが非キリスト教的ではなく、キリスト教を内部から理性化する道を選択した。この立場は、ジョン・ロック（一六三二〜一七〇四年）などが主張した穏健な理神論であり、寛容の精神に基づく理神論は「フリーメイソン的理神論（Masonic deism）」と呼ばれる[2]。フリーメイソンは、個人の宗教的信念はそのまま受け入れると同時に、「すべての人が同意する宗教」として「普遍宗教（Catholic religion）〔カトリック教会ではない〕」の存在を認めていたのである[3]。

フリーメイソンと理神論との微妙な距離感について、A・カーペンターはデザギュリエを例に次のように述べている。

「デザギュリエは、キリスト教神学の代替宗教が議論されていること、その代替宗教が彼自身の関心を寄せる物理現象やニュートン思想によりよく調和することに気がついていたにちがいない。彼は理神論者の見解に共感も抱いていたかもしれない。しかし、正規のイギリス国教会牧師として収入を得ていた彼は、少なくとも教会公認の信仰〔三位一体説〕に疑問を投げかけることはなかった。フリーメイソンのロッジにおける集会においてデザギュリエは、イギリス国教会の牧師として尊敬を集めていたであろう。彼の友人の科学者には伝統的なキリスト教思考を疑問視する者もいたが、デザギュリエがそのような神学論争に巻き込まれたという証拠はなく、いずれにせよフリーメイソンの集会ではそうした論争は排除されていたのである」(4)。

「友人の科学者」として、たとえば理神論者としても知られていたマーティン・フォークス(一六九〇〜一七五四年)を挙げることができる。彼はグレイ法曹院の幹部を父にもち、貴族には属していないが裕福な家庭に育った。ケンブリッジ大学クレア・カレッジを経て、一七一四年に二四歳で王立協会フェローとなる。ニュートン会長の下で副会長を務め、二七年の後継争いではハンス・スローン(一六六〇〜一七五三年)に敗れたが、四一年には会長に就任する。デザギュリエと同じホーン・ロッジに所属するフリーメイソンであるだけでなく、デザギュリエの科学実験にも協力を惜しまなかった。二一年、デザギュリエと協力してモンタギュー公爵ジョン(一六九〇〜一七四九年)をグランド・マスターに推挙することに成功し、フリーメイソンの拡大に大きく寄与した(5)。

近代魔術の源流としてのフリーメイソン

フリーメイソン思想の中心に道徳律があるとすれば、魔術とはおよそ関わり合いがないように思われる。初期フリーメイソンにおいて魔術に関連する言説は皆無といってよい。むしろ魔術は、自然科学の対極に位置する非合理的な思考法の象徴として忌避されていたと考えるほうが自然であろう。

しかし不思議なことに、その後の近代魔術の成立においてもっとも影響力のあったのはフリーメイソンである。その理由として、次の三点を挙げることができる。(一)「フリーメイソン的理神論」を通して伝統的なキリスト教が依拠する岩盤のような〈神＝人間〉関係が〈人間＝神〉関係へと逆転していくプロセスの推進力となった。(二)〈人間＝神〉関係を理解し普及していくための市民結社（協会・クラブ・組合・アソシエーション）の原型と実践モデルを提供した。(三) 徒弟・職人・親方位階の集会はロッジと呼ばれる部屋で行われるが、ロッジはソロモンの神殿が想定されていた。とくに親方位階の参入儀礼には「死の試練」が含まれており、「死」の象徴的な意味を志願者に直接「体験」させるという行動様式をもっていた。以上の三点はいずれも近代魔術の成立には欠かせない要素であるが、(一) と (二) は啓蒙主義・理神論を基調とする近代市民社会に一般的に見られる傾向であり、かならずしもフリーメイソンに限られているわけではない。近代魔術との関係でとくに重要なのは (三) である。

ソロモンの神殿の前廊・聖所・至聖所の三区分は、人間の身体・魂（心）・霊性（叡知・精神）に対応しており、フリーメイソンの志願者は徒弟・職人・親方の位階を上昇するに従って段階的に意識を高めていく。たとえばA・フェーヴル（一九三四〜二〇二一年）は、ソロモンの神殿の三区分が地上界・天空界・超天空界、人間の腹部・胸部・頭部、身体・魂・叡知に対応するとし、さらに超天空界の上部に神界を配置する考え方を紹介している。(6)

「死の試練」については、志願者がソロモンの神殿の建築師ヒラム・アビフの死とその（象徴的な）復活を演じることにより、闇から光への精神的な変容を直接体験する。徒弟・職人位階は闇（無知）から光（知識・啓蒙）への展開を意味しており、親方位階においては、死を免れない運命を自覚することにより道徳の重要性を内面から実感することになる。初期フリーメイソンの道徳律を重視する姿勢は、やがて人間存在の奥義（死と永生）に関する秘儀的要素を取り込む方向に進んでいくのである。

二　神智学協会と魔術

神智学における「力」の探究

神智学協会が登場する準備ともなった二つの流れがある。一つはフランツ・A・メスマー（一七三四〜一八一五年）による磁気流体説の提唱であり、もう一つは、一八四八年にニューヨーク州ハイズヴィルで起きた事件を契機に登場した心霊主義である。死者の霊との交信が可能であると主張する心霊主義は、自然科学の波のもとで抑制されていた神秘主義的な思潮の復活を促進することになる。たとえばエマヌエル・スウェーデンボリ（一六八八～一七七二年）、ヤーコプ・ベーメ（一五七五～一六二四年）、パラケルスス（一四九三～一五四一年）などの思想は、心霊主義やメスメリズムとともに浸透していくのである。

神智学協会は、このような背景のもとで一八七五年一一月一七日に正式に発足する。協会設立を推進したのはヘレナ・P・ブラヴァツキー（一八三一～九一年）とヘンリー・オルコット（一八三二～一九〇七年）であり、当初の段階での目的は、「宇宙の諸法則に関する知識を集め、普及すること」となっていたが、七八年には「自然法の深い知識を獲得し、潜在的な力（latent powers）を発展させ、高度の道徳性と宗教的な向上心を具現する」となり、人間の「潜在的な力」が浮上する。八六年には、協会の第三の目的として「自然の不可思議な法則と人間の心霊的な力（psychical powers）を探求する」という表現へと変化する。[7] 言及されている「力」とは、すべての存在の根底にある根源的生命力である。神的な境域から流れ出てくる原エネルギーとして、近代魔術の実践を裏付ける基本原理となるものである。

ブラヴァツキー夫人とフリーメイソンとの関係も浅からぬものがある。神智学協会の初期会員チャールズ・サザラン（一八四七～一九〇二年）はフリーメイソンに精通しており、「神智学協会」という名称を提案した人物といわれる。オルコット自身もフリーメイソンに加入しており、一八七八年には「神智学協会をフリーメイソン的な儀礼と位階をもつ団体」にすることを夫人やサザランと協議している。[8] この方針は結局実現することはなかったが、当時の神智学協会の立ち位置をよく示している。

一八八八年には、神智学協会の「第三の目的に興味のある会員は、通信書記〔ブラヴァツキー夫人〕の指導のもとに協会の私的な分科会を開設する」という注記が挿入される。[9] この分科会は「秘教部門」という名称で発足した会を指しており、神智学協会の中心的な会員が参加することになる。同年は黄金の夜明け教団の創設という出来事と重なり、多くの会員の「魔術」的な力への関心の高まりを背景として創設されたものである。

神智学を解く鍵「イシス図版」

神智学の教義は『ヴェールを脱いだイシス』（一八七七年。以下『イシス』と略記）と『秘密教義』（一八八八年）にまとめられているが、西洋エソテリシズム（とくにユダヤ教神秘主義カバラー）・近代自然科学（とくに進化論）・東洋思想（とくに梵我一如の発想）などが折衷されており、根幹部分と空想的な枝葉部分を区別することが肝要となる。私見では、神智学の「マスター・キー」ともいえるのは、『イシス』第二巻に収められた図版（以下、イシス図版と略記）と思われる[10]。上部には「超天空界」を表わす二つの三角形、中間に「天空的・主観的な光の世界」の大円、下部に「暗黒の世界、

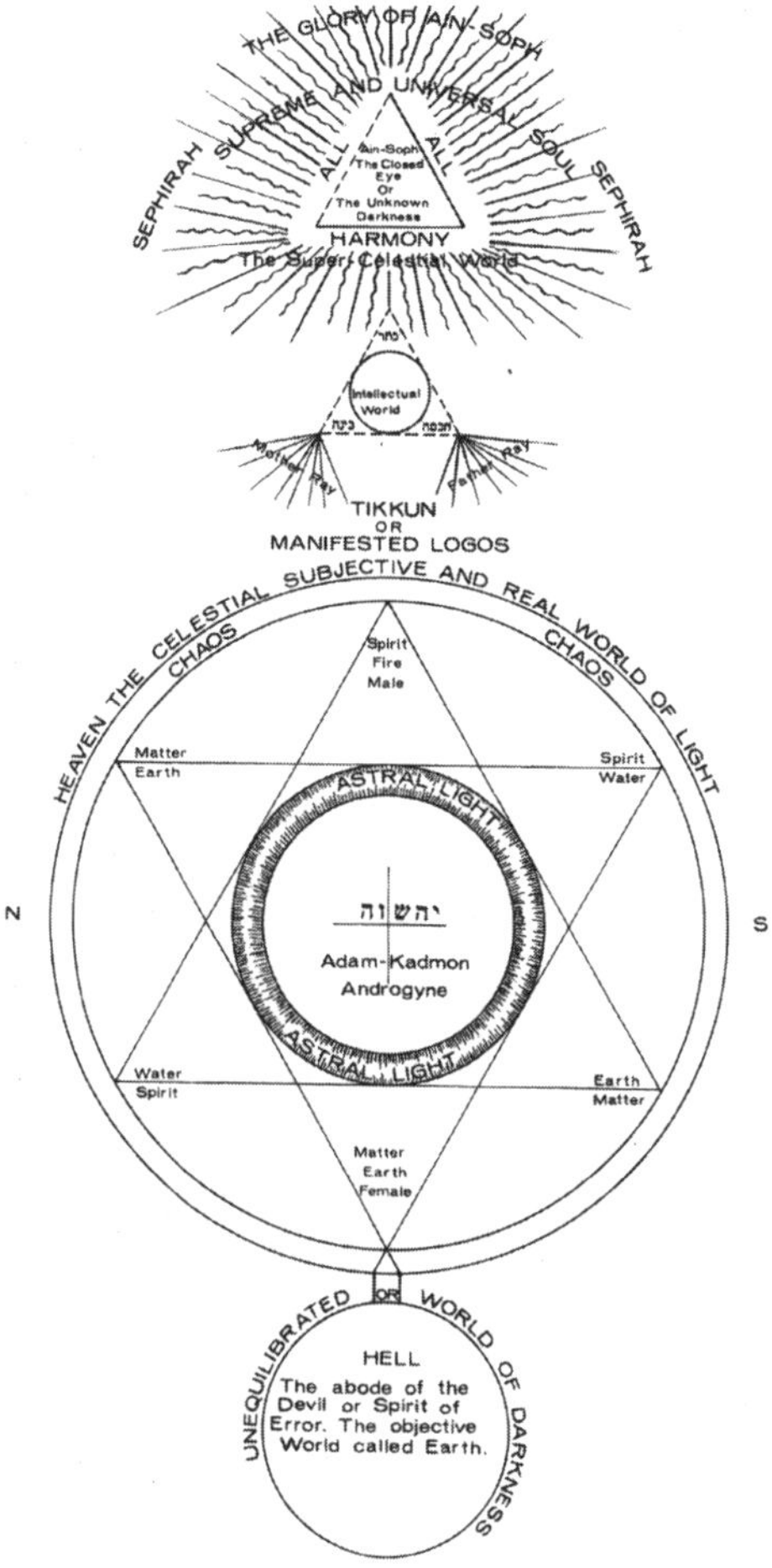

「イシス図版」。超天空界・天空界・地上界が平面的に配置されているが、実際には重層的な構造をもち、全体として静止することなく流動している。超天空界が2層に分かれている点、「アストラル光」が大円内の輪で表現されている点などが注目される。

地球という客観的世界」の小円が描かれている。この三層の世界は、それぞれ超意識界（神性・精神〔霊魂〕）・意識界（心）・物質界（物・身体）に対応している。

イシス図版は、ソロモンの神殿が基盤となっているが、さらに少なくとも次の二つの図版の構想が組み込まれている。一つはウィリアム・ロー版『ベーメ著作集』第二巻（一七六四年）および第四巻（一七八一年）所収の図版であり、宇宙の三層構成という点などで共通している。もう一つは、ケネス・マッケンジー（一八三三〜八六年）の『ロイヤル・フリーメイソン百科事典』（一八七五〜七七年）所収の「spirit」の項目につけた図版であり、「超天空界」が二つの三角形で表わされている点で共通している。(11)

『イシス』では魔術の前提として、世界（自然）と人間はともに三層から成るという世界観を提示している。世界（自然）の場合は、最上部に「すべての力の源泉であり、永遠で不壊の精神」、次に「内在的で眼に見えない力を供給する自然」、最後に「眼に見える客観的な自然」であり、人間の場合は「至高にして不滅の精神」、「力を供給するアストラル体（あるいは魂）」、「客観的で物質的な身体」である。用語の意味内容には不明確な点もあるが、それぞれイシス図版の三層と対応させると分かりやすくなる。さらに、「一つの共通する生命原理が万物に浸透しており、この原理は完全な人間的意志によって制御できる」とされ、近代魔術における魔術師とは、この原理の制御を通して「心霊的な力」を行使できる人ということになる。(12)

イシス図版において注目されるのは、大円の中心に置かれた「アストラル光」という輪である。『イシス』では、アストラル光は「過去・現在・未来のすべてのことの完全な記録であり、人々のどのように小さな行為でもそこに刻印される。人々の思念したことでさえ、その永遠の書字板に写しこまれる」のであり、「眼に見える宇宙のすべての鼓動のみならず、すべての人間の生の記録が永遠に保存される巨大な貯蔵庫」と表現されている。(13) アストラル光は、パラケルススに由来する用語であり、エリファス・レヴィ（一八一〇〜七五年）を経由して近代魔術の重要な概念と位置づけられていた。

ハルトマンの魔術論

『イシス』における魔術論をさらに敷衍したかたちで展開したのは、ドイツ出身の医師・神智学者フランツ・ハルトマン（一八三八〜一九一二年）である。彼はミュンヘン大学で医学を学んだのち、一八六五年にアメリカ合衆国に移住し、二年後に市民権を得ている。八二年にはアメリカで神智学協会に加入し、翌年にはインドに渡りアディヤールの神智学協会本部に入る。八五年にはクーロン事件を受けてブラヴァツキー夫人がヨーロッパに戻るさいに、その侍医として同行している。九一年以降は活動の拠点をドイツに移し、九六年にベルリンで創設されたドイツ神智学協会の会長となる。その活動は神智学にとどまらず、東方神殿騎士団など傍流フリーメイソンにも積極的に参加した。

ハルトマンは『魔術論』（一八八六年）において、神智学の視点から魔術を論じている。「序論」では、植物・動物を問わずすべての有機体には「一つの生命」を淵源とする内的な「力」が秘められており、その力が外部に向かって放射することによって初めて生長という現象が生まれるとし、私たちが外部世界において見るさまざまな形体は、その力が形となって現われ出たものとされる。「すべての生物は、自然における精神という魔術的な力がその内部で活動する有機体である。この生命の力の影響をただ無意識的に受けとめるのではなく、それを制御する仕方と意識的に使用する方法を知っているのが魔術師である」。さらに「魔術は、目に見えない精神的な作用因を駆使することにより、目に見える結果を得る技術」であり、「そのような作用因は主として、情緒と意志、欲望と情熱、思考と想像力、愛と憎しみ、恐怖と希望、信仰と疑念など、目に見えないが強い影響力から成る」という。[14] 人間のすべての意識と情感が魔術的な作用因となりうるという考え方は、後で見るウィリアム・B・イェイツ（一八六五〜一九三九年）の魔術・芸術論、とくに「情感（mood）」という用語の使用に直接繋がるものである。

『魔術論』には、「アストラル光は記憶の書物であり、そこにすべての思考が刻まれ、すべての出来事が記録される。思考が強烈であればあるほど、深く刻まれ、その像は長く留まる。思考は力であり、思考した本人が亡くなった後にも、その思考の結果は残る」という記述がある。心像に形体という「衣服」を着せて眼に見える姿にするのは「想像力と意志」である。人間が思考を創り出すのではなく、アストラル光のなかに存在する観念が人間の精神に流れ込んでくるのであり、想像力と意志は、「すべての芸術と魔術の操作の基礎を成している」[15]。芸術と魔術との相関性についての重要な証言であり、この点についても後にイェイツの「魔術論」において同じような発想が現われる。

三　黄金の夜明け教団の魔術

黄金の夜明け教団の登場

神智学協会の後を受けて近代魔術の成立に積極的な役割を果たしたのは、黄金の夜明け教団（正式には「黄金の夜明けのヘルメス教団」）である。教団の設計者ウィリアム・W・ウェストコット（一八四八～一九二五年）は、ロンドン大学ユニヴァーシティ・カレッジで医学を学び、七一年に医師としての資格を得る。同年フリーメイソンに加入したのち、イギリス薔薇十字協会、「八人協会」、神智学協会「秘教部門」、アンナ・キングズフォード（一八四六～八八年）のヘルメス協会などさまざまな結社に関与するだけでなく、錬金術、薔薇十字思想、カバラーなど西洋エソテリシズム全体の流れを熟知していた。

一八八七年、六〇枚から成る不思議な暗号文書を手に入れたウェストコットは、その文書に含まれている五位階の参入儀礼の要約を基にして、さらにドイツの黄金薔薇十字団の位階制度を利用することにより、黄金の夜明け教団の創設を構想する。参入儀礼を作成するさいに重要な協力者となったのは、S・L・マグレガー・マザーズ（一八五四～一九一八年。一八七七年にフリーメイソン加入）である[16]。

一八八八年三月一日に黄金の夜明け教団が設立される。イシス＝ウラニア神殿の設立許可状が作成され、黄金の夜明け教団が公式に発足する（「神殿」はフリーメイソンのロッジに相当）。教団内では本名に代えて使用される標語があり、ウェストコットの場合は「Sapere Aude」である。この名称は、イマヌエル・カント（一七二四～一八〇四年）の『啓蒙とは何か』（一七八四年）の冒頭で紹介される言葉であり、「（自らの理性を使用して）あえて知る勇気をもて」という啓蒙主義の精神を示している。黄金の夜明け教団を構想したウェストコットがこの標語を採用していることは、彼自身の内部において神秘思想と啓蒙理性への志向が同居していることを示している。

「ゲニウスとの一体化」と参入儀礼

黄金の夜明け教団は、神智学協会の魔術論に比べると、位階制度に基づく参入儀礼によって志願者に内的な体験をさせることを重視している。黄金の夜明け教団は、初位階と一～四位階から成る第一教団、五～七位階から成る第二教団、八～一〇位階から成る第三教団の三層で構成されており、地上における最高位は第七位階とされた（実際に機能した最高位は第五位階＝小アデプトまでである）。第一教団の参入儀礼は、フリーメイソンの徒弟・職人位階を念頭において構成されており、西洋エソテリシズムのさまざまな理論を学ぶことを内容としている。第二教団の参入儀礼は、親方位階に対応している。フリーメイソンの場合はヒラム・アビフ神話が中心となっていたのに対して、黄金の夜明け教団では薔薇十字団の伝説的な開祖クリスチャン・ローゼンクロイツの霊廟（ヴォールト）を舞台としており、シンボリズムも建築術から錬金術とカバラーへと移行している。

黄金の夜明け教団の第四位階を修了した者は第二教団の第五位階へと進んでいくが、この段階において参入者は「魔術師」としての資格を取得する。儀式魔術とはいえ、中世までに流布していた悪霊を招喚する黒魔術ではなく、あくまで魔術師自身の内部における神性の照明が目標とされる。神性の照明は黄金の夜明け教団において、「ゲニウス（Genius）との一体化」と表現される。クリスチャン・ローゼンクロイツは「高次のゲニウス」との一体化を成し遂げた人物の象徴として「神的ゲニウス」そのものとみなされていた。[17] 第二教団の参入儀礼には「義務」という誓約文が挿入されており、その中に次のような一節がある。「私〔志願者〕は、今日より『大いなる作業』〔錬金術の用語〕に励むことを誓う。それは私の精神的な本性を浄化し高揚し、神のご加護を得て人間以上の境域に達し、段階的に自らを高めていき、高次の神的ゲニウスと一体化することである」[18]。

A・バトラーはこの黄金の夜明け教団の目標について、「魔術の実践は、精霊を招喚して自分のために何かをさせるためではなく、魔術師の精神をより照明された状態へと発達させるために行なわれる。その状態において知覚や直観という個人的な力は強められ、より高次の力に接近することになる」と指摘し、「この目標を達成するために、いかなる中間的な代行者も必要とされていない」と述べている。[19] この考え方は、ヴィクトリア時代の自助の精神すなわち自己改善（自己実現）の姿勢と一致している。伝統的な宗教のように恩寵を待って自己の救済が完成するというのではなく、個人が自らの努力で完成の状態に向かっていく。近代魔術はこの自己自身による自己完成を目標とするという点において、「自己宗教」の一形態といえる。

W・B・イェイツの魔術論

黄金の夜明け教団に参加した者のなかでひときわ異彩を放つ人物は、アイルランドの詩人・劇作家W・B・イェイツである。一八八七年にダブリンからロンドンに移ったイェイツは、ブラヴァツキー夫人に直接会い、翌年には神智学協会の「秘教部門」に参加する。神智学協会の理論重視の魔術論に飽き足らず九〇年に退会し、同年三月七日に黄金の夜明け教団に加入する。イェイツが黄金の夜明け教団において学んだのは、魔術における象徴の果たす役割とカバラーの重要性であった。「魔術心像が意識や下意識の記憶よりさらに深い源泉から心の眼の前に湧き出ることを確信させてくれる」契機となったのは、マザーズとの出会いにあると証言している。[20]

イェイツは一九〇一年の「魔術論」において、魔術の要点を次の三点にまとめている。「（一）人の心の境界は互いに流入しており、一つの心、一つの力を創造している。（二）人の記憶の境界も動いており、その記憶は『自然』の記憶という大記憶の一部である。（三）この大いなる心と大記憶は象徴によって呼び起こすことができる」。[21] さまざまな象徴の中でももっとも威力があるのは「言語」（音・声）である。この場合の言語は伝達のための道具ではなく、「大記憶」の境域への径路となりうる詩的言語であり、始原的・魔術的な性質を帯びている。

イェイツは「魔術論」において、「大記憶」の存在をウィリアム・ブレイク（一七五七～一八二七年）の「預言書」や『パラケルスス』から学んだと証言している。[22]「魔術論」ではブレイクは四度も言及されており、イェイツがいかにブレイクに私淑していたかが理解される。イェイツは『パラケルスス』の著者名を明らかにしていないが、一八八七年に刊行されたハルトマンのパラケルスス論（*The Life of Paracelsus and the Substance of his Teachings*）を指している。そこには「アストラル光は大いなる世界（マクロコスモス）における記憶の貯蔵庫であり、その内容は客観的な形体でふたたび具体化・受肉化される。それはまた人間という小なる世界（ミクロコスモス）における記憶の貯蔵庫でもあり、人はそこから過去の出来事を想起する」[23]という記述があり、イェイツの魔術論の重要な源泉と見られる。

イェイツは「魔術論」と同じ頃、分裂の危機にあった黄金の夜明け教団の第二教団の会員に向けて「紅薔薇＝黄金十字は魔術教団として存続すべきか」（一九〇一年）を書いている。黄金の夜明け教団が、魔術の実験や研究のための協会と異なって魔術教団であるのは、位階制度全体が一つの生命力（「至高の生命」）を具えた「実際に生きている存在」[24]として機能しているからである。そこには黄金の夜明け教団が一つの生命をもつ組織であり、参加者の「高次のゲニウス」を集中させて形成する「秘儀共同体」であるという発想が認められる。[25]イェイツはさらに、「私たちが想像力において形を与えるすべてのことは、それに十分に明確な形を与えるとすれば、私たちの魂あるいは自然の精神を通して影響を及ぼし、生のさまざま状況において実現する」と述べて、想像力が魔術の中心的な原理であることを強調している。[26]イェイツは、教団が魔術修練を通して物質性を超えて霊性に到達した個人の集団であり、複数の個人がその内的な力を集中させることにより「一つの心、一つの力」となり、やがて現実の世界を変化させていくことができると信じていたのである。

おわりに

最後にもう一度初期フリーメイソンの道徳律に戻ってみよう。一八世紀の詩人A・ポープ（一六八八〜一七四四年）に「美徳のみが現世の幸福である。（Virtue alone is Happiness below.）」という名言がある。[27]この言葉は、理神論者ボリングブルック卿（一六七八〜一七五一年）に宛てた書簡詩『人間論』の第四書簡（一七三四年）に現われる。カトリック教徒にしてフリーメイソンでもあったポープは、この世での幸福は美徳（他者への善行）にしか見出されないことを確信していた。しかし同時に来世の（above すなわち、死後の）幸福についてはキリスト教に委ねていたかもしれない。それに対して近代魔術では、生と死の二元性に捉われることなく、人間に内在する神性に生死を超えていく可能性を見出そうとする。

近代魔術は、虚構として歴史の闇へと葬られたはずの超自然的な世界を人間の内部へと取り戻すことにより、新たな装いのもとに再生した。近代魔術は、魔術師自身の強い意志と想像力を駆使することにより、自らの努力で「高次の自己」あるいは「神的ゲニウス」と一体化しようとする。魔術を主体的意識の照明（純粋化、外部を内化すること）として把握しようとする姿勢は明らかに近代の所産といえる。その起点はフリーメイソンにあり、〈神＝人間〉関係を〈人間＝神〉関係へと方向を変え、やがて合理主義的な思考法を踏まえながら超自然世界をも内部に取り込むかたちへと変容していったのである。したがって同じ魔術といいながら、近代魔術は旧来の魔術を裏返したような世界観の上に構築されている。魔術は近代において心理学あるいは芸術の領域に移行し、「自己宗教」の一環を形成することになったのである。

【註】

（1）J. T. Desaguliers, *The Newtonian System of the World, the Best Model of Government: An Allegorical Poem* (1728; ECCO Print Edition, n.d.) p. 30.

（2）R. William Weisberger, *Speculative Freemasonry and the Enlightenment* (Columbia University Press, 1993) p. 54.

（3）個人の信仰と普遍宗教の二重構造については、Douglas Knoop and G. P. Jones, *The Genesis of Freemasonry* (Manchester University Press, 1947) pp. 181-82、さらに Alexander Piatigorsky, *Freemasonry: The Study of a Phenomenon* (Harvill Press, 1997) pp. 65-66, p. 105 などを参照。

（4）Audrey T. Carpenter, *John Theophilus Desaguliers: A Natural Philosopher, Engineer and Freemason in Newtonian England* (Continuum,

2011) pp. 110-11.（拙訳。以下同）。

（5）Ric Berman, *The Foundations of Modern Freemasonry* (Sussex Academic Press, 2015) pp. 99-103, p. 209.

（6）Antoine Faivre, *Access to Western Esotericism* (State University of New York Press, 1994) pp. 157-58. フェーヴルは一九六九年にフリーメイソン（「修正スコットランド儀礼」）に加入し、親交のあった哲学者アンリ・コルバン（一九〇三〜七八年）も四年後に同儀礼に加入する。Wouter J. Hanegraaff, *Esotericism and the Academy: Rejected Knowledge in Western Culture* (Cambridge University Press, 2013) pp. 340-43 を参照。

（7）Josephine Ransom, *A Short History of the Theosophical Society* (1938; Theosophical Publishing House, 1989) p. 81, pp. 546-49.

（8）Ransom, *A Short History*, pp. 103-104. ブラヴァツキー夫人とフリーメイソンとの関係については、John Algeo, *Blavatsky, Freemasonry and the Western Mystery Tradition* (Theosophical Society in England, 1966) を参照。

（9）Ransom, *A Short History*, p. 549.

（10）H. P. Blavatsky, *Isis Unveiled*, 2 vols (1877; Theosophical Publishing House, 1972) II, p. 258.

（11）ベーメとマッケンジーの図版については、拙著『図説 錬金術』（河出書房新社、二〇一二年）一〇二―一〇五頁、『図説 近代魔術』（同、二〇一三年）五五頁を参照。

（12）Blavatsky, *Isis Unveiled*, II, pp. 588-89.

（13）Blavatsky, *Isis Unveiled*, I, pp. 178-79.

（14）Franz Hartmann, *Magic: White and Black* (1886; Newcastle Publishing Company, 1971) p. 26.

（15）Hartmann, *Magic*, pp. 204-10.

（16）黄金の夜明け教団の成立過程については、Ellic Howe, *The Magicians of the Golden Dawn: A Documentary History of a Magical Order 1887-1923* (Routledge & Kegan Paul, 1972), R. A. Gilbert, *The Golden Dawn: Twilight of the Magicians* (Aquarian Press, 1983) などを参照。

（17）Alex Owen, *The Place of Enchantment: British Occultism and the Culture of the Modern* (University of Chicago Press, 2004) p. 122.「ゲニウス」は、ギリシアの「ダイモン（daimon）」を受け継ぐ用語である。Apuleius, *On the God of Socrates*, trans. Thomas Taylor (n.d.; Alexandrian Press, 1984) p. 20 を参照。さらに近代においては、「想像力」あるいは「万象に内在する神的な力」として復

活する。

（18）Israel Regardie, *The Golden Dawn: A Complete Course in Practical Ceremonial Magic* (Llewellyn, 1988) p. 230.

（19）Alison Butler, *Victorian Occultism and the Making of Modern Magic: Invoking Tradition* (Palgrave Macmillan, 2011) p. 150.

（20）William B. Yeats, *Autobiographies* (1955; Macmillan Press, 1977) p. 183.

（21）William B. Yeats, *Essays and Introductions* (1961; Macmillan Press, 1974) p .23.

（22）Yeats, *Essays and Introductions*, pp. 46-47.

（23）Franz Hartmann, *Paracelsus: Life and Prophecies* (Steinerbooks, 1988) p. 30. さらに Frank Kinahan, *Yeats, Folklore and Occultism: Contexts of the Early Work and Thought* (Unwin Hyman, 1988) pp. 225-26 を参照。

（24）George M. Harper, *Yeats's Golden Dawn* (Macmillan, 1974) p. 261.

（25）Graham Hough, *The Mystery Religion of W. B. Yeats* (Harvester Press, 1984) p. 53.

（26）Harper, *Yeats's Golden Dawn*, p. 265.

（27）Herbert Davis, ed., *Pope: Poetical Works* (Oxford University Press, 1967) p. 277. さらに W, J. Williams, *Alexander Pope and Freemasonry* (1925; Kessinger Publishing, 2009) p. 4 を参照。

〔付記〕註（11）で言及した『図説 錬金術』と『図説 近代魔術』は、いずれも二〇二四年六月に河出書房新社より新装版『図説 錬金術——歴史と実践』と改題新装版『図説 魔術と秘教——近代の繁栄』として復刊された。

第六章

E・ブルワー＝リットンの魔術とゴシック
――『ポンペイ最後の日』と『幽霊屋敷』

田中 千恵子

エドワード・ブルワー＝リットン（Edward Bulwer-Lytton, 一八〇三–七三年）は一九世紀イギリスの小説家、詩人、劇作家、政治家である。代表作は一世を風靡《ふうび》した『ペラム』、歴史小説として名高い『ポンペイ最後の日』で、後者はその映画化によって日本でも広く知られている。だが、『ポンペイ最後の日』のサブプロットの一つが魔術であり、作者は終生を通じて魔術とそれにまつわる学を研究し、魔術小説の執筆に没頭したことはあまり知られていない。[1]ブルワーの小説のなかで魔術のテーマを扱った小説は主に四つある――『ポンペイ最後の日』『ザノーニ』『不思議な物語』『幽霊屋敷』である。そこで本章では、この四作品のうち、『ポンペイ最後の日』と『幽霊屋敷』を取りあげ、これらの作品にあらわされた魔術について読み解く。

一　E・ブルワー＝リットンと隠秘学

エドワード・ブルワー＝リットンは早くから詩作に手を染め、一八二〇年、一七歳のときに処女詩集『イシマエル――東洋の物語』を刊行した。ケンブリッジ大学トリニティ・カレッジ入学後、詩「彫刻」で総長賞を受けたが、これはイギリスにおいてはアカデミックな成功のひとつとみなされている。その後、バイロン的ダンディーとして社交界に入り、一八三一年より政界で活躍し、植民地大臣まで務めた。小説家としては、社交界小説や歴史小説、犯罪小説（『ポール・クリフォード』『ユージン・アラム』）、魔術・錬金術を扱った恐怖小説（『ザノーニ』『不思議な物語』）など、多彩な作風の作品を多作し、ほとんどが大きな成功を収めた。

ジェイムズ・L・キャンベルによれば、ブルワーは「生前、ディケンズに次いで広く読まれたようだが、本質的に大衆作家ではなく、知的な作家であった。彼のほとんどの著作は、彼が真摯で、博識で、知的な人間であることを示しているし、彼が広範囲にわたる書物を読み、深い知識をそなえ、人間の性格を洞察する明晰な知性をもっていることを教えてくれる」[2]。ブルワーの博学多才ぶりは多くの人びとの認めるところであるが、彼には流行作家としての顔のほかに、もう一つの別の顔があった。それは魔術・隠秘学の研究家としての顔である。「隠秘学《オカルト・サイエンス》」は厳密にいうと、伝統的に占星術・錬金術・（自然）魔術の三つの学、さらには予言術を指すとされるが、啓蒙主義以降、確立された主流の科学に対する反論を含意するようになり、さまざまな実践を含むようにもなった。[3]

ブルワーの隠秘学との深い結びつきを詳細に論じた古典的研究書『不思議な物語とヴィクトリア朝フィクション研究』で、著者ロバート・リー・ウルフはつぎのように書いている。ブルワーはラテン語もギリシア語も堪能で、フランス語、イタリア語、ドイツ語にも習熟し、シラーの詩の翻訳も手がけた。ブルワーの隠秘学研究は新プラトン主義者（とくにイアンブリコスとプロクロス）やプセルス、古典期以降のさまざまなギリシア文学、一六～一七世紀の錬金術のラテン語文献（パラケルスス、J・B・ファン・ヘルモントなど）、コルネリウス・アグリッパなどに及んだ。超自然現象にも関心の深いブルワーは同時代の生理学・哲学・心理学の最新の著作もフランス語・ドイツ語・英語で読んでいた。彼が親しんだ著作はベーコン、ニュートン、デカルト、ロック、コンディアック、ヒューム、リード、カント、シェリング、ヘーゲルのみならず、ラマルク、ラプラス、メーヌ・ド・ビラン、ハンフリー・デイヴィ、ファラデー、ダーウィンらの著作も含まれていた。ブルワーみずからは、自分のことをおこがましくも学者だと呼ぶつもりはないと言い、自分自身は終生、人生と書物の研究者であると考えていた。[4]

マーク・ナイトは『幽霊屋敷』を論じた論考でつぎのように述べている。「エドワード・ブルワー＝リットンの隠秘学にたいする興味は二〇世紀には批評家のあいだでしばしば弱点としてみなされたものだが、二一世紀のいまや、それは彼のもっとも貴重な側面の一つだとみなすことができる。最近、とみに研究者が一九世紀後半のエソテリシズム思想への関心をよみがえらせたおかげで……われわれはロバート・リー・ウルフの言説の重要性を再考するよう促《うなが》されている。ウルフによれば、「ブルワーの精力的な隠秘学研究は一八三〇年代初期に始まり、年を経るごとに彼にとってますます重要なものになった。彼は占星術、錬金術、メスメリズム[5]、透視、催眠術、心霊主義、そして魔術すべてを自分自身の手で研究し、それらすべてについて執筆したのである」」[6]。ナイトが述べるように、今世紀になって欧米を中心として、一九世紀のエソテリシズム思潮と同時代の文学に関する研究書が次々に出版され、ゴシック批評においてもゴシック文学史におけるエソテリシズムの重要性が強調されるようになっている。

二　『ポンペイ最後の日』の魔術師アルバケース

『ポンペイ最後の日』（*The Last Days of Pompeii*）は一八三四年、出版されると同時に、ウォルター・スコットの『ウェイヴァリー』以来の空前の大ベストセラーとなり、大成功を収めた。この作品は古代ポンペイに材をとった歴史小説であるが、ゴシック小説の手法を用いた恐怖小説でもある。紀元七九年のヴェスヴィオ山の噴火によるポンペイの壊滅を背景に、才色兼備のギリシア人美女イオネーとギリシア人青年グラウコスの熱烈な恋、横恋慕するエジプト人魔術師アルバケースの奸計を描く一大ロマンである。アルバケースは、魔術、媚薬、魔女などを駆使してイオネーを妻にしようとたくらむが、すんでのところで挫折する。イオネーの兄アポエキデスはイシスの神官だが、キリスト教に改宗し、イシスの神託の秘密を世間に暴露するとアルバケースをおどす。激怒したアルバケースは彼を殺害して、媚薬で錯乱状態になったグラウコスに罪を着せ、物語は円形闘技場での血みどろの戦いでクライマックスを迎える。ここに登場する魔術師アルバケースはエジプト王一族の末裔《まつえい》で、滅びた王朝を愛し、エジプトの宗教を復活させることを切に願っている。古代エジプトの宗教は非常に魔術色が強かった。魔術師が呪いや脅迫によって神々を自分の意志に従わせることができるという考えは古代エジプト魔術に起源があるといわれている。(7)

アルバケースは年のころ四〇歳くらい、長身で逞しい体つき、威圧的で陰鬱、邪眼をもち、巨額の富を誇る。官能家でエゴイスト、博学で独自の哲学をもつ魔術師である。ブルワーはアルバケースの風貌をゴシック的恐怖で印象づける、「アルバケースのいかめしく堂々とした顔立ちは朝日を浴びて、死人のように血の気がなかった。ふさふさした黒い髪が顔のまわりに垂れ、黒く長い衣服をゆったりと身にまとい、大きな身体から腕を伸ばして、残忍な喜びに燃えるぎらぎらした眼光をはなつその姿は、まるで預言者か悪魔のようであった！」(8)彼は、憂鬱で謎にみちたバイロン風の「ロマン主義的ペルソナ」(9)である。この不遜きわまりない孤高の情熱家はみずからの邪悪な情熱の犠牲になって倒れるのだが、ブルワーは作中でほかの登場人物の誰よりもアルバケースの性格描写、思想について深く掘り下げている。ブルワーは作品における古代魔術の素材として、アルバケースのほかに〈ウェスウィウス山の魔女〉を登場させたり、媚薬、呪文、魔よけ、占いを用い、エピグラフに魔術の儀式を歌ったテオクリトスの『エイデュリア』第二歌「まじないをする女、シマイタ」の一節などを使ったりしている。また註で、ピュタゴラスやテュアナのアポロニオスの魔術について辛辣な口ぶりで説明も加え、ファウストやアプレイウスの『黄金の驢馬』にも言及している。

魔術師《炎の帯の王ヘルメス》

まず、古代の魔術師としてのアルバケースを見てみよう。

> 当時は魔術をきわめれば、自称賢者のなかでも並はずれて卓越した者とみなされた。……あらゆる王や廷臣、賢者までもが、この畏怖すべき秘学を教授する者たちの前では恐怖でふるえあがった。そして、そのなかでもとりわけ並はずれて造詣《ぞうけい》の深いアルバケースは少なからずその名を馳《は》せていた。……しかし彼が魔術師や賢者に尊敬されていたのは、世間で呼ばれている実の名前によってではなかった。……彼が敬《うやま》われていたのは、《炎の帯の王ヘルメス》の名によってであり、その名はマグナ・グラエキアや東洋の平原では長く後世に伝えられた。その幽玄《ゆうげん》な思索、みずからも誇る名高き叡智はさまざまな書物に記録され、「摩訶《まか》不思議な秘術」をあらわす証拠のひとつであったのだが、そうしたたぐいの書物はキリスト教に改宗した者が嬉々《きき》として、だがおびえながら、エフェソスで焼いてしまったので、後世の子孫は悪魔の妖術の証拠を知ることができなくなってしまった。[10]

アルバケースが《炎の帯の王ヘルメス》と呼ばれるゆえんは、おそらく魔術と関係の深いヘルメス・トリスメギストスにある。『ストベウスのヘルメス文書断片』には「哲学と魔術は魂を養う」と書かれている。[11]「炎の帯」の由来は、彼が〈ウェスウィウス山の魔女〉に初めて会いに出かけたとき着用したベルトに見てとれる――「彼は……長衣をはだけて、見れば火が燃えているような帯を見せた。それは胴まわりでめらめらと燃えていて、まんなかのプレートで留められ、それには見たところ何が書いてあるのか皆目見当《かいもく》もつかない解読不能なしるしが彫られていた」(12)。

アルバケースは造詣の深い卓越した賢者の一人として描かれている。古代エジプトでは、魔術とその使用は学識の問題であるとみなされていた(13)。ヘレニズム時代・古代ローマ時代の魔術でも、魔術師が神的な領域の知識をもち、それを証することはきわめて重要であった。知識は高次の存在を従わせるために必要な力を授けるからである。魔術は宇宙に漲《みなぎ》る神的な力を制御して、通常の因果関係をぶち壊すので、人びとの心に恐怖や不安感を生みだした(14)。また、人びとのあいだでは、他人を傷つける、あるいは操作する超自然的な力を獲得するために魔術的な秘密の儀式がおこなわれた。そうした魔術的行為は地域と時代によっては不法とみなされ、またそうでない場合にも人びとから恐れられていた(15)。

ブルワーは『ザノーニ』で魔術の発生をザノーニにつぎのように語らせている。「はるか昔……熱烈な精神をもち、強烈な知識欲にあふれた人間が存在した。……哲学は神の驚異的な創造物について思いめぐらし、物質の形成やあまねく魂の本質を見きわめようとし、星の軌道の神秘を解読し、〈自然〉の深奥に分け入ろうとした。学者たちによれば、かのゾロアスターはそのようにして自然の深奥に分け入り……魔術という名で呼ばれる術を初めて発見したという」(16)。

このように、アルバケースもまた自然や魂の深奥に分け入る学としての魔術からその道に入った。

官能というものに失望したアルバケースは、学問に精進することでみずからをふるい立たせようと考えた。……彼には暗い想像力があって、その想像力を用いてもっと空想的《ヴィジョナリー》で茫漠としてとらえがたい研究に打ちこみたいと思った。……知識が深くなればなるほど、さらなる驚異を発見できることを知って、彼は〈自然〉というものはごく普通の成りゆきで奇跡をおこなうだけでなく、もしかしたら達人の秘術《カバラ》を使えば、〈自然〉の成りゆきそのものを変えることができるのではないかと考えた。こうして、彼は自然のさだめられた限界を超えて、錯綜した影の領域へと〈学問〉をおし進めた。天文学の真理から、占星術のあやまった考えへと踏み迷った。化学の奥義から、つかみどころのない魔術の迷宮へと進んだ(17)。

ここに見られるように、アルバケースの魔術は〈自然〉についての知識をきわめ、つぎに達人の魔術を使って〈自然〉の通常の進行を変化させ、奇跡的な現象を引き起こそうとするものである。この考え方は、ブルワーが「哲学的魔術師」[18]と呼んだルネサンス期のアグリッパの〈自然魔術〉〈自然学の完成と奇跡的な効力を生じさせる学〉の考え方にむしろ近いといえるだろう。

占星術――白魔術・黒魔術――心の魔術

アルバケースは辺鄙《へんぴ》な場所の豪奢な屋敷に住んでいた。柱廊玄関には荘厳で恐ろしいスフィンクスが立ち、屋敷内の壁はおびただしい数の黒いヒエログラフが描かれている。廊下には宝石の陳列棚が並び、部屋は貴重な絵画、ギリシアの黄金時代の彫像で飾られ、その豪勢さといったら、ポンペイの富豪ディオメデスの屋敷もかなわぬほどだった。アルバケースは占星術にも長けていた。屋敷の脇のピラミッド形の塔の頂上で深夜、星を観察して、しるしを解読し、星辰の動きに人間の運命を読み解くのであった。

古代においては魔術と占星術は密接に結びついていた。『ストベウスのヘルメス文書断片』には占星術の断片も含まれていた[19]。プリニウスは『博物誌』で批判的態度を取りつつも、魔術は医術・宗教・占星術が入り混じっていると述べている[20]。占星術は魔術において重要な役割をもち、星辰のインフルエンスはヒーリングや魔術における薬草《ハーブ》の力を理解する上で欠くことのできない要素なのである[21]。だから、アルバケースが〈ウェスウィウス山の魔女〉に薬の調合を依頼するとき、「薬を調合するときには、星の運行をよく注意するのを忘れるなよ」と注意するのはそのためである[22]。

さらに、ブルワーは当時の魔術について、つぎのように説明する。

もともと魔術は特に東洋で発展した。それがギリシア人に初めて好意的に迎えいれられたのは、クセルクセスの軍隊に随行《ずいこう》したオスタネス〔ペルシアの魔術の始祖の一人〕が古代ギリシアの単純で信じやすい者たちに、ゾロアスターの迷信的な信仰を伝えたのが始まりで、それまで魔術はギリシア人の初期の哲学とは無縁であった。だがローマ帝国建国後は、魔術はローマで定着するようになった……。魔術はイシス信仰と緊密にむすびついていた。そして、エジプトの宗教がエジプト魔術の信仰をひろめるための手段となった。白魔術である降神術《テウルギー》、悪霊を召喚する魔術つまり邪悪な黒魔術である降霊術《ネクロマンシー》はともにキリスト紀元一世紀においては非常にもてはやされたのである。[23]

プリニウスもまた、魔術はゾロアスターに始まり、オスタネスがその伝搬に貢献したことを指摘している。[24] イシス女神の信仰についていえば、前一世紀の初めころからイシス女神の密儀がローマに移入されて、一世紀中には帝国中に広まった。ローマの伝統宗教がおもに国家を対象としたのにたいして、東方系密儀宗教は個人を対象とし、生と死の不安や苦しみにさいなまれて救済を求める人びとの心をつよくとらえて離さなかった。一方、そのころ同様に個人の救済の特色を前面に押し出したキリスト教が台頭してきた。[25]『ポンペイ最後の日』でも、民衆を中心にひろがった初期キリスト教の芽生えと、異教とキリスト教の相克が克明に描かれている。ここでブルワーは降神術・降霊術がさかんにおこなわれたと触れている。E・R・ドッズは、地中海世界では紀元前一世紀を転換期として、理性主義が後退しはじめ、反理性主義が復活したと指摘する。すでに紀元前二世紀には占星術が流行しはじめ、「隠秘な性質や力」にかんする教説が発展していた。人びとは個人の救済のため、秘儀や魔術、啓示などを求めるようになり、特に救済を得る手段として降神術を用いた魔術がおこなわれたのである。[26]

ほかに作中で披露されるアルバケースの魔術は、たとえばイシスの若き神官アポエキデスを篭絡《ろうらく》するために用いた〈ファンタスマゴリア〉風の魔術的幻灯[27]や、アルバケースが恋焦がれているイオネーをだますために用いた同様の魔術的幻灯がある。これらはヴィクトリア時代に人びとの眼を眩惑した魔術的な〈ファンタスマゴリア〉の古代版であると思われる。だが一方で、アルバケースはもっと霊妙な魔術も用いるのだ。彼はイオネーを自分のものにするため、魔術を使ってイオネーを恐怖におとしいれ、無気力にさせるのである。

彼は秘術をつかって、彼女の心にあらがいがたい秘密の力をふるって、彼女の心をしっかり支配してしまった。

……彼は人を畏怖させ服従させるためにこれまでずっと用いてきた心の魔術をつかって、彼女の心を捕《と》らえ、意のままにしたのである。……もう彼女は得体のしれぬ神秘的な力のなされるがままであった。その力は彼女の心に嫌悪感ではなく、なにか梃子《てこ》でも動かぬような恐怖をもたらしたのである[28]。

この引用で注目すべきは「心の魔術」である。ここでは「心の魔術」はゴシックの枠組みで恐怖と分かちがたく結びつけられている。アルバケースの秘術について、ブルワーは「彼にはみずからの魔術にかんしては初歩的で理解しやすい秘術についてのみ能力を披露してもらい、彼が熟知している霊妙な魔術については暗晦のうちに秘匿させるようにした」と述べ[29]、その秘密を秘して語らない。では、「心の魔術」とはいったいどんな魔術なのだろうか。

アルバケースは……ただ心を支配するという野望に全身全霊をそそぎこんだ。彼は人間がこの世でさずかる才能のなかでもっとも偉大な才能として、心の力《メンタル・パワー》を尊んだ。会う人すべてに自分の心の力の魔の手を伸ばしては、そこに自分自身がもつ心の力をはっきりと感じとって喜んだ。こうして彼は若者を探しては、彼らの心に魔術をかけ、支配してきたのだ。彼は人間の霊魂を服従させ、不可視で無形の帝国を支配することを好んだのだ[30]！

つまり、「心の魔術」は「心の力」を用いる魔術で、それはみずからの「心の力」を拡張し、人の心に作用させ、その心を支配するのである。さて、ブルワーの時代に「心」と「魔術」の関係に着目した医学者がいた。ロマン主義科学の医学者ヨーゼフ・エンネモーザー（一七八七〜一八五四年）は長年、動物磁気〔メスメリズム〕の研究にたずさわってきたが、著書『魔術の歴史』で以下のように述べる。「真の魔術はわれわれの心のいちばん奥の秘密の力に存在するのである……」。「未来を見透したり、物質的手段を用いずに他のものに影響を与えるのは、人間の驚くべき心の力なのである」[31]。

エンネモーザーは、ブルワーの「心の魔術」と同じく、「心の魔術的な力」を重要視している。エンネモーザーは魔術というものを人間の生まれもった能力から生まれる普遍的な現象であると捉えており、遠隔操作や、人間の心が物質に力をおよぼすことを信じていた[32]。そして「人間の魂のなかでは隠れた力が魔術的な働きをするが、人間の魂の謎にみちた神秘的な領野を歴史的に批評する鍵を与えてくれるのは動物磁気だけである」[33]と述べる。彼は、かつて魔術と呼ばれた現象は動物磁気現象であるとみなしており、動物磁気は古代から神秘とされてきたものを解明し、自然の隠れた秘密と魔術の秘密を明かすと述べている[34]。W・J・ハーネフラーフによれば、エンネモーザーの『魔術の歴史』が革新的なのは、真の魔術は心の深奥の秘密の力に存在することを強調した点にあり、これは一九世紀においてメスメリズムの心理学化が進んだことを示している。エンネモーザーは、魔術が科学へ発展したことを示唆しながら、心の力の真の科学的探究はメスマーに始まると主張している[35]。ここでメスマーに触れておくと、メスマー自身は自分の説の科学的性格を疑わなかった。しかし、その流体理論は一七世紀、一八世紀初期のデカルトやニュートンの理論や電気の発見に依拠していたが、磁気概念と磁気の治療効果はパラケルススやキルヒァー、ヘルモントの磁気概念の影響下にあったため、彼の動物磁気は魔術・錬金術に近い位置づけをこうむることになった[36]。また、一八世紀末までには、物理学は、宇宙を「質量をもつ物質」と「重力・鉱物磁気・摩擦電気・熱のような諸力や質量をもたない不可視の流動体」に分けたので、一見、後者の一つに見える磁気流動体はそうした科学の枠組みにうまく適合した[37]。当時、動物磁気は大きな反響を呼び、一見、科学に飛躍的な進歩を与えるように思えたが、実際にはメスマーの理論は科学的に実証されなかった。一方で、一八世紀後半には、彼の動物磁気概念は、魔術や、昔のウィッチが告白したような超自然現象を説明するのに用いられるようになり、その概念を用いれば、超自然現象の自然の原因を突きとめることができるのではないかと考えられた。また、メスメリズムは被験者を催眠状態に導き、透視させるテクニックとしても用いられた。その結果、動物磁気研究においては、その生理学的側面よりも、精神的で心理的な側面が強調されるようになり[38]、結果的に力動精神医学の発動・発展に大きく寄与したのである[39]。

一九世紀初めには、心の研究はしだいに経験主義的になり、哲学的問題は心理学的問題へ、心理学的問題は生理学的研究へと移行した。一八世紀末から一九世紀初めにかけて、人間の内面を身体の外側や行動から読もうという試みが生まれ、観相学や骨相学が登場した。心の科学者たちは、心の力の性質を解くカギとして変容した精神状態（夢、狂気、酩酊など）に特に注目し、薬物やメスメリズムのような「心に変化を生じさせる効力」の実験をおこなった。(40)

ブルワーはエンネモーザーについて、論考「動物磁気」（後述）でジョン・キャンベル・コフーン（一七八五〜一八五四年。スコットランドの法律家、メスメリズム研究者）の言葉を註で引いて言及している。ブルワーが『ポンペイ最後の日』執筆時点で『魔術の歴史』を読んでいたかどうかは不明であるものの、イギリスでは一八三〇年代からメスメリズムが興隆し、この時代には魔術と動物磁気の歴史を概観する本や論考がいくつか出版され、なかでもエンネモーザーの『魔術の歴史』やコフーンの『魔術・ウィッチクラフト・動物磁気の歴史』がよく読まれていたことから、『ポンペイ最後の日』における心の魔術的な力の強調には、エンネモーザーに見られる心の魔術的力や心理学化されたメスメリズムの反響があると考えられる。だが『ポンペイ最後の日』では「心の魔術」についてこれ以上の言及はない。じつは「心の魔術」そして「魔術とメスメリズム」の問題は、二五年後に刊行される『幽霊屋敷』で新たな発展を見せることになる。そこで、つぎに『幽霊屋敷』を読むことにしたい。

三　『幽霊屋敷──家と頭脳』と魔術

パメラ・サーチによれば、短編『幽霊屋敷』には、「秘密の部屋や邪悪な幽霊、不思議な光、何者かがノックする音、謎にみちた古い手紙、吠えたてる犬、ぎゅっとつかもうとする冷たい指など、誰もが期待するゴシックの仕掛けがぜんぶ揃っている。だが、リットンの物語に出てくる幽霊は一八世紀のゴシック・フィクションに出てくる幽霊より、はるかに行動力があって、危険なのだ（物語に出てくる犬は恐怖のせいではなく、首の骨を折られて死ぬ）。リットンは、人間の意志は闇の超自然の力と戦うことができるという考えをつよく強調したが、そのことも今までになかったためざましい進歩である」(41)。サーチが指摘する通り、『幽霊屋敷』では、語り手は強い意志で超自然の力と戦いぬくのである。これは、一八世紀のゴシック・ロマンスにはなかった新しい展開であろう。ブルワーが社交界小説『ペラム』

（一八二八年）の成功で文壇に登場したころ、アン・ラドクリフらのゴシック・ロマンスは衰退しはじめ、歴史小説で有名なスコットの活躍も終わっていた[42]。ヘレン・スモールによれば、ブルワー＝リットンは衰退していたゴシック小説を復活させ、「「たんに社会の表面を描写するだけ」の文学を軽蔑して、ゴシックを、ロマンスやロマン主義的悲劇、冒険物語、犯罪者の告白物語と融合させて、混成の物語形式を作り上げた」。そして、彼は「小説という形式の限界を突破する」ために、ゴシックという強力な手段をもちいて、「一八二〇～三〇年代のどの作家よりも大胆に実験した」のである[43]。

『幽霊屋敷――家と頭脳』（*The Haunted and the Haunters: or the House and the Brain*）は最初、一八五九年八月、『ブラックウッズ・エジンバラ・マガジン』に掲載された。刊行後、ブルワーは、その内容が次作『不思議な物語』（一八六一～六二年）と部分的に重複することから、『幽霊屋敷』を改訂した。改訂により後半が削除されて短くなったが、後半は特に魔術小説として重要な部分である。この小説の描写の一部は、一八五〇年代なかばネブワースで実演されたダニエル・ダグラス・ホームの降霊会の事実に基づいているといわれている[44]。

この物語は、語り手がロンドンの有名な幽霊屋敷を調査しに行く話である。そこで彼は噂通りにさまざまな超自然現象を見聞し、その原因を探るために家のあちこちを探る。同伴の召使いは恐怖のあまり逃げ出し、飼い犬も殺されるが、語り手自身は一人で〈意志〉の力で怪異に挑戦し、一夜を過ごす。その後、屋敷の持ち主が超自然現象の発源地らしき部屋の床をめくると、その下に不思議な隠し部屋と魔術的小道具があらわれた。そして金庫のひきだしの中から細密画《ミニチュア》の肖像画が出てきた。この肖像画は奇妙な事実を告げる。それによると、その人物はどう考えても、不老不死としか思えないのである。その日の晩、語り手は市内の「コスモポリタン・クラブ」というところへ行き、そこで細密画の男リチャーズに紹介される。この物語の焦点は、この奇怪な超自然現象の謎を解くカギとして、語り手が主張する魔術・メスメリズム説と、その後出会うことになるリチャーズの謎の〈魔術〉である。

『幽霊屋敷』のメスメリズム

語り手の主張はこうである。「〈超自然現象〉など〈あるはずがない〉。超自然と呼ばれるものは、何かこれまで人間の知らなかった自然の法則の範囲内のものにすぎない。……幽霊は……自然の法則内にあるもので、超自然現象ではない」[45]。これは、超自然現象について科学的調査をすべきだと主張したブルワーの考えと一致している。当時は科学信仰の気運が高まっていたのである。

だが、一九世紀なかばには、科学自体がまだ不安定で流動的であった。アリソン・ウィンターが示したように、イギリスでは一八三〇年代～五〇年代にかけて、メスメリズム、エレクトロバイオロジー〔メスメリズム技法の一つ〕、テーブル傾転現象、心霊主義があらわれて流行した。ヴィクトリア朝イギリスには骨相学者、下層階級の心霊主義者、霊媒、心霊研究者が住んでいた。彼らのまわりの世界には磁気流動体《マグネティック・フルイド》や生命《バイタル・パワー》力があふれ、霊がうじゃうじゃいるのだった。それから、生理学者や物理学者、社会学者、そして作家たちがいて、彼らの多くは磁気治療の催眠や骨相学、メスメリズム、テーブル傾転現象、心霊主義に何らかの形でかかわっていた[46]。

だから、『幽霊屋敷』の語り手がつぎのように主張するのもうなずけるのである。つまり、ヨーロッパ大陸で魔術師が霊を呼びだし、アメリカで〈幽霊〉が現れるにしても、「こうしたあらゆる不思議な現象の背後には……人間がいるにちがいなく、その人間によって、あるいはその人間を通じて、さまざまな効果が人びとに現れる。周知のメスメリズムやエレクトロバイオロジーの現象も同じで、生きた有形の媒介者を通じて、被験者の心に作用がおよぼされる。もしメスメリズムをかけられた患者が、百マイルも離れた施術者《メスメライザー》の意志や手の動きに反応するならば、その反応も同様に人間によって起こされているわけだ。そして、物理的な効果が或るものから別のものに送られるのは、物質的な流体《フルイド》――それを〈電気〉、〈オド〉[47]、何と呼んでもいいが、そうした流体を通じてである。その流体は空間を駆け抜け、障害物を通過する力があるのだ。それゆえ、幽霊屋敷で起こる……怪奇現象は、自分と同じような生きた人間によって引き起こされたと信じている」[48]。

ブルワーは一八三八年、D・ラードナーとともに匿名で「動物磁気」("Animal Magnetism")という論考を書いている。

それによると、動物磁気の擁護者・支持者は、自然のなかには特殊な力が存在していて、その力のおかげで、ある特定の人間が特殊な効果（物理的かつ精神的効果）を相手に与えると主張している。施術者《マグネタイザー》の身体は遠くからでも患者の身体に効果を及ぼし、閉じたドアを通しても効果が作りだされるといわれている。[49]

さて、ここまで読んだ限りでは、ブルワーはメスメリズムの小説として『幽霊屋敷』を書いたように見える。だが、語り手は怪奇現象を体験したのち、つぎのように言い始める。今回の怪現象はメスメリズムではなく、「メスメリズムに似てはいるがもっと強力な力、つまり昔は〈魔術〉と呼ばれた力の可能性がある。……その力は自然に反したものではなく、ある特異体質の者にさずけられた自然の枠内の稀有な力にすぎないが、修練によって途方もないレベルまで開発される」。そして、さまざまな怪異現象は、「物質を動かすこともできる強力な力をそなえた邪悪で破壊的な〈頭脳〉の妄想が物質のようになって動きだしたものにすぎない」[50]。そもそも、この小説の副題は、「家と頭脳」なのである。語り手は〈頭脳〉の力について、後《のち》につぎのようにも言う、さまざまな怪奇現象が「人間的な力を獲得し、電気のようなショックを与え、……恐怖で凍りついた獰猛な動物をも殺すのは、人間の〈頭脳〉の物質的な力を通しておこなわれる」[51]。こうした「頭脳の物質的な力」はブルワーの荒唐無稽な作り話ではない。一九世紀の科学者のあいだでは、思考は脳内部のある種の「原子の動き」と相関関係をもつ可能性があるという見解がしだいに広がっていた。そして一九世紀後半には、その見解に部分的に依拠して、イギリスのジャーナリストJ・ノウルズが当時よく読まれた「脳波《ブレイン・ウェーブ》」理論の一つを唱えた——思考や感情が「脳の微細な構成物質」を動かす。そしてその動きがエーテル（一九世紀に考えられた光・熱・電磁波の輻射現象の仮想的媒体）に振動を起こす。エーテルの振動（エーテルは原子の動きによって振動する）によって、特定の思考や感情はいくら遠く離れていようと、「共鳴物質」をそなえた脳の持ち主に刺激を起こすことができる。彼はこの仮説により、メスメリズムやエレクトロバイオロジー、心霊主義、幽霊現象における心の交感を説明しようとしたのである。[52]

魔術師リチャーズの秘法

つぎに語り手はクラブで会った謎の男リチャーズに、幽霊屋敷の謎について仮説を述べる。「特異体質の人間のなかに、強烈な悪意と強烈な意志が作りだされると、科学の範囲内の自然の手段を使って、昔ならば邪悪な魔術が原因だと思われていたような効果を生むことができる」。そして「昔話で、魔術師が自分の呼びだした悪魔に八つ裂きにされたとか、東洋の伝説で、魔術師が魔術を使って相手の魔術師を滅ぼしたとかいうのも、人間がその邪悪な性向から、通常は不活発で無害の元素や流体《フルイド》に恐ろしい姿かたちや凄まじい力を与えたというのが本当かもしれない」[53]。語り手は、もし動物磁気が磁気流動体を媒体として遠隔操作するとしたら、魔術はそれに似た流体や元素を媒体として操作する術であると考えているのだ[54]。

それから語り手はこうした「特異な体質をもつ人間（魔術師）」について詳しく説明するのだが、その人物像は『ポンペイ最後の日』のアルバケースに酷似している。「魔術師は生まれつき、特殊な体質をもっていなければならない。そういう最も高度な知性のオカルト力のひそむ体質をもつ者は滅多にいない。その知性はふつう少し偏向しているか、病んでいるかだが、一方で驚くべき集中力――**意志**と呼ばれる強力な力をもつ。それゆえ、知性は健全でないにしろ、望むものを手に入れるためには極めて強力に働く」。彼は官能的で、「絶対的なエゴイスト」、意志を自己に集中させる激情家。望みの対象を渇望する一方で、邪魔者を憎悪し、罪を犯そうが後悔一つしない。性向のおもむくまま、「誰も知らない自然の秘密」を知り、科学者にもなれる。「彼は実体験から自分の魔術が他人におよぼす力の効果を知り、こんどは自分の身体に意志の力らしきものを試して、そうした力を増大するあらゆる自然哲学的な力を研究するような人間だ。彼は人生を愛し、死を恐れる。生き続けるという〈意志〉をもっている。彼は若返ることも……肉体的に不死になることもできないが、老化の原因となる身体の硬化を……信じられないほど長いあいだ阻止することはできるのだ。……その強烈な意志は科学的に鍛えられて全身に行き渡り……自分の身体の摩耗を食い止めるように働く」。彼は人びとの眼をくらましながら、生き続ける。「そんな男がいま私の目の前にいる！」[55]つまり、幽霊屋敷の怪異を引き起こした犯人、何世紀も生き続ける不老不死の魔術師はリチャーズであるというわけだ。

言葉をかえていうなら、魔術師・錬金術師リチャーズは心〈意志〉の魔術を科学化して「寿命を引き延ばす方法」を発見したのである。ここでの〈意志〉という語には、メスマーの弟子で、メスメリズムを基に催眠術を開発したピュイセギュール侯爵の言葉「信じよ、そして意志せよ」という動物磁気原理の反響が見られる。[56]『幽霊屋敷』では、〈意志〉の魔術は「不死の霊薬」の伝説と合体して、限りない長命を達成するという新しい魔術を創りだした。そして「この暗い地上で肉体的な不死〈長命〉を達成すること」[57]という薔薇十字主義的な希求は近代オカルティズムへの道を用意する。驚くべきことに、初期神智学協会の隠秘学実践の一つは「寿命を延ばす能力」を開発することなのである。ブラヴァツキーは「心の能力や霊魂の力についての知識がなければ、魔術ではまったく役に立たない」とも述べている。[58]『ポンペイ最後の日』の〈心〉の魔術は発展して『幽霊屋敷』の〈意志〉の魔術になり、〈意志〉の魔術は薔薇十字主義の魔術を進化させ、近代オカルティズムの実践原理に変貌した。そこでは「寿命を延ばすこと」は熟達者《アデプト》への道となるのである。[59]

四　文学における魔術的創造

D・A・ハーヴィは「一九世紀におけるエリート魔術」において、つぎのように述べている。一九世紀末オカルティズムの精神はニーチェ的で、オカルティストたちは儀礼魔術やエソテリックな学に芸術的・知的エリートの自己修養の手段を見いだした。V＝E・ミシュレは、フランス世紀末のオカルト・リバイバルの回想記で、「魔術師の秘匿のグノーシス探究」と「芸術家の理想の追求」のあいだには類縁性があると強調した。ミシュレによれば、「〈偉大なる業〉を成し遂げようとする秘義伝授者は、その手段は何であれ、芸術家であり、創造者《クリエイター》であり、詩人なのである」。そして、ジョゼファン・ペラダンは、人生の真の意味は、「魂から傑作を作りだすこと」であるといった。ペラダンは魔術を「人間の理想化の術」と定義し、マグスは「凡庸さを憎悪すべきであり、崇高なものの鑑識眼をもたねばならない」と主張している。[60]

ブルワー文学をこのような知的エリート、芸術家の創造と魔術の関係のもとにとらえ直すとき、彼の作品創造は深い意味を帯びてくるように思える。彼はつぎのように述べている、「表現というのはそれ自体、芸術である。……〈芸術における創造機能〉は〈自然の創造機能〉よりも高度な力を必要とする。なぜなら〈自然〉は生命も心もない物をつくるかもしれないが、……〈芸術〉は、創造した瞬間、その創造物に生命と知性を吹きこむからだ。そして、われわれが真に偉大な〈芸術〉作品だと認めるのは、そのようにして与えられた生命が人間の寿命を超えてどれだけ長く生き続けるか、そこに表現された知性が、多くの人間の知性を凝縮した知性をどれほど凌駕しているかによるのである。その芸術家が死後何世紀もたってから『彼は真の詩人だ』、つまり創造者《クリエイター》だと呼ばれるのは、それによるのである。彼は世界がいまだ知らなかった生命の形《かたち》を創り出し、その形に精神《スピリット》／霊を吹きこんだのだ。人間は〈その魂を除き〉朽ちていかねばならないが、その精神／霊はその形が朽ちるのを防ぐのである。アキレウスはパリスによって殺された。ホメロスはアキレウスを再生させた。そして、ホメロスのアキレウスは現在も生き続けている」(61)。生命のないものにい、の、ち、を吹きこむのが魔術的原理であるとするなら、ブルワーの文学は真の意味で魔術的創造だといえるだろう。

【註】

＊『ポンペイ最後の日』およびキャンベル、スモールの訳はエドワード・ブルワー＝リットン『ポンペイ最後の日』上・下、田中千恵子訳（幻戯書房、二〇二四年）の訳を使用、一部改変した。また、本章執筆にあたり、同書「訳者解説　E・ブルワー＝リットンと『ポンペイ最後の日』」および拙稿「ジョージ・ゴードン・バイロンとエドワード・ブルワー＝リットン」（『会報』第二六号二〇二一年十一月三十日、日本バイロン協会）一七－一九頁を参照し、その一部を用いた。

（1）ブルワーは父方の姓、リットンは母方の姓で、ブルワー＝リットンとなるのは一八四三年以降で、それ以前の作品はブルワー、以後はリットンと表記すべきだが、本章では引用部を除いて、ブルワーで統一した。

（2）James L. Cambell, *Edward Bulwer-Lytton* (Twayne, 1986) p. 21.

（3）Wouter J. Hanegraaff, “Occult/Occultism,” *Dictionary of Gnosis & Western Esotericism*, ed. Wouter J. Hanegraaff, vol. 2 (Brill, 2005) p. 887. 同書では、「オカルト」「オカルティズム」の語の定義、意味とその歴史的変遷についても解説されている。

（4）Robert Lee Wolff, *Strange Stories and Other Explorations in Victorian Fiction* (Gambit, 1971) pp. 153-54.

（5）「メスメリズム」と「動物磁気」はほとんど同じ意味で用いられることが多いが、本章では原文および文脈によって使い分けた。

（6）Mark Knight, “‘The Haunted and the Haunters’: Bulwer Lytton’s Philosophical Ghost Story,” *Nineteenth-Century Contexts*, 28, 3, 2006, p. 245.

（7）Garth Fowden, *The Egyptian Hermes: A Historical Approach to the Late Pagan Mind* (Princeton UP, 1986) pp. 80-81.

（8）Edward Bulwer-Lytton, *The Last Days of Pompeii*, vol.1 (Bentley, 1834) p. 278.

（9）David Huckvale, *A Dark and Stormy Oeuvre: Crime, Magic and Power in the Novels of Edward Bulwer-Lytton* (McFarland, 2016) p. 80.

（10）Bulwer-Lytton, *The Last Days of Pompeii*, vol.1, pp. 284-85.

（11）Lynn Thorndike, *A History of Magic and Experimental Science: During the First Thirteen Centuries of Our Era*, vol. 1 (Macmillan, 1923) p. 290

（12）Bulwer-Lytton, *The Last Days of Pompeii*, vol. 2, p.151.

（13）Friedhelm Hoffmann, “Ancient Egypt,” *The Cambridge History of Magic and Witchcraft in the West: From Antiquity to the Present* (2015; Cambridge UP, 2018) p. 52.

（14）Fowden, *The Egyptian Hermes*, p. 79.

（15）Kimberly B. Stratton, “Early Greco-Roman Antiquity,” *The Cambridge History of Magic and Witchcraft in the West*, p. 84.

（16）Edward Bulwer-Lytton, *Zanoni*, vol. 3 (Saunders, 1842) pp. 213-14. 拙論「薔薇十字文書からゴシック文学へ——ブルワー＝リットンの『ザノーニ』における薔薇十字団と魔術」『ユリイカ』特集・偽書の世界（青土社、二〇二〇年）参照。

（17）Bulwer-Lytton, *The Last Days of Pompeii*, vol. 1, pp. 283-84.

（18）Victor Alexander Lytton, *The Life of Edward Bulwer, First Lord Lytton, by His Grandson*, vol. 2 (Macmillan, 1913) p. 47.

（19）ヘルメス・トリスメギストス『ヘルメス文書』荒井献・柴田有訳（朝日出版社、一九八〇年）一八頁。M. David Litwa,

Hermetica II: The Excerpts of Stobaeus, Papyrus Fragments, and Ancient Testimonies in an English Translation with Notes and Introductions (2018; Cambridge UP, 2022).

（20）Fritz Graf, *Magic in the Ancient World*, trans. Franklin Philip (Harvard UP, 1997) pp.50-51. Pliny, *Natural History*, trans. W. H. S. Jones (Harvard UP, 1963) pp. 278-79.

（21）Owen Davies, “The World of Popular Magic,” *The Oxford History of Witchcraft and Magic* (Oxford UP, 2023) pp. 177-78.

（22）Bulwer-Lytton, *The Last Days of Pompeii*, vol. 2, p. 160.

（23）Bulwer-Lytton, *The Last Days of Pompeii*, vol. 1, pp. 284-85.「降神術」は「神働術」とも訳される。

（24）Pliny, *Natural History*, pp. 282-83.

（25）長谷川岳男／樋脇博敏『古代ローマを知る事典』（東京堂出版、二〇〇四年）一九九頁。

（26）E. R. Dodds, *The Greeks and the Irrational* (U of California P, 1951) pp. 244-49, p. 264n. E・R・ドッズ『ギリシャ人と非理性』岩田靖夫・水野一訳（みすず書房、一九七二年）参照。

（27）Terry Castle, *The Female Thermometer: Eighteenth-Century Culture and the Invention of the Uncanny* (Oxford UP, 1995) p.156.

（28）Bulwer-Lytton, *The Last Days of Pompeii*, vol. 1, pp. 225-26.

（29）Bulwer-Lytton, *The Last Days of Pompeii*, vol. 1, p. 314n.

（30）Bulwer-Lytton, *The Last Days of Pompeii*, vol. 1, p. 287.

（31）Joseph Ennemoser, *The History of Magic*, trans. William Howitt, vol.1 (Henry G. Bohn, 1854) pp. xv-xvi, p. 5.『魔術の歴史』は最初一八一九年『動物磁気の歴史』の第一部として刊行。改訂版（一八四四年）の方が影響力が強く、英訳（一八五四年）は改訂版の翻訳とされる（註32の論考参照）。

（32）Wouter J. Hanegraaff, “Joseph Ennemoser and Magnetic Historiography,” *Politica Hermetica*, 25, 2011, p. 73, 71.

（33）Ennemoser, *The History of Magic*, vol. 1, p. 338.

（34）Ennemoser, *The History of Magic*, vol. 1, p. iii, viii, xvi.

（35）Hanegraaff, “Joseph Ennemoser and Magnetic Historiography,” p. 71.

（36）Betsy van Schlun, *Science and the Imagination: Mesmerism, Media and the Mind in Nineteenth-Century English and American Literature*

(Galda+Wilch Verlag, 2007) pp. 29-30.

（37）Richard Noakes, *Physics and Psychics: The Occult and the Sciences in Modern Britain* (Cambridge UP, 2020) p. 25. フランツ・アントン・メスマー『メスメリズム――磁気的セラピー』広本勝也訳（鳥影社、二〇二三年）参照。

（38）Owen Davies, "The Rise of Modern Magic," *The Oxford History of Witchcraft and Magic* (Oxford UP, 2023) p.199.

（39）アンリ・エレンベルガー『無意識の発見――力動精神医学発達史』上巻、木村敏・中井久夫監訳（弘文堂、一九八〇年）。

（40）Alison Winter, *Mesmerized: Powers of Mind in Victorian Britain* (U of Chicago P, 1998) pp. 27-29.

（41）Pamela Search, "Introduction," *The Supernatural in the English Short Story* (Bernard Hanison, 1959) p. 9.

（42）北條文緒『ニューゲイト・ノヴェル――ある犯罪小説群』（研究社選書、一九八一年）四三頁。

（43）Helen Small, "Bulwer Lytton, Edward (1803-73)," *The Handbook of the Gothic*, 2nd ed. (Palgrave, 2009) p. 15, 17. マリー・マルヴィ-ロバーツ編『ゴシック入門』増補改訂版、神崎ゆかり他訳（英宝社、二〇一二年）参照。

（44）Cambell, *Edward Bulwer-Lytton*, p. 118.

（45）Edward Bulwer-Lytton, *The Haunted and the Haunters: or the House and the Brain, original unabridged version, reprinted from Blackwood's Magazine*, 1859 (Rajput P, 1911) p. 36. 拙訳。平井呈一訳『幽霊屋敷』江戸川乱歩編『怪奇小説傑作集』一、平井呈一訳（東京創元社、一九五七年）、中西敏一訳『幽霊屋敷と幽霊――屋敷と頭脳』E・ブルワ＝リットン『不思議な物語』下、中西敏一訳（国書刊行会、一九八五年）参照。以下同。

（46）Winter, *Mesmerized*, p. 5, 20, 240, 262, pp. 9-10.

（47）磁石・化学作用・動物磁気・催眠現象等を説明するために自然界に偏在すると主張された仮想自然力。ドイツの自然科学者ライヘンバッハが提唱した。

（48）Bulwer-Lytton, *The Haunted and the Haunters*, pp. 37-39.

（49）Dyonysius Lardner and Edward Bulwer-Lytton, "Animal Magnetism," *The Monthly Chronicle: A National Journal of Politics, Literature, Science, and Art*, vol.1 (Longman, 1838) p. 294, 295, 293. Cf. Knight, "'The Haunted and the Haunters.'"

（50）Bulwer-Lytton, *The Haunted and the Haunters*, p. 61, pp. 66-67.

（51）Bulwer-Lytton, *The Haunted and the Haunters*, pp. 97-98. 傍点は筆者による。

(52) Noakes, *Physics and Psychics*, p. 171. オド説（註47）の支持者は、催眠術師から被験者へと脳波が移行するという説を信じていた（『無意識の発見』上巻、一七五頁）。傍点は筆者による。

(53) Bulwer-Lytton, *The Haunted and the Haunters*, p. 96, 98.

(54) ブルワーの魔術的流動体については、拙論「薔薇十字文書からゴシック文学へ」で書いた。

(55) Bulwer-Lytton, *The Haunted and the Haunters*, pp.100-104. これ以降の物語の展開は非常に興味深いが、ここでは触れる余裕はない。

(56) エレンベルガー『無意識の発見』上巻、八四頁。

(57) ジョン・パトリック・デヴニー「二つの神智学協会――寿命を延ばすこと、条件つきの不死、個体化された不死のモナド」田中千恵子訳、吉永進一他編『神智学とアジア――西から来た〈東洋〉』（青弓社、二〇二二年）五二頁。一部改変。

(58) デヴニー「二つの神智学協会」四二頁で引用。一部改変。ブラヴァツキーはブルワーの多大な影響を受けている。また、ブラヴァツキーの教説の一部はエンネモーザー『魔術の歴史』を盗用したものであると指摘する心霊主義者もいる。

(59) デヴニー「二つの神智学協会」五〇頁。

(60) David Allen Harvey, "Elite Magic in the Nineteenth Century," *The Cambridge History of Magic and Witchcraft in the West*, p. 567.

(61) Edward Bulwer-Lytton, "On Certain Principles of Art in Works of the Imagination," *Caxtoniana: A Series of Essays on Life, Literature, and Manners* (George Routledge, 1875) p. 305, 307.

第三部

近代から現代へ
——文学・魔術・ユング心理学の地平

エッセイ①

認識論から見たエリファス・レヴィのオカルティズム

鈴木 啓司

はじめに

筆者がエリファス・レヴィの著作の拙訳『魔術の歴史』(一九九八)、『大いなる神秘の鍵』(二〇一一)を上梓して、もう二〇余年になる。その後筆者の関心は、生来の哲学好きから、論理学的認識論ともいうべき分野に移っていき、フランス文学からはすっかり遠ざかってしまっていた。このたび、レヴィに関して久方ぶりの執筆の機会を与えられ、さて、今の自分にレヴィについて何が書けるだろうか、と呻吟することにあいなった次第である。とはいえ、オカルティズムという思想形態を認識論的見地から考えることについては、前二訳書の訳者あとがきを見ても(レヴィの略歴については、ぜひそちらを当られたし)、当時から関心があったことがうかがえる。それは今でも続いていて、筆者はいつの日か、科学のみならずオカルティズムを含めた宗教も、新たな形式の認識論理(「知っている」ということをめぐる論理)に落とし込んで解釈したいと夢想している。その観点からすると、オカルティズムは非常に重要で興味深いトピックなのである。

そこでレヴィを足掛かりに、話題は散漫になるかもしれないが、オカルティズムという知識形態を論理哲学的視点から以下に見ていこうと思う。もとより、これは本格的論文などではなく、エッセイといった類のものである。

一　「知らないことを知っている」ということ

オカルト研究の碩学ロベール・アマドゥーによると、「オカルティズム」という言葉を最初に使ったのはレヴィのようだ[1]。これにより、古くからある伝統的知識は思想の形をとって一般に流布することになるが、その内容をアマドゥーは次のように簡潔に要約している。

「オカルティズムとは、あらゆるものが一つの全体に属し、この全体の他のあらゆる要素と必然的で、意図的で、しかるに時空的ではない関係を取り結ぶとする理論に根差した教義と実践の総体である」[2]。

要するに「万物照応」の理論だ。レヴィもこれに即した思想は随所で開陳しているが、このエッセイで注目したいのは、冒頭にも書いたように、思想の内容よりも「知っている」をめぐる構造的要素である。レヴィのオカルティズムの認論的特徴は、「知っている」ことを隠すことにある。ユイスマンスは『彼方』のなかで次のようにレヴィに触れている。

「……（その著作において）彼は荘厳な調子で口を開き、古の秘奥を明かしたいとはっきりいうのだが、いざそのときが来ると、もしこのような仰々しい秘密を漏らせば身を滅ぼすことになるというあきれた口実のもとに、口を閉ざしてしまうのである」[3]。

これはレヴィに限らず、オカルト・サイエンス（隠秘学）が文字通り持っていた本質的性格といえる。ここで深読みしこだわりたいのは、「知っていること」を隠すではなく、「知っている」ことを隠す、ということだ。前者は「秘密」という名でふつうに見られる現象だが、後者はどう定義すればよいのか、はなはだ困惑するものがある。もとから「何もいわない」ことであろうか。それは「知っていること」を隠すことと違わない。では、何もかもまったく知らない状態のことであろうか。それでは何も云々できないことになる。問題となるのは他者との関係性ではなく、あくまで主体の内面に関わる認識状態である。(4) ここで、改めて「知っている」について考えてみる必要が出てくるのである。

「知っていること」を隠すは、外面的には他者がそれを「知らない」ということである。それでは、自分自身に対してはどうであろうか。「知っていること」を隠す（知らない）は、無意識の状態を述べているといえるかもしれない。あるいは、認識論でいう暗黙知か。ただそのとき、本人が知らないことを他者（たとえば精神分析学者、認知学者）は知っているのである。「知らないこと」は誰かが知っている。でなければ、それについてそもそも語ることはできないであろう。従来の論理学では、何か事項をはっきり据えて、それについて「知っている」、「知らない」を云々してきた。いわゆる無知の知、「知らないことを知っている」もそうである。たとえば、「私は彼の名を知らないことを知っている」というように。彼の名は、本人を含め知っている人は知っているのである。このようにわれわれは普通、「知らないこと」にも誰かが知っているということで形を与え語りの対象としてきたわけであるが、われわれの「知らないことを知っている」はそれに留まるものであろうか。人間は、「（形を持たない）何か知らないが知らないことがあることを知っている」という特有の知識形態を持ってはいないか。(5) これは何も実際に知りえないことがある、人間の知識には限界があるという話ではない。われわれの知識は、構造的に「何か知らないが知らないこと」を基盤に成立しているのだ（その由来についてはここで語る余裕はない）。それこそが、知的好奇心や他者の存在の容認といった人間らしい知的活動を特徴づけているのであり、それを足掛かりに、「知っている」ことを隠すオカルティズムを含めた人間のさまざまな思想形態は眺めなおすことができるのである。

二　さまざまな「知らないことを知っている」

プラトンの『メノン』には、「知らないこと」を探求することができるか、というメノンの質問に対して、ソクラテスが「できる」と答える場面がある。メノンはこう問う。

「おや、ソクラテス、いったいあなたは、それが何であるかがあなたにぜんぜんわかっていないとしたら、どうやってそれを探求するおつもりですか？　というのは、あなたが知らないもののなかで、どのようなものとしてそれを目標に立てたうえで、探求なさろうというのですか？　あるいは、幸いにしてあなたがそれをさぐり当てたとしても、それだということがどうしてあなたにわかるのでしょうか——もともとあなたはそれを知らなかったはずなのに」(6)。

これに対しソクラテス（の名を借りたプラトン）は、イデア論的な視点から、「学ぶ」というのは「想起する」（思い出す）ということであるから、知らないことを探求することはできると答えるのである。ここでは「何か知らないこと」は、忘れられたイデアの形を持っているということになろう。その意味では、完全な「何か知らないが知らないこと」ではないわけだが、「何か知らないことがあることを知っている」は、古代ギリシアのころより、重要な哲学的トピックとして意識されていたことが分かる。

時代を下ると、「何か知らないこと」がより不可知の様相を帯びた例として、ニコラウス・クザーヌスの有名な「知ある無知」が挙げられる。

「神よ、あなたは無限でありますから、自己の知性を無知のなかにおいた者によってのみ、つまり自分があなたについては無知であることを知っている者によってのみ、近づかれうるのです。知性がどうして無限性であるあなたを把握できるでしょうか。知性は、自己が無知であることと、無限性であるあなたが把握されることは不可能であることを知っています。というのも、無限性を理解することは、抱握不可能なものを抱握することなのだからです。知性は、自分があなたについて無知であることを知っています。なぜならば、知られえないものが知られ、観られえないものが観られ、近づきえないものが近づかれる場合にのみ、あなたが知られうるものであることを、知性は知っているからです」[7]。

われわれは神を前にして、神の不可知なることを知っている。「神」とは、「何か知らないこと」にとりあえず与えられた定義不可能な名称といえるかもしれない（ニコラウス・クザーヌスは、無限や反対物の一致という、人間知性を揺さぶる概念で何とか語りの対象としているが）。ここでは、「何か知らないこと」は「誰も知らないこと」（神のみぞ知る）として位置づけられているのである。

現代科学においては、「何か知らないこと」は「いつか知りうること」として捉えられる。現代科学を支える学問となった数学の代表者の一人であるヒルベルトは、二〇世紀初頭に、「われわれは知らねばならない、そして、知りうるであろう」と高らかに宣言した。これはくしくもニコラウス・クザーヌスに照応するかのごとく、無限を前にして数学的知性の根幹が揺さぶられた時と軌を一にしている[8]。そして今回目指されるのは、秘匿性のない、万人に公開される不知である。

以上見てきたように、「何か知らないこと」は人間の知的活動を古くから刺激し推進してきたのである。

三　オカルティズムの「何か知らないこと」

では、オカルティズムの「何か知らないこと」はどういう性格を持っているのであろうか。これについては、レヴィの『大いなる神秘の鍵』のなかの「第一部の要約　対話形式による」に示唆に富んだ記述がある。そこでは、信仰、学問、理性が対話する形で第一部「宗教の神秘」をまとめているが、理性が次のようにいう場面がある。

「私は正しくあるために、知り、そして信じることが必要なのです。しかし、自分が知っていることと信じていることは決して混同すべきではありません。知ることはもはや信じることではありません。信じることはまだ知らないということです。学問の対象は既知のことです。信仰はそれに関与せず、すべて学問に任せます。信仰の対象は未知のものです。学問はそれを探すことはできますが、定義することはできません」[9]。

「知る」と「信じる」は現代論理学にも通じるトピックであるが（ちなみにそこでの両者の違いは、「知っている」命題は真であり、「信じている」命題は真でも偽でもありうるという、しごく真っ当な解釈である）、これら二者それぞれを体現する学問（現代流にいえば科学）と宗教の間を取り持つものとして理性があり、その究極形にオカルト・サイエンス（隠された知識）が位置づけられているように思える。「何か知らないが知らないことがあることを知っている」という人間の自然な根源的知識は、「知るにいたらないものを信じ続ける」と読み替えられ、「知る」と「信じる」の境界的仲介者になっていると同時に、科学と宗教の発生源ともなっているといえるのである。

これまでの話を整理すると、「何か知らないこと」は、キリスト教の絶対神に象徴される「誰も知らないこと」、科学の唱える「誰もがいつか知りうること」、日常の「誰かが知っていること」に分類されたが、オカルティズムのそれは、日常の「誰かが知っている」の変型版だといえよう。どういうことか。日常の「誰か」は、知ろうと思えば知ることができる俗世間の人である。これに対しオカルティズムの「誰か」は、イニシエーション（秘儀通過）を受けた特別な人として、世間からは隠されている。「知っていること」を隠すではなく、「知っている」ことを隠すといったのは、そういう意味である。つまり、「知っている」主体を隠すのである。「知っていること」を隠す限り、何らかの形で「知っている」主体は姿を現す。それが、不可知とされながら公に信仰の対象となっている神であろうが、いつでも市民同定可能な世間一般の人（専門家を含めた）であろうが。レヴィのオカルティズムはそれを秘儀精通者として設定することで

「知っている」こと自体を隠し、もって「知っている」の外部を演出し、「知っている」主体のない「何か知らないが知らないこと」（それ自体はレヴィも知らなくても）に特異な仕方でより肉薄したのである。

とはいえ、レヴィもある程度のことは語っている（形を与えている）。『魔術の歴史』のなかには過去の秘儀精通者が幾人か挙げられ（ライムンドゥス・ルルス、トリテミウス、パラケルスス、ポステルなどなど）、その思想も解説されている。だが、大半の秘儀精通者は名を知られぬままで、オカルティズムなる思想活動を始めたレヴィが重視するのはむしろ、これから隠れた伝統に参入する未知の秘儀参入者、すなわち、オカルト・サイエンスの未来である。

「（……）なぜこの高等学問は今日いまだ知られておらぬのか。暗い闇しか見えぬ天にかくも光輝く太陽の存在をどうして思い描けよう。高等学問は実はつねに知られていたのである。ただし、選り抜きの知性たちによってのみ。彼らは沈黙することと待つことの必要性を理解していたのだ」[10]。

「（……）招かれた者はみな努力次第で選ばれた者の地位に昇ることができよう。古代の秘儀参入がその陰のもとに隠していたのは、この未来に関する秘儀である。人間の意志に従う自然の奇蹟を割り当てられているのは、これら未来の選抜者である」[11]。

オカルティズムは、神の手前、俗世の学者の先に、隠れた知る人を据えることで、「何か知らないが知らないこと」という実につかみどころのない、それでいて人間の知識構造の基盤をなす概念に、もっとも具体的かつ超越的な形を与えたといえよう。

おわりに

レヴィは肝心な部分を隠して語らないという、俗世間からの非難とともに、オカルティストサイドからは、オカルト・サイエンスを世俗化したとの糾弾も受けた。だが、オカルト・サイエンスは、先にも書いたように、日常の「誰かが知っている」の変型版である点で、俗っぽい面も持っているのである。その一つの証が、世の陰謀論好きであろう。古《いにしえ》より現代まで、「陰で誰かが糸を引いている」という、フリーメイソンを代表とする秘密結社陰謀論にはこと欠かない。こうして巷間の似非オカルトに堕す要素はもとよりあったわけである。これは社会学のトピックに十分なりうるテーマであろう。また、哲学思想史のなかに位置づけると、彼の秘奥を前にした沈黙癖は、「語りえぬことには沈黙せねばならない」というヴィトゲンシュタインの名言を想起させる。これについても、形式体系論（形式体系のなかには、自身の言語では表現できない部分が含まれている）から一文書けそうである。かようにレヴィのオカルティズムは、アルカナ（秘奥）が何であるかはいざ知らず、高等学問ならぬ世俗学問的見地からも実に興味深いものを含んでいるのである。

【註】

（1）Robert Amadou, *L'Occultisme, Esquisse d'un monde vivant* (Chanteloup, 1987) p. 15.

（2）Amadou, *L'Occultisme*, pp. 20-21.

（3）J.-K.Huysmans, *Là-bas* (Garnier-Flammarion, 1978) p. 95.

（4）これは専門用語でいうと、外延性と内包性につながる問題である。形式論理的な定義はあるが、哲学的にいうと、対象を外部から見るか内部から見るかということである。「知っている」といった認識にかかわる状況の場合、外部からそれを見ている視点は誰のものかという疑問が常につきまとう。中立的な第三者か。最終的にはそれは神の視点になるというのが、西洋科学の見方であろう。だが、この視点は現代ではもはや無批判に受け入れられる類のものではない。「知っている」はやはり内部の視点から見定めていく必要があるのである。

（5）これに対して動物の知識は、「知っていること」だけで構成されているように思われる。彼らも経験を積むことで賢くなっていくが、「自分にはまだ何か知らないことがある」ことを知っているとはとても思えない。これには、「自分には」という言葉が示唆しているように、自己意識が強くかかわっているであろう。「知っている」の主語たる自己こそが、「知っている」の外なる「知らないこと」として浮上してくるのではなかろうか。自己の語り難さの所以である。

また、「無知」ということに関連して、「無知学」なるものがあることを筆者は最近知った。そこで、『現代思想』（青土社）の二〇二三年六月号が「無知学／アグノトロジーとは何か」の特集をしていたので読んでみたのだが、内容はもっぱら、歴史のなかで政治的にいかに無知が生産され、いわゆる不都合な真実が隠蔽されてきたか（あるいは反対に、有害な知識を積極的に知らぬままにしておく無知の有徳性はあるか）、といった政治倫理的問題を考察するもので、認識論的な色合いは薄く、筆者の関心に沿うものではなかった（そのなかで、石井ゆかり氏の「星占いのブラックボックス」が唯一オカルトの問題に触れていて興味深かった）。

（6）プラトン『メノン』藤沢令夫訳（岩波文庫、一九九四年）四五頁。

（7）ニコラウス・クザーヌス『神を観ることについて』八巻和彦訳（岩波文庫、二〇〇一年）七五頁。

（8）この宣言がなされたのは、一九三〇年ケーニヒスベルクで開催された科学会議の席上で彼が行った講演「論理学と自然認識」の締め括りにおいてであった。これには伏線があって、ヒルベルトは一九〇〇年にパリで開かれた国際数学者会議で十の未解決問題を提出し（のちに十三問が加えられ、ヒルベルトの二十三の問題と呼ばれる）、世界の数学者たちに未知の克服を強く促した。その第一問が「連続体仮説」といって、のちに数学の哲学といってよい数学基礎論の展開を惹起した、カントールの無限集合論に関する未解決問題である。ヒルベルトの「知りうる」という野望は、ゲーデルの不完全性定理によって形式論理的には挫折した。ヒルベルトは形式自体は意味を持たないとして、無限をめぐる意味論的錯綜を形式的に解決しようとしたのであるが、形式には「無意味の意味」ともいうべきものが背景に隠れてあるのである。それがすなわち、「何か知らないが知らないこと」であろう。

（9）エリファス・レヴィ『大いなる神秘の鍵』鈴木啓司訳（人文書院、二〇一一年）一一五頁。

（10）エリファス・レヴィ『魔術の歴史』鈴木啓司訳（人文書院、一九九八年）二四頁。

(11) レヴィ『魔術の歴史』五三八頁。

エッセイ②

「近代」は魔に始まり魔に終る——たとえばキャロルの数学魔術

高山宏

1 ルイス・キャロルのマセマジックス

やっぱりそういう人なのだろうと思う。ふと1割る7という計算を思いつく。異変が起りそうな気がした。ふと思いつくものなのか、そんなことふつうに！　その種のことが、その人物の克明で有名な日記だの、出したりもらったりの手紙の類には実によく出てくる。1割る7という割り算はこの人物の日記の一八九七年一月二十六日の記述に出ている。実に不思議な計算なのだが、これ以上先を読む前に御自分でやってみていただきたい。答は0.142857142857142857142857142857……現われる数字が決っているからすぐにパターンはわかると思うが、ギルドフォード・ハイスクールでこの人物は「繰り返す数のパズル」と銘打って、これで数学の珍妙講義を行った。生徒たちにうけたらしく喜んだこの人物はこの「パズル」をすぐに公けに発表している。142857という六数字一グループの循

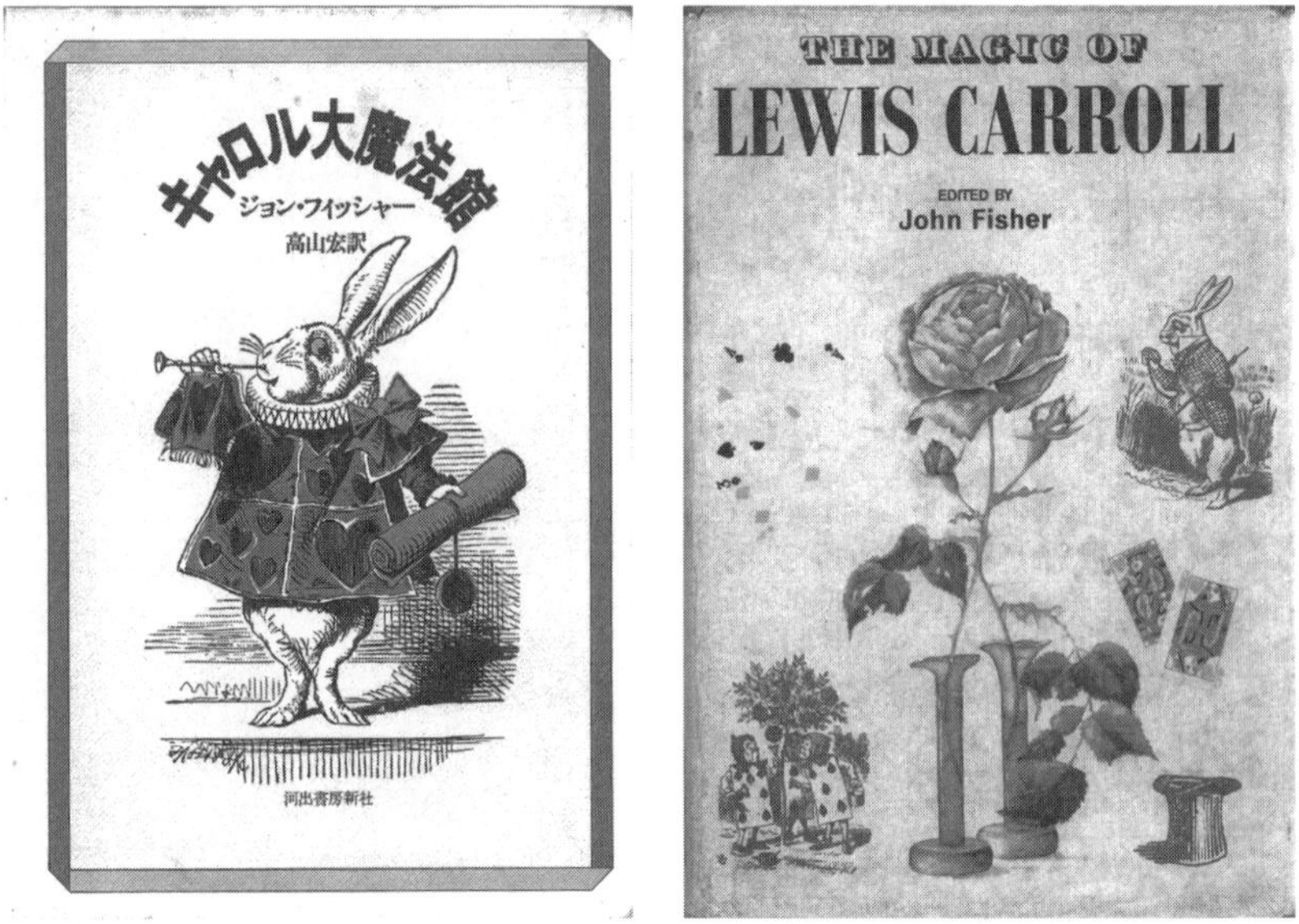

図1、2

環小数というだけのことだから、記憶するはたやすい。数学（というか算数）に於る「小数」とは何か、そもそも（数学に限らず）生じ来る「循環」とは何か教える場合にこれ以上の例、相手を驚かせるにこれ以上の例はない、と当の人物は思ったらしいのである。

僕の学生時代のアルバイトの主力は下宿近辺の学童やら受験生への家庭教師だったが、パズルやらクイズやらを掻き集めて子供諸君の興味をつないだものだ。一九七〇年代初めの頃で、そういうのに格好の材料のひとつにジョン・フィッシャーという人の *The Magic of Lewis Carroll* なる面白い本があった。まさか丁度五年後に自分でこれを訳して日本語版を出すことになるなど考えもしなかったが（河出書房新社。一九七八。図1、2）、『不思議の国のアリス』、『鏡の国のアリス』を中心に、広くもの書きと言うべき雑多な文筆活動をしたオックスフォード大学クライスト・チャーチ学寮の数学教授の頭と手になる机上の、そして口舌《くぜつ》の不思議のあれこれを、一種奇術の技術指南書として案内した抜群に面白い本だった。いま口舌のパズル書という言い方をしたが、駄洒落から始って高度に頭を使わせる言語遊戯万般もキャロルは「マジック」として達者に駆使していた文人だから、そしてキャロルに感染したか紹介者ジョン・フィッシャーまでがこじゃれた駄洒落、語呂合せを連発しながら議論する一級の「マジシャン」だものだから、邦訳はむろん難渋を極めた。

日本の地方の受験校のフツーの勉強少年だったから、キャロルという人物も主要作品そのものも知りはしなかったが、たまたまシェイクスピアからベケットまで英文学では当時日本屈指の鋭意と実力を具えた若い教授高橋康也氏の伝説的なキャロル／ノ（ナ）ンセンス講義を聴けて、文人としてのキャロルの新味とか面白い点に興味を持てた時とタイミングが合って一挙に英文学専攻への道が開かれた。それでも文人キャロルという手掛りだけでキャロルと心中する気になれたかどうか、だ。いわば文系でもあれば職業柄理系でもあるキャロルの両方に良い具合に跨ってキャロル像を拵えてみせてくれたジョン・フィッシャーと出会えたことが今顧て決定的だったかもしれない。理系の啓蒙雑誌として他の追随を許さぬ『サイエンティフィック・アメリカン』誌の伝説的編集主幹、今は亡きマーティン・ガードナーが数学パズル・ゲーム紹介の世界的実績を惜しげもなく『アリス』読解に投入し続けた『詳注アリス』『新注アリス』『決定版アリス』……ほとんど全部を僕が連続的に邦訳していく経緯はジョン・フィッシャーの名作がそのとば口を開いてくれた。自分の本が文庫化されてより汎く若い人に読んでもらえればと思うことは実は余りないのだが、例外的に文庫版に好適という印象を今なお捨てられない稀有なシリーズである。自分でその「続巻」を出してみようかとさえ思っている！

英語でキャロル研究書を読んできた長いキャリアの中で一番「うまいっ！」と一撃くらったのはキャロルの多彩な活動を「マセマジックス」と評した一度見たきりの評言である。キャロル御本人も喜ぶに相違ない駄洒落《パン》の名作！　数学（mathematics）とマジック（magic）の「カバン語《ポートマントウ》」というか合体語。一撃くらったという割には出どころがフィッシャーなのかガードナーなのか、「元は科学も魔術」論の名作『アートフル・サイエンス』のバーバラ・スタフォードなのか、今となっては判然しない。ひょっとしたら僕自身なのかも！　マジック万般やり過ぎて、誰が誰なのか曖々然昧々然たるところが、英文科「魔道方士」（荒俣宏）の喜寿惚恍《ぼけ》らしくて、良い！

それにしてもフィッシャー本の邦題、苦労がしのばれる。「ルイス・キャロルの魔術」「ルイス・キャロルの魔法」でも、今ではどちらも少しズレる。迷信やら妖異やらの民俗世界のことばかりなら別に「魔法」でもよいのだが、この百年ほどかけて「マジック」が近現代科学にと繋がっていく先駆的な哲学（「オカルト・フィロソフィー（隠秘哲学）」）という側面が刻々に鮮明になってきていて、シェイクスピアからジョイスまでこの線に沿って英（米）文学のかなりな部分のマジカルな再評価が生じたのだと思うが、これを評するに民俗寄りの「魔法」では感じが出ない。「魔術」だと、そういう一世界観の合理的説明の伝統なり系譜なりに近い意味が表わせそうだが、いっそ「魔学」か「魔道」か、しかしこれらの使い分けはなお熟していない。当分は全部ひっくるめて洋表記の「マジシャン」で話を進めようと思う。英文学狂いの谷崎精二、潤一郎兄弟。弟潤一郎の名作「魔術師」が十九世紀末的マニエリスム的世界観を盛りながら、飽くまで舞台は「奇術の黄金時代」（ミルボーン・クリストファー）そのもののアートフルな騙《だま》し芸に終始する。マジカルと称しつつ、観と学と術をいろいろな比率でそこから出入りさせれば良い。たかや「魔」ひろしの言うマニエリスムは豁達に過ぎて良くは分からぬという世間御約束の評価は「マジック」、「マジカル」に就ても屹度言える。最初に挙げた1割る7のマセマジックのことに戻ってみる。キャロル（というか数学教授チャールズ・ラトウィッジ・ダドソン）は見事なまでのマニエリスム循環数の事例をひとつ発見した（理系の代表的作家小川洋子の『博士の愛した数式』の「友愛数」に匹敵）。が数学者たる彼の凄いところは、こうして一グループになった142857にさらに2を掛けてみたところだ。答は285714。そうか、やっぱり。3を掛けてみよう。答は428571。4を掛けると571428。5を掛けると714285。6を掛けると857142。7を掛けると………（もう面倒臭い！　でも是非やってみて！）詩人マラルメが『文学におけるマニエリスム』のグスタフ・ルネ・ホッケの気を猛烈に引いた数3628800などよりもよほど面白いマニエリスム数学者チャールズ・ダドソンのこの142857。

どこから降りてきたのか、1とか7とかはそもそも。1は主要な大宗教ではほぼ全て神を示す数である。2は主要な二元論宗教全てのそのものずばりの象徴。3はその1と2の和。三位一体の根本義である。4は2の自乗《スクエア》（2^2）。スクエアで数力《パワー》は文字通り倍加する。以上は聖数。すると聖数3と4の和は7。これも聖数。3と4の商は12。おなじみの聖数の揃いぶみ。考えてみれば3の自乗の9。9人で9回やる野球のラッキー7《セブン》って一体何なのか。多くのスポーツに聖儀礼の構造が残るというのは本当なのかも。こういう所謂「数秘術《ニューメロロジー》」趣味の数学者というのがいても良い。ルイス・キャロル協会の木場田由利子氏がA＝1、B＝2……という順番の字数対応でキャロル、『アリス』周辺のキーワードを数字に置き換えていろいろと意味解釈を試みた結果、キャロルとE・A・ポーの表向き知られぬ因縁をあぶり出すような数秘術的読解を『詳注アリス　完全決定版』でマーティン・ガードナーが褒めている（二八一ページ）。マニエリスム文学では常道であることはホッケ上掲書がヘブライ秘数遊戯「ゲマトリア」「ノタリコン」の名で縷説している。要するに合理のみ言われる数と数字に超合理というか魔術的な隠れた側面もあり、こういう面から捉える必要が、つまりは立派に魔書たる『アリス』の作者たる数学者にはあるということだ。そしてそういう数学の「数学的娯楽 curiosa mathematica」（ロザリー・コリー『パラドクシア・エピデミカ』）としての逆説的あり方を、しかも手妻《てじな》としてのマジックに芸能化してみせたキャロルの百芸百態を的確に例示したところに、やむを得ず「大魔法館」など苦慮の邦訳で世に送ったジョン・フィッシャーの大著の勲《いさお》しはある。一体「マジック」の幾つの意味が輻輳重合していることか。これをも、「マジック」観念の観念《ヒストリー・オヴ・アイディアズ》史の中で、作家ルイス・キャロル／数学者チャールズ・ラトウィッジ・ダドソンの事跡と捉え、児童文学史中に傑出する奇作とする評価が全然ない。『アリス』もの二作に対する今日最も包括的な評価ではなかろうか。

2　ヘッド・オア・テイル

一八五一年は英（米）博覧会史にとっては初めてにして一大画期たる第一回万国博覧会の年。要するに十九世紀後半の始まりの年。ヴィクトリア朝帝国イギリスの全面展開を表《おもて》にすると、そこに至る歴史で抑圧され隠蔽された諸物がその表に対する裏に漸時黒洞々として鬱積される時代の始まり。所謂世紀末《ファン・ド・シエクル》。こういう表《ヘッド》がつくる裏《テイル》という二百年に亘る英国文化史の全体をマジカルな拮抗関係の表裏史としてひとまずは語ることができる。合理〈対〉非合理の関係が少しく書き換えられなくてはならないのは、一六六〇年代初めに神権王を処刑してピュリタンによる国家支配を手にした新時代政府がロンドン王立協会を地下啓蒙結社「見えざる学院」のこそこそした地位から公けの研究教育組織の中枢へと文字通り引き上げたからである。底に、裏に押し込められていた新時代の啓蒙結社の中心にはボヘミアに於る薔薇十字結社の担い手ヨハン・コメニウス（ヤン・コメンスキー）がいて、郷国での弾圧から逃れてロンドンに亡命していた。エリザベス一世亡きあとスコットランド王ジェイムズ一世が南のイングランド王も兼ね、その娘がボヘミア宮廷に嫁したこともあって、ボヘミアとロンドン間に交通の関係が醸成されていた。そのルートで英国に到来していたコメニウスはかつては近代ヨーロッパの啓蒙的教育革命の祖と崇められながら、一方で反伝統文化全体の象徴とG・R・ホッケの『迷宮としての世界』（一九五七）中に位置付け直されて以来、マニエリスムな東中欧、その西欧への波及の中核的存在として今日評価が高い。ラテン語の没落を横目に各国語《ヴァナキュラー》利用を追求し、併行していわゆる理系技術教育に力点を置くなど、かつて魔術界の中心にあって鬱々と蓄えてきた知的エネルギーを一挙勅許の下に地上化して、元々英国にも育まれつつあったベーコンの同趣旨の教育革命と帯同することで、つまりは下にあり、裏にあった魔術的な学知の世界が一挙に表の存在になった。この王立協会の四代目総裁が万有引力のアイザック・ニュートンであり、同時代ドイツからの客員研究者がライプニッツであったと聞けば英国を発信地として近代の諸学知がどういう布置になっていたか自から分明である。微積分学の進展ひとつとっても事態は明らかだろう。微分を意味する記号dxのdはディフェランスの頭文字、つまり一塊《いっかい》のものを細かくする、面を点にする営みだ。それから積分記号、sを縦にグアッと伸ばした記号はインテグラルと呼び、断片を総合《インテグレート》するという含意だが、こちらは微分発明のニュートンに対して万事に総合を謳ったライプニッツの発明とされる。当然の評価だ。世界の微分化による世界「解読」（ハンス・ブルーメンベルク）を近代西欧の担った運命とみるホッケの知と政治のマニエリスムが究極的な救済のかんがやしき燈台と目《もく》すのがいつだって執念《しうね》くライプニッツであるのは何事?!　と「マニエリスム哲学史」（シェルト・ファン・トゥイネン）では言われるのだが、実に見易い構図である。

ヨーロッパ全体を数学・物理学知の席捲、それとなじめぬ旧套習俗の地下への降下が一貫してゆく。細かい点を無視するなら、久しく魔学と称されていたものが「合理」という名を与えられて地上に公権化した。それこそが科学者がいつ迄も「魔法使い」だの「魔法道士」だのと綽名され続けてきた所以だ。フランス革命同時代の科学者、特に医療改革者を研究するバーバラ・スタフォードが彼らのことを「アートフル」・サイエンティストと呼ぶ時、これは芸術的教養があるという意味はなく端的に詐欺、いかさまの——要するに奇術師《マジシャン》と寸分違わぬ——医家たちの謂《いい》である。

　で文学史の話を並べておくなら、こうして新時代の言語芸術を担ったかつての魔術的言語観は綺麗さっぱり、言語の曖昧だが豊穣という側面に見切りをつけ、折りからの公用ラテン語の没落をせせら笑いながら、「完全言語」とか「真正言語」、「普遍言語」とか呼ばれた、そう、今日言うコンピュータ言語に相当する新言語システムに手を染めていった。王立協会創発の同じ一六六〇年の生れが『ロビンソン・クルーソー漂流記』のダニエル・デフォーだった。彼は現実にできた許りの多くのコーヒーハウスで王立協会員——つまりは元薔薇十字団の系統の学者——たちと親交あったことがよく知られている。どころか『漂流記』の謎冒頭を一回チラ見すれば忽ち彼クルーソーの出自が判る。ハノーファー朝人士がロンドン宮廷に呼ばれるに当ってドイツから随行したローゼンクロイツナー家の人間が自分であり、英国人が訛《なまり》音強く呼び習わすうちに「ロビンソン・クルーソー」という音に化けたというのだからたまらない。ローゼンクロイツナー。訳せば端的に「薔薇十字団員」。英国リアリズム文学の鼻祖が魔道方士ヨハン・コメニウスの血族だったとは！　序でながらクルーソーの方は「脚《クルス》」を語源としていて、産業スパイとして英国中を踏破した「知の商人」の名としてはこの上ない。ヨーロッパ最初の投機家《アドヴェンチュラー》／冒険作家の本質が冒頭の一パラグラフに斯く明々白々なのに周辺専門家のたれひとり、ことあげする者なし。英文学史そのもの、というかその全体が不振だからどうにかしろと言おうという訳ではないが、魔術と英文学というのなら、別段アーサー王伝説の魔法使いマーリンがどうしたこうした、シェイクスピアの『マクベス』の三預言魔女の由来がどうしたこうした、同作者の『テンペスト』はじめ最後の三作品に於る魔法学者ジョン・ディーの影響、ややあっていわゆる十八世紀ロマン派とネオプラトニズム魔術との、その一方民俗的怪異と幻妖説話との交渉、そして十九世紀末インド・中東の異国幻談への取材など、いかにもの魔術文学史など、もういいやという心境にならないものか。合理と微分化と資本化に狂奔する表《おもて》の文化がその初発というかのっけに於ていきなり魔界にその出自を持つのだ、そこに生じている「リアル」なんていきなりマジカル・リアリズムなんじゃないでしょうかと尋いたい次第だ。無人島に漂着した主人公は摂食に、居住に恐ろしく広く大きな知恵と工夫を発揮し、将来の南米に於る大プランテーションの雛形をつくってみせるわけだが、どう考えても当時原稿として出回っていたイフリアム・チェンバーズの世界最初の実用産業百科『サイクロピーディア』（一七二八）の援用としか思えない。コメニウスの世界最初の絵入り新旧対照語辞典『世界図絵』から、この薔薇十字啓蒙の中核教材『サイクロピーディア』から、それらをほぼ完全にパクったディドロ、ダランベールの『アンシクロペディ』まで。近代小説と魔術冥界に根拠持つ百科全書主義の、互いに入れ子状になる有機的結合に就てはアンドレアス・キルヒャーの歴史的労作、『マテーシスとポイエーシス――一六〇〇～二〇〇〇年の百科事典小説』の邦訳出来がひたすらに待たれる（原研二訳。法政大学出版局より邦訳近刊予定）。コメニウスが薔薇十字なら、チェンバーズから『アンシクロペディ』までは言わずと知れたフリーメイソン。何が正統で何が異端か、何が合理で何が非（反）合理か――何が表《ヘッド》で何が裏《テイル》か、「マジック」の観念史の中では、相互に流動し合わぬ、循環なき二項対立など、絶対にないと思うのだが、如何。

3　マジ？　マジカル？　これら全部

マジカルだったものが辺縁から中心に「堕」したものを歴史で典型的に演じたものが十七世紀初めの空間拡大と意識の逆縮小、閉所恐怖と広場恐怖の間断なき循環のサイコロジーだったことをアーサー・ラヴジョイやマージョリー・ニコルソンの所謂ヒストリー・オヴ・アイディアズ歴史学が言いだし、彼らの関心が差当り何故、「薔薇十字の覚醒」たる英国王立協会の成立に集中したのかは英文学（史）に関心を持つ者一般にとって（当然そうあるべきように）今日既に十分常識であって然るべきなのに仲々そうなっていないのを訝《いぶか》しんで『近代文化史入門』（講談社学術文庫）他いろいろ網領的な本を出して問うてきたし、そういう視点なり史的脈絡がみえてきて初めて等身大に理解できる筈の、「児童文学」者ルイス・キャロルの活躍の異貌をいささかなりとあげつらってみせたのが、以上の文章である。王立協会の科学とマッチアップする英国政経社の営みがヨーロッパ近代史の骨格を皮肉にも帝国主義の華々しい世界征覇という形で完成させた以上、そこに潜む人心のさまざまサイキックな頽廃また英国世紀末の避け難い凋落の証しだった。居心地良くも「人生の牢獄」（キャロル自身の言葉だ）と化したオックスフォード大学カレッジ内でキャロル／ダドソンのマセマジックスはどういうことになっていたのだろうか。真摯ながらつまらぬ数学教師（という学生評）の彼は一国教会牧師としてもウダツあがらぬ、大家族中に敬愛された一家長として大変好ましいハッピーな余世を送る六十六翁であったやに多くのキャロル伝は書いている。「奇」と「驚」を追うことを止めてはならぬマジシャンにそんな「公園の手品師」（フランク永井氏名唱の歌の文句だ）然たる淡々たる老いなど、あるべきか。大方のキャロル／ダドソン最晩年の、ひょっとしたら『アリス』執筆の壮年期よりもよほど緊迫していたとおぼしい活動へのきちんとした評価がほとんどない点がキャロル研究者の、マジカルなものの英国史全体への理解のなさ、浅さの結果ではないかと思われるのだ。エレナー・ドブソンの浩瀚の近刊 *Victorian Alchemy*《ヴィクトリアン・アルケミー》（UCL Press, 2022）読むべし！

早い話、最晩年のファンタジー、『シルヴィとブルーノ』正・続篇。王不在の妖精王国に発生した王位簒奪の陰謀を妖精王の子たる姉弟の妖精が防ぐ話が現実の世紀末英国社会で恋に悩み、死別不可避の慈悲深き医師のインド行きの現実話と絡む。互いが互いに異世界にアヴァターを持って、それぞれが断片的に併行して進行する。「私」と言っているのがどの世界に属す誰なのかわざと不分明に書く。そういう可成り綿密な物語構成自体、いかにもフロイトだのプルーストだのの世紀末のサイキックな文学実験なのだ。訳わからんと怒る読者を想定してそもそもの序論にその辺の、どこはどのレヴェルのサイキーの話なのか示す物語進行の一覧表まで付け、現実そのものがいかに時空が重合錯綜して存在しているものか考えさせる（図3）。王立協会的なまさしく「シンプル・イズ・ベスト」の世界観・現実認識の崩壊。そうか、じゃブルーノって、十七世紀初頭、ハムレットやガリレオ・ガリレイの身代りに処刑台上に焚殺されたジョルダーノ・ブルーノのことなのか。そしたらシルヴィ（森の意味）はブルーノ同時代に自説説く「オルフィック・ヴォイス」（エリザベス・シューエル）な書に森の哲学の名を与えたフランシス・ベーコンのことを想起させるわけか?!

なにしろ妖精たちの演じるメロドラマ世界だ、歌や踊り満載の物語は同時代大流行した、今日の若年層向けミュージカルの元祖のようなパントマイム公演（今日言うパントマイムとは違う）の台本じみて、シルク・ド・ソレイユ風アクロバチックス作。登場人物の区々、やりとりの一行一行に注意深く頭をつかわないといけない『アリス』ものの同じ作家が、こんなゆる〜い作を書いていいのかというので、『シルヴィとブルーノ』を作家老熟の衰退作という評価が一般的

Vol. I.	Historian's Locality and	State.	Other Characters.
pp. 247–254	In train	c	Chancellor (*b*) p. 247.
260–272	do.	c	
277–284	do.	c	
285–293	At lodgings..........	c	
295–302	On beach	c	
302–335	At lodgings..........	c	S. and B. (*b*) pp. 324–326. Professor (*b*) p. 329.
339–351	In wood	b	Bruno (*b*) pp. 342–351.
353–357	In wood, sleep-walking	c	S. and B. (*b*).
365–367	Among ruins	c	do. (*b*).
371, 372	do. dreaming	a	
372–374	do. sleep-walking	c	S. B. and Professor in Human form.
375....	In street............	b	
379–386	At station, &c........	b	S. and B. (*b*).
391–400	In garden	c	S. B. and Professor (*b*).
403–409	On road, &c.	a	S. and B. in Human form.
410–415	In street, &c.	a	
417–427	In wood	b	S. and B. (*b*).
Vol. II.			
pp. 450–457	In garden	b	S. and B. (*b*).
469–471	On road	b	do. (*b*).
472–484	do.	b	do. in Human form.
484–491	do.	b	do. (*b*).
516–543	In drawing-room	a	do. in Human form.
544–559	do.	c	do. (*b*).
567–572	In smoking-room.....	c	do. (*b*).
587–589	In wood	b	do. (*a*); Lady Muriel (*b*).
590–607	At lodgings..........	c	
611–635	do.	c	
639–end.	do.	b	

In the Preface to Vol. I., at pp. 239 and 240, I gave an account of the *origination* of some of the ideas embodied in the book. A few more such details may perhaps interest my Readers:

I. p. 344. The very peculiar use, here made of a dead mouse, comes from real life. I once found two very small boys, in a garden, playing a microscopic game of "Single-Wicket". The bat was, I think, about the size of a tablespoon; and the utmost distance attained by the ball, in its most daring flights, was some 4 or 5 yards. The *exact* length was of course a matter of *supreme* importance; and it was always carefully measured

that Volume appea…
letters I received abo…
suspicion that it was n…
She wrote "we were so…
that there was no endi…
a sequel."
It may interest some…
story is constructed. It…
supposing that Fairies…
to us, and we to them…
human form: and sup…
become conscious of w…
ference of their imma…
Buddhism".
I have supposed a H…
with varying degrees c…
(a) the ordinary sta…
(b) the "eerie" state…
he is also conscious of…
(c) a form of trance,…
and apparently asleep,…
scenes, in the actual…
presence of Fairies.
I have also supposed…
into the actual world,…
also to be capable of v…
(a) the ordinary sta…
beings;
(b) a sort of "eerie…
world, of the presence…
presence of the immat…
I will here tabulate…
states occur.
A Fairy-duet
444 SYLVIE AND BRUNO CONCLUDED
name "Sibimet" fairly embody the character of the Sub-Warden? The gentle Reader has no doubt observed what s singularly useless article in a house a brazen trumpet is, if you simply leave it lying about, and never blow it!
Readers of the first Volume, who have amused themselves by trying to solve the two puzzles propounded at page 240 of the Preface, may perhaps like to exercise their ingenuity in discovering which (if any) of the following parallelisms were intentional, and which (if any) accidental.
"Little Birds". Events, and Persons.
Stanza 1. Banquet.
2. Chancellor.
3. Empress and Spinach (II. 597).
4. Warden's Return.
5. Professor's Lecture (II. 601).
6. Other Professor's Song (I. 312).
7. Petting of Uggug.
8. Baron Doppelgeist.

図3

logism worked out.

yours, about your once meeting the
gs sets me off yawning;
unless when I'm listening to some-
d of interest.

Premisses, separately.

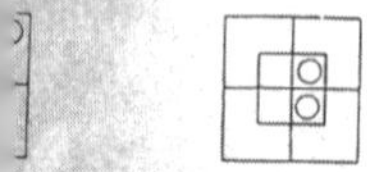

Premisses, combined.

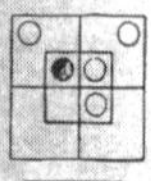

The Conclusion.

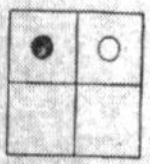

ours, about your once meeting the
lly devoid of interest.

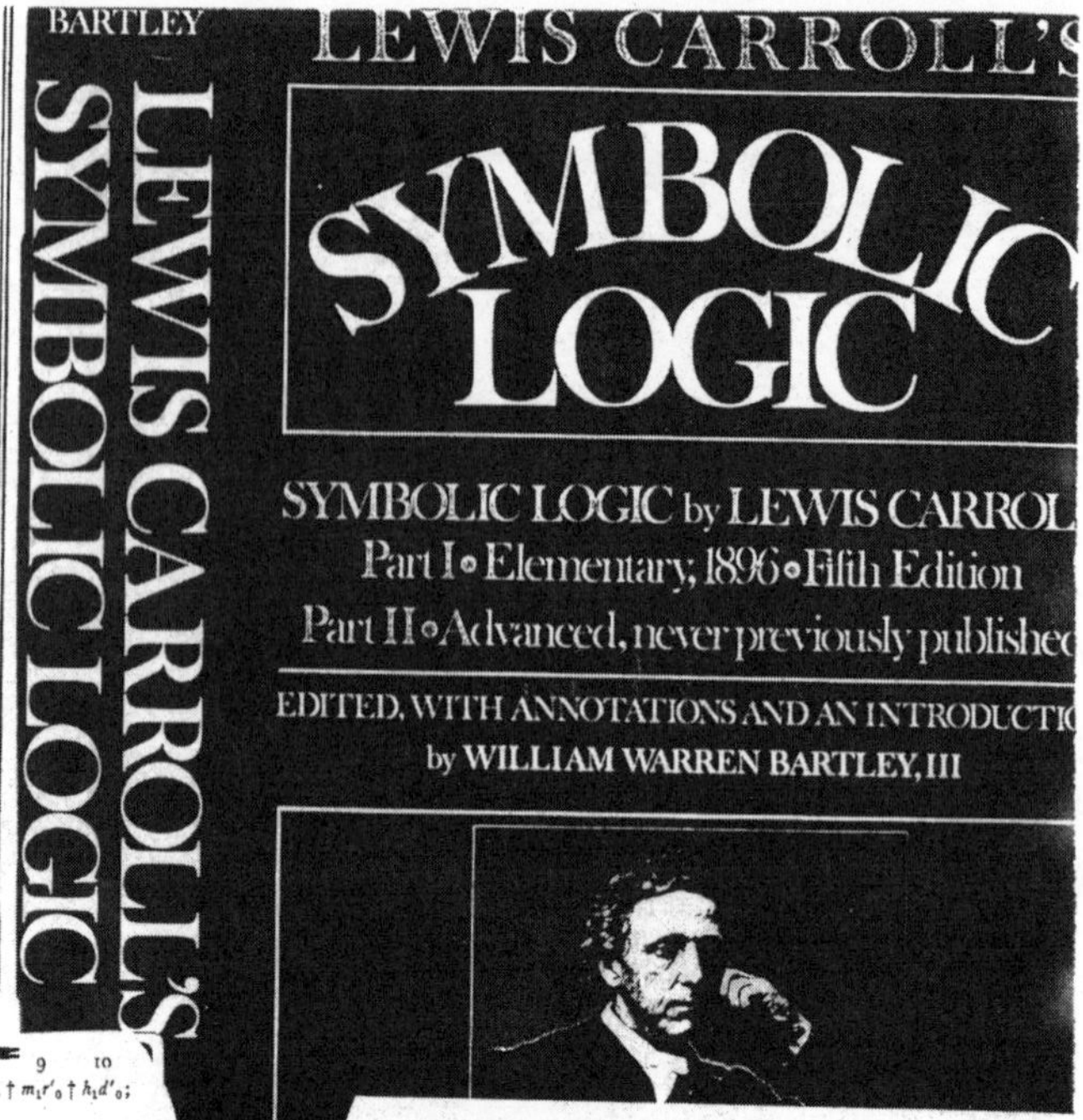

2	3	4	5	6	7	8	9	10

$\dagger\ a'_1e'_0 \dagger c'l_0 \dagger k_1r_0 \dagger ah'_0 \dagger dl'_0 \dagger cn'_0 \dagger e_1b'_0 \dagger m_1r'_0 \dagger h_1d'_0;$

7 3 6 9 4 10 5 2 8

$\dagger\ c'l \dagger dl' \dagger mr' \dagger kr \dagger hd' \dagger ah' \dagger a'e' \dagger eb' \,\P\, kb'_0 \dagger k_1$ i.e. $\P k_1b'_0$

noon.
; d = detested
; l = loving to
pets; r = taking

Solutions for §9

1 2 3 1
$b_1d_0 \dagger ac_0 \dagger d'_1c'_0;$ bd
i.e. Babies cannot manag

1 2 3 1
$a_1b'_0 \dagger d_1c'_0 \dagger bc_0;$ ab
i.e. *Your* presents to me

1 2 3 1
$da_0 \dagger c_1b'_0 \dagger a'b_0;$ dg
i.e. All my potatoes in t

1 2 3 1
$ba_0 \dagger b'd_0 \dagger c_1a'_0;$ bg
i.e. My servants never s

1 2 3 1
$ad_0 \dagger cd'_0 \dagger b_1a'_0;$ ad
i.e. My poultry are not

1 2 3 1
$c_1a'_0 \dagger c'b_0 \dagger da_0;$ ca
i.e. None of *your* sons ar

1 2 3 1
$cb_0 \dagger da_0 \dagger b_1a'_0;$ cb
i.e. No pencils of mine

1 2 3 1
$cb'_0 \dagger d_1a'_0 \dagger ba_0;$ cb
i.e. Jenkins is inexperie

x. 160–162; Ans. 185.]

I always avoid a kangaroo.

ゲーデル，エッシャー，バッハ
あるいは不思議の環
ダグラス・R・ホフスタッター著　野崎昭弘　はやし・はじめ　柳瀬尚紀=訳
白揚社
0025

「ドン・キホーテ」の著者，ピエール・メナール
シルビーナ・オカンポに

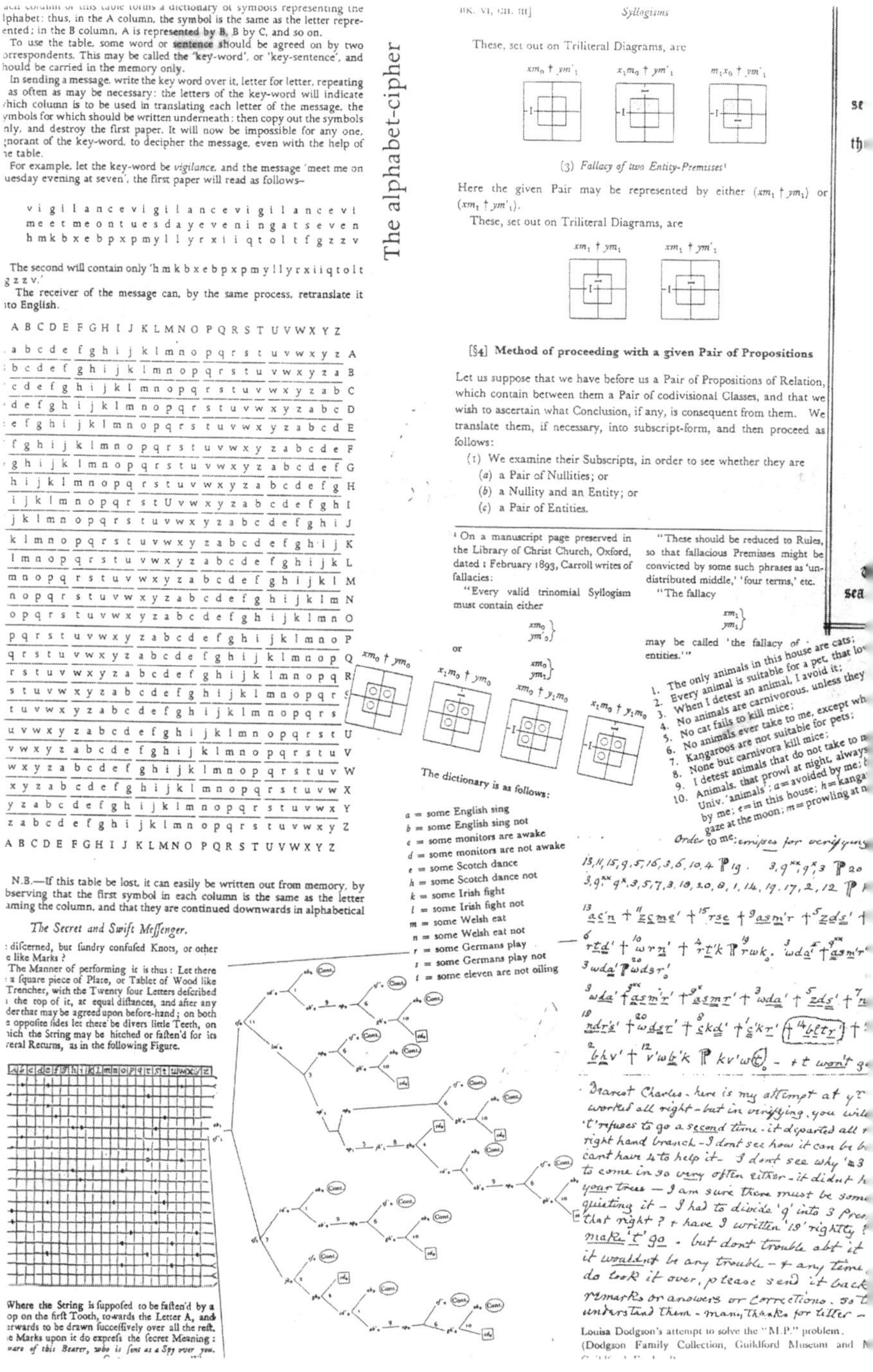
The alphabet-cipher
...ach column of this table forms a dictionary of symbols representing the alphabet: thus, in the A column, the symbol is the same as the letter represented; in the B column, A is represented by B, B by C, and so on.
To use the table, some word or sentence should be agreed on by two correspondents. This may be called the 'key-word', or 'key-sentence', and should be carried in the memory only.
In sending a message, write the key word over it, letter for letter, repeating it as often as may be necessary: the letters of the key-word will indicate which column is to be used in translating each letter of the message, the symbols for which should be written underneath: then copy out the symbols only, and destroy the first paper. It will now be impossible for any one, ignorant of the key-word, to decipher the message, even with the help of the table.
For example, let the key-word be vigilance, and the message 'meet me on Tuesday evening at seven', the first paper will read as follows–
v i g i l a n c e v i g i l a n c e v i g i l a n c e v i
m e e t m e o n t u e s d a y e v e n i n g a t s e v e n
h m k b x e b p x p m y l l y r x i i q t o l t f g z z v
The second will contain only 'h m k b x e b p x p m y l l y r x i i q t o l t g z z v.'
The receiver of the message can, by the same process, retranslate it into English.
A B C D E F G H I J K L M N O P Q R S T U V W X Y Z
N.B.—If this table be lost, it can easily be written out from memory, by observing that the first symbol in each column is the same as the letter naming the column, and that they are continued downwards in alphabetical
The Secret and Swift Messenger.
Where the String is supposed to be fasten'd by a loop on the first Tooth, towards the Letter A, and afterwards to be drawn successively over all the rest, the Marks upon it do express the secret Meaning:
BK. VI, CH. III] Syllogisms
These, set out on Triliteral Diagrams, are
(3) Fallacy of two Entity-Premisses[1]
Here the given Pair may be represented by either $(xm_1 \dagger ym_1)$ or $(xm_1 \dagger ym'_1)$.
These, set out on Triliteral Diagrams, are
[§4] Method of proceeding with a given Pair of Propositions
Let us suppose that we have before us a Pair of Propositions of Relation, which contain between them a Pair of codivisional Classes, and that we wish to ascertain what Conclusion, if any, is consequent from them. We translate them, if necessary, into subscript-form, and then proceed as follows:
(1) We examine their Subscripts, in order to see whether they are
(a) a Pair of Nullities; or
(b) a Nullity and an Entity; or
(c) a Pair of Entities.
[1] On a manuscript page preserved in the Library of Christ Church, Oxford, dated 1 February 1893, Carroll writes of fallacies: "Every valid trinomial Syllogism must contain either ... or ... "These should be reduced to Rules, so that fallacious Premisses might be convicted by some such phrases as 'undistributed middle,' 'four terms,' etc. "The fallacy ... may be called 'the fallacy of ... entities.'"
The dictionary is as follows:
a = some English sing
b = some English sing not
c = some monitors are awake
d = some monitors are not awake
e = some Scotch dance
h = some Scotch dance not
k = some Irish fight
l = some Irish fight not
m = some Welsh eat
n = some Welsh eat not
r = some Germans play
s = some Germans play not
t = some eleven are not oiling
Dearest Charles - here is my attempt at ...
Louisa Dodgson's attempt to solve the "M.P." problem.
(Dodgson Family Collection, Guildford Museum and ...
図4

で、他の点では世界一のキャロル高評価研究者として敬愛していた我が高橋康也先生までが、王立協会系譜の普遍記号論を知らずしてキャロルのノンセンス言語を論じようとしている（『意味の論理学』のフランス人ポストモダン哲学者並みの）不明に加うるに（図4）、このマジカル文学の傑作へのこのたぐいの低評価なので、先生困りますねと言って食ってかかった昔のある一日のやりとり、懐しく思い出すのだ。

他愛ないヒントは物語最終盤の「東へ」という、医師の大悪疫流行のインドへの決死行という展開にある。いくら世紀末英国をインドブームが席捲していたとは言え、マダム・ブラバツキーやら黄金曙光団の世紀末マジックブームにキャロル／ダドソンまでがこう軽々《けいけい》に乗って良いものか、というわけだが、乗っていたのだ。最近のキャロル研究はこの辺は大分丁寧に扱い始めたようで、たとえば僕が博士論文審査の主査をやった第一号「弟子」が話題の『写真のボーダーランド』の濱野志保さん。ルイス・キャロルをテーマに英文学研究に入り、写真好きが発条《バネ》になって十九世紀流行のフォトグラフィー・マジック起源説をどんどん進め、同様に医系な合理の極みから晩年一転して（?）オカルト伝道者となっていった「シャーロック・ホームズ」シリーズのアーサー・コナン・ドイル卿の大変な写真狂い（かの有名なコティングリー妖精事件では妖精実在を認める裁定者となった）まで説き進め、結果、斯界ではこれに尽きると目《もく》された写真マジカル起源論の名著、*Perfect Medium*（medium は（写真）媒体と降霊術の巫女《みこ》の両義）に日本に於て対応できる唯一書となった。そう、キャロルことチャールズ・ダドソンは写真の世界でも有名人だった。ネガがポジに反転する（アル）ケミカルな暗室での手作業が頭が手先に凝る文字通りの手（manus マナー、マニュアル、マネージメント、マヌーヴァー、そして勿論マニエリスムの語源、皆この絶妙のラテン語から）の営みということで、流れやまぬ時間に抗したキャロルの静止趣味、反運動テーマという以上に、写真そのもののマジカリティに丸ごと溺れていったのだ。ジョン・フィッシャー『キャロル大魔法館』の序文はキャロルを「マジシャン」と呼ぶ第二の根拠として然るべくキャロルの写真の撮映と現像行程の魔術性を論じている。ルネサンス以来の所謂「光学魔術」の世俗化と言ってもよく、種村季弘氏の文学批評はほぼその全体がマジックの近代文化の光学魔術化諸現象をカヴァーしている世界でも稀有な貴いお仕事である。マックス・ミルネールの『ファンタスマゴリア』が刊行された瞬後に入手して読み始めたら、日本最初の落掌者はきみだと丸善から聞いた、必要あって今すぐ読みたいので転送しろと、万札同封の手紙を貰って改めて、こいつ想像してた通り、やに地獄耳の魔法使いだなと思ったことである（図5）。

個人的話柄になったが、もう一人博士論文審査をしたのが本書企画者の田中千恵子さんである。英国ロマン派のマジック狂いは、ロマン派研究といえば先ずこれというくらいポピュラーなものだが、魔術を背景に抱えるゴシック文学というアプローチ自体そう珍しくもなくなった昨今でも、これほどエソテリズム全般に広大深遠な目配りをした上で『フランケンシュタイン』やブルワー＝リットンを論じ切った研究者はなお類を見ない。エソテリズム音楽の観念史では依然世界一の大碩学、ジョスリン・ゴドウィンとは田中女史を間に置くことで僕は繋ることにもなったし、ウィリアム・ブレイクに就ては恩師由良君美先生も褒めちぎっていた吉村正和が同級生にいて観念史派の超才媛キャスリーン・レインを翻訳紹介し切ってみせるこの偉才の勉強ぶりを見ていて、自分なんかの入り込める世界でないと観念して、冥府魔道からは蚊帳の外にいることに決めたものだ。最近英文学界の英文学観念史派のエース級のオーラ立つ大石和欣氏が編んだ『コウルリッジのロマン主義　その詩学・哲学・宗教・科学』をこわごわのぞいたら、これがロマン派のマジカリティを悉く縷説していて、由良氏ありせば如何なる祝宴を催せたかといろいろ楽しく思ったことである。ドイツ・ロマン派、特にノヴァーリスを巡ってはジョン・ノイバウアーの『ジンボリスムスとジンボリッシェ・ロギーク』読むべし（邦訳『アルス・コンビナトリア』）、英国ロマン派に就てはこの『コウルリッジのロマン主義』読むべし、そして当然だが田中千恵子『フランケンシュタインとヘルメス思想――自然魔術・崇高・ゴシック』を。「ロマン派を「少しは面白いものとしてみよう」という一九七〇年代ではまだ仲々の英文学の即成のありようのうからには痛烈な挑発と受けとめられるしかなかった由良君美氏の、主要テーマのひとつがマニエリスムであり、観念史がそのための方法であったという事態が由良氏の学風そのものをマジカルなものにした。ドイツ観念論哲学（シェリング、ノヴァーリス）出自の天馬空を翔けるが如くの――履歴上の真の出自は航空工学（！）――由良英文学の差し当りのテーマは当然コールリッジであり、そして生涯の鍵語がその『文学的自叙伝』の「不一致の一致 coincidentia oppositorum」だったから、さらに当然のことながら学風の全体がこれだけマジカルに親懇していった碩学は他に類をみない。観念史研究を一挙マジカルに拡

…t is seen by the spectators in a theatre [1883]
Raising a ghost by magic lantern—from the book The Magic Lantern: How To Buy and How To Use It, and How To Raise a Ghost ("by A Mere Phantom"), 1880 (Library of Congress)
Hanging sheet of glass giving transparent effect
Stage floor
…ctor walking in …rchestra-well
…acing …stage
…drawing of Pepper's

'I've caught a cold,' the Thing replies,
'Out there upon the landing.'
I turned to look in some surprise,
And there, before my very eyes,
A little Ghost was standing!

Phantasmagoria

'epper's Ghost' was the brainchild of two men: Henry Dircks (1806–873), a civil engineer to whom the project owed its basic technical details, ıd Professor John Henry Pepper (1821–1900), a lecturer in chemistry and ptics at the Royal Polytechnic Institution in Regent Street where he ecame honorary director in 1852. It was Pepper who injected the life-lood of showmanship into the idea and worked out the necessary ıodifications required for a stage presentation which would preserve s essential mystery.

Dircks had lodged the details of his apparatus for producing 'spectral ɔtical illusions' with the British Association in September, 1858, but ɔt until December 24, 1862 did Pepper first present the idea before the ublic, as an illustration of Charles Dickens's *The Haunted Man*. By eans of the device live actors and ghosts could appear together on a ılly lit stage, a development emphasised in the provisional patent ɔecification filed on February 5, 1863:

> The object of our said Invention is by a peculiar arrangement of apparatus to associate on the same stage a phantom or phantoms with a living actor or actors, so that the two may act in concert, but which is only an optical illusion as respects the one or more phantoms so introduced.
>
> The arrangement of the theatre requires in addition to the ordinary stage a second stage at a lower level than the ordinary one, hidden from the audience as far as direct vision is concerned; this hidden stage is to be strongly illuminated by artificial light, and is capable of being rendered dark instantaneously whilst the ordinary stage and the theatre remain illuminated by ordinary lighting. A large glass screen is placed on the ordinary stage and in front of the hidden one.
>
> The spectators will not observe the glass screen, but will see the actors on the ordinary stage through it as if it were not there; nevertheless the glass will serve to reflect to them an image of the actors on the hidden stage when these are illuminated, but this image will be made immediately to disappear by darkening the hidden stage. The glass screen is set in a frame so that it can readily be moved to the place required, and it is to be set at an inclination to enable the spectators, whether in the pit, boxes, or gallery, to see the reflected image.

'My First – but don't suppose,' he said,
'I'm setting you a riddle –
Is – if your Victim be in bed,
Don't touch the curtains at his head,
But take them in the middle . . .'

> The glass is adjustable and it is readily adjusted to the proper inclination, by having a person in the pit and another in the gallery to inform the party who is adjusting the glass when they see the image correctly.

In his *Lives of the Conjurors*, published in 1881, Thomas Frost gives the following more concise account:

> the production of this illusion in a theatre or music-hall, the figure to be ɔroduced is placed below the level of the stage, and strongly illuminated the oxy-hydrogen or other powerful light. A large sheet of plate-glass ɔlaced on the front of the stage, at an angle regulated by the distance ːween the figure below and the spectator, so that the reflected image ıll appear to the audience to be behind the glass, at a distance which will ɹmit an actor on the stage to apparently walk through the phantom, ɹce it with a sword, etc. As the actor cannot see the ghosts, these move-nts require very nice management. The floor of the stage is marked for tain positions, and the mechanical arrangements must allow the person

図5

Robertson's *Fantasmagorie*—engraving depicting projections onto smoke that astounded Paris audiences in the 1790s. The engraving appears as frontispiece in Robertson's *Mémoires*, published 1831. (*Library of Congress*)

reflection. The auditorium is darkened, and the glass cannot, if properly arranged, be detected by the spectators.

The reproduction of the ghost image was essentially the same as a normal mirror reflection, the image apparently reproduced behind the glass at the same distance as the figure is in front of it. That a plain unsilvered sheet of plate glass can serve as a mirror should not puzzle people who when plunged into a tunnel during a train journey have suddenly found themselves staring out of the window at their own double. Whether it was this full-scale version of the phenomenon which Pepper presented at Cheltenham in April, 1863 or merely the 'Miniature Ghost of a danseuse' mentioned in *The True History of the Ghost*, Pepper's own account of the involved legal tangles which came increasingly to surround his project, it is hard to imagine that his ingeniously practical portrayal of straightforward action in what amounted to a mirror-reversed world would not have triggered off a response in Carroll's own fantastic imagination. And whether or not Carroll ever visualised Alice as standing behind Pepper's invisible glass barrier and the denizens of Looking-Glass land in the secret well of some weathered stage, not least the Red Queen who did vanish with 'no way of guessing', he would not have failed to register the 'modus vivendi' which this Pepper, not Pig's partner, had unconsciously volunteered to make his Cheshire Cat a reality, appearing and disappearing gradually or in its entirety in full view of its special audience of one. It is worth noting that neither the Cheshire Cat nor the 'Pig and Pepper' episode figured in the earliest version of *Alice's Adventures in Wonderland* as told on the trip to Godstow in 1862. They did not appear until the full publication of the book in 1865, where the word 'Pepper' is accorded a status in the chapter title which it would have been more appropriate to allow the cat itself – unless Carroll was attaching a more than superficial alliterative importance to the word!

Until one can prove inconclusively that by 'Herr Dobler' Carroll did mean Pepper, one is prepared to accept charges of being far-fetched; the ghost of Pepper himself, one trusts, as ready to be considered with a proverbial grain of salt. If, however, one is reassured at all it is by Carroll himself, or at least by the Red Queen just prior to vanishing: 'You may call it "nonsense" if you like,' she said, 'but *I've* heard non-

Carter
THE MYSTERIOUS
CIRCUS
CORTY-ALTHOFF
Täglich abends 8½ Uhr: Gr. brillante Vorstellung
In jeder Vorstellung:
HOUDINI
5000
Mark
5000
Mark
5000 Mark
RED
WHITE
白の歩（アリス）が11手目で勝つまで
1　アリス，赤の女王に会う
2　アリス，（汽車で）3の目を通過し4の目に進む（トウィードル兄弟に出会う）
3　アリス，（ショールをもった）白の女王に会う
4　アリス，5の目へ進む（店，川，店）
5　アリス，6の目へ（ハンプティ・ダンプティに会う）
6　アリス，7の目へ（森）
7　白の騎士，赤の騎士をとる
8　アリス，8の目へ（冠をもらう）
9　アリス，女王になる
10　アリス，入城（キャスリング）（酒宴の場）
1　赤の女王，KR 4の目へ
2　白の女王，（ショールを追っかけて）QB 4の目へ
3　白の女王，QB 5の目へ（羊に変身）
4　白の女王，KB 8の目へ（棚の上に卵を置くところ）
5　白の女王，QB 8の目へ（赤の騎士から逃げる）
6　赤の騎士，K 2の目へ（王手）
7　白の騎士，KB 5の目へ
8　赤の女王，K列の目へ（試験をする）
9　女王たち，入城
10　白の女王，QR 6の目へ（スープ）

図6

張深化する機動力になったC・G・ユングを核にしたエラノス会議（ターグンク）とその英語圏への拡大たるボーリンゲン基金の潮流が鈴木大拙や井筒俊彦を然るべく高く評価してルナティックなスイスに召喚しているのも当然だが（博言家井筒俊彦の嫡流の一番手と目《もく》されていた天才イスラミスト五十嵐一氏がおそらくはラシュディ作『悪魔の詩《うた》』翻訳者に下された暗殺命令に従ったと思《おぼ》しいテロルによって平和ボケの本邦教育界に一瞬の戦慄・激震を惹きおこしたのが世間に英文学界なるものの存在に耳そばだたしめた――『ハリ・ポタ』世界的ヒットを例外とすれば――唯一の事件だったのは（我々世代には）記憶に新しい。高弟を喪った井筒先生の悲しみをちゃんと想像しやる英文学者たれ。結局は洋の東西を区別しない宗教と言語のマジカルな起源の追尋に全力傾注の体《てい》になってきたこのところの安藤礼二氏の動向が気懸りにならぬ英文学者に君はなってはいけない。現在の日本で一人エラノスという勢いの安藤氏を褒めたたえようと思っていたら、『先生とわたし』（四方田犬彦）のいまひとつの師弟ヴァージョンとして、コールリッジ、エラノス年報、由良君美の血脈のささやかな一端に他ならぬ高山宏をくっ付けてくれたのが先述した大石和欣氏の一文だった。学統薫陶は断えず！　と熱く感激した。「エラノス会議とボーリンゲン叢書」というロマン派魔学の一血脈を概観する一文で氏はこう書いた。「マジック」観念の観念史派たるキャスリン・コウバンが観念史的なマジックへの国際的アプローチへの日本からの貢献を纏めた事跡をこうまで記した。

コウバンが名前を挙げたもう一人の日本人研究者が由良君美である。『英文學研究』に掲載された由良の英語論文「コウルリッジが発見した無意思的記憶」では、コウルリッジがノートブックで展開する夢分析や意識の問題から話をはじめ、マルセル・プルーストの記憶の間歇までを横断する議論を展開している。髙橋［康也］は文学研究者としてシェイクスピアを含むルネッサンス文学から現代演劇まで、斬新な角度から文学論を提示していったし、由良はロマン主義やイギリス文学の領域にとどまることなく、縦横無尽に文学や批評、人文学全体を横断して、知の冒険を試みていくことになる。コウバンが彼ら日本人研究者に言及したのは、そこにボーリンゲンの知的精神の系譜が流れ込んでいるのを見たからではないだろうか。一九二〇年代に端緒を発する日本におけるコウルリッジ研究は審美的な側面に着目しがちだったが、ボーリンゲン叢書によって人間の意識や精神活動のあり方、さらには思想や哲学、ときには文献学を扱う人文学研究の一つに変容していった。

その嫡流が由良の高弟だった高山宏だろう。ボーリンゲン叢書を絶賛し、その歴史的過程と意義について記したマグワイアの本を翻訳までしているのは、そこに集結した知のネットワークに魅了されたからである。「人と人が出会い、それがまた別の人を呼び込んでくるという、ほとんど終わりのないネットワーキングが、要するに二十世紀中葉の文化的百花斉放のエネルギー源であった」と、エラノス会議およびボーリンゲン叢書を媒介にして「出会った」頭脳が文化を構築していった歴史を俯瞰する。ヨーロッパ文学はもちろん、美学や視覚論から建築、風景論、科学、図像学にいたるまで、膨大な量の文献と知を渉猟して、アウトプットしていく高山は、人文知のネットワークを積み重ねたボーリンゲン叢書の日本版を体現していると言える。

この論集ではこうしたボーリンゲンの知的探求を踏まえながらも、新しい視点と角度からコウルリッジの思想と哲学、文学が現代において持ちうる意味を考えてみた。そのすべての側面を明らかにしたわけではないが、新しい角度からコウルリッジの著作が持つ多面的意義を照らし出すことで、日本におけるロマン主義研究、さらには文学研究の意味を考える一助となればと願っている。

ううむ、以て瞑すべし。由良も、高山も。「この論集」というのが先述『コウルリッジのロマン主義』。界隈必読、学としてのマジック追究の現在の到達地。

もう一人、「不一致の一致」に人生を賭けた人物に戦前の日本教育界に突発した寵児がいた。成城学園、明星学園、そして玉川学園を舞台に全人教育を試行し続けた小原國芳先生である。京都学派哲学の異端児、西田幾太郎の弟子にして学の僚友。初中等教育究極の教材に「あいうえお（アルファベット）」検索でなく観念史的追求を旨とする百科事典を想定した教育のユートピスト。ルドルフ・シュタイナー同時代は教育またマジカルになり得たのだが何故だろう。思うに教育また魔術なのだ。それこそが薔薇十字であり、またフリーメーソンなのであり、そして多分小原國芳なのであり、

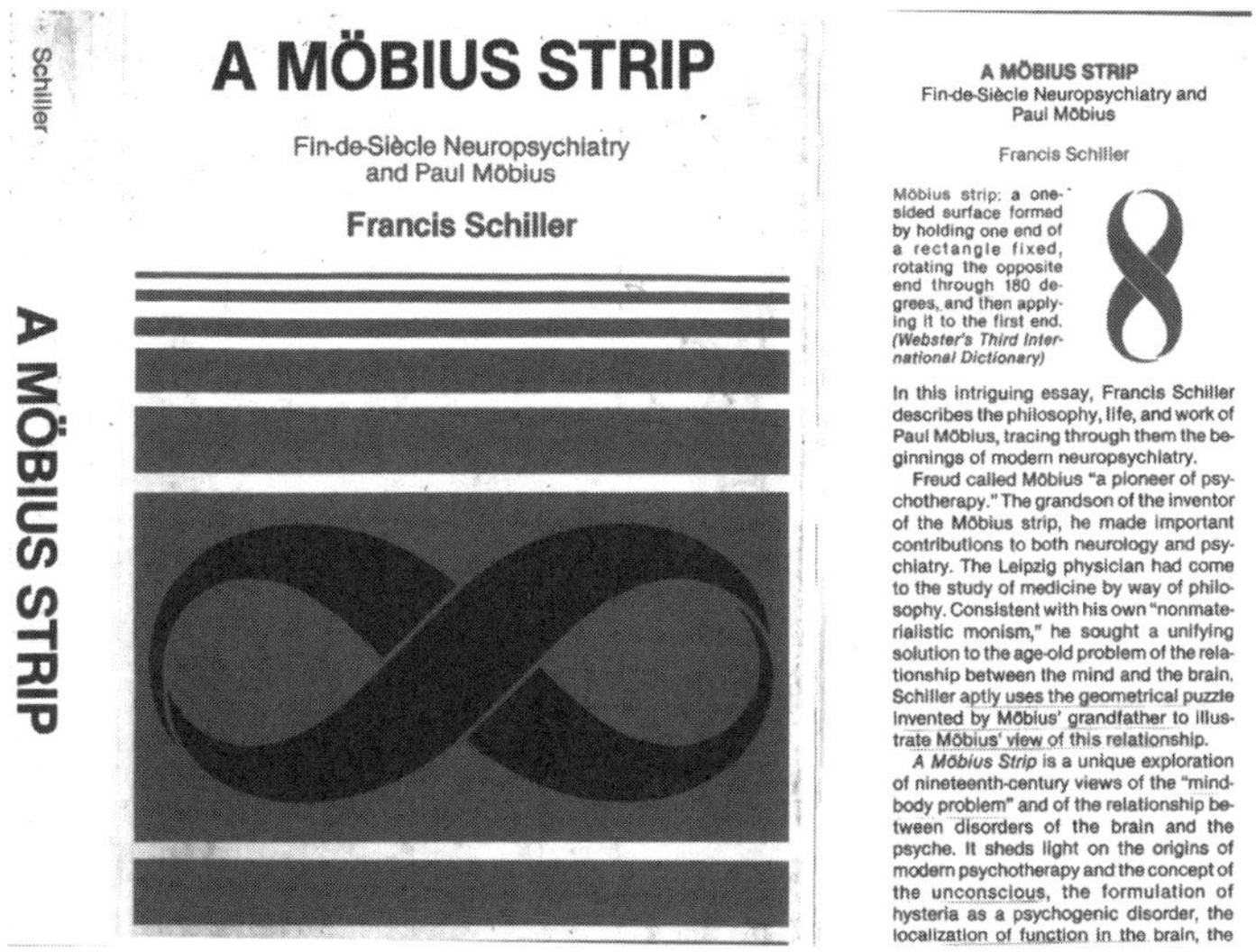

図7

小原が私淑した『アイ・シー・オール』の世界編集者アーサー・ミーなのであり、「世界目録をつくった」汎知工学者ポール・オトレなのであり、つまりは松岡正剛編集工学研究所の考え抜かれた教育プログラムそのものなのである。そう、『ハリー・ポッター』の舞台が一貫してホグワーツの魔術学校であることの深い意味を考えてみなければならない。学年というか位階というか、天上めがける階梯が魔術究極の図像《アイコン》であるのは何故か、と。松岡氏が一方で密教に沈潜していった真の理由は奈辺に、と（松岡氏他界。祈御冥福！）。

十七世紀王立協会の「薔薇十字の覚醒」の三百年を要した行程の最終段階が世にルイス・キャロルと呼ばれた一数学者だったという話をしてみた。「マジック」「マジカル」のあらゆる局面に没入したマジカルなものの総合表現者なのだ。一方で型にはまった宗教の聖職者と、もう一方にヒトと動植の区別、人間と妖精の区別もしらないマジカルな世界。マザーグースの民俗世界とトポロジー、四次元の非ユークリッド幾何、コンピュータ言語観念の世界とごっちゃというか絶妙なバトンタッチしようとする息を呑むような諸事混交の歴史的瞬間を自からもでき損いな子供のふりして「カオスモス」（ジェイムズ・ジョイス）として享受した奇跡的な人物、合理が非合理に放下される身じろぎを快として喜び生きた我々タカヤマニアカルズのモデルたりて然るべき人。

数をいじったマジシャンという話で始めたから、空間をいじったマジシャンという話で閉じよう。ダドソン少年はどこへ行っても奇術の名手の評判をとっていた、とどのキャロル伝も書いている。頭《ヘッド》が尾《テイル》に直結した秀れた意味でマニエリスト即ち「手の人《マヌス》」だったわけだ。頭が手先の人。『不思議の国のアリス』冒頭の奇術師めいたシロウサギを見た瞬間、マジックショーおなじみのキャラだと分かるきみは良いキャロル読者だ。『鏡の国のアリス』はキャロルがドイツ人デーブラーのファンタスマゴリア興行を楽しんだ直後に創作されたとは、これも『キャロル大魔法館』独自の意表突く指摘だろう。鏡奇術、チェスの詰め将棋芸の併《あわさ》った歴とした光学魔術の末裔なのだ。マジカルなものとしてこの二作と連続する筈の晩年作『シルヴィとブルーノ』には、メービウスの輪を仕組んだ、金《かね》をいくら入れても全部こぼれ出てしまう「運不運《フォルトゥナトゥス》の財布」をこさえて女主人公を驚かせる何故か「ドイツ」人の「教授」の奇術手妻のシーンがあって（図6下方）、作品全体のマジカリティ全体を思いださせる絶妙のトポロジー奇術である（図7）。そう、表《ヘッド》と思ったら裏《テイル》だった、いやそもそも表裏二元という常識が宙吊りになる。キャロル／ダドソン同時代に次々見えてくる究極のマセマジックス、メタ数学の世界では、それは位相《トポス》自在融通の片側《へんそく》空間と呼ばれた。哲学で言えばまさしく王立協会が完成させた二元論を打破する一元論《モニズム》の新思潮に他ならない。自分の発見でなかったことをキャロルが甚《いた》く（痛く）くやしがったアウグストゥス・メービウス発見のメービウスの輪をつくらせて「患者」の二元論由来の心身統合の二分化失調の治癒に当てたのが他のたれあろう、孫のパウル・メービウスであった。ううむ、何もかもが重なり連なり合うこの十九世紀末「連合の系譜」（互盛央）の異貌の系譜の面白さにこそ、観念の四通八達に酔う観念史的文化史の面目は躍如たるものあり、ではないか。

第七章

フランス十九世紀文学にみる音楽の魔力

中島廣子

はじめに

「魔術的なるもの」やそれに伴う「魔力」をどう定義するかは人様々であり、これらのカバーするところが極めて広範囲にわたることは言うまでもなかろう。ただし、最低限の了解事項として考えられるのは、「物事の自然な秩序を凌駕し、日常的現実と非現実との境界を曖昧にしてしまう力を秘めたもの」と捉える発想である。そうした観点からすると、かのギリシャ神話にある有名なオルフェウスの物語からして、音楽というものの持つ特殊な力を象徴的に語ったものとして受け止められるだろう。つまり、竪琴の名手であるこの人物が、亡くなった妻を求めて冥府まで下り連れ戻そうと試み、此岸と彼岸を往き来出来たのは、彼がひく竪琴の音とその歌声によってであったわけである。語源的にもフランス語で「魔力」を意味する「シャルム（charme）」という語が、呪文の歌（chant magique）とそれによって引き起こされる呪縛（enchantement）や魔法（sortilège）を意味していたことからも分かるはずだ。ゆえに、音楽家を一種の魔術師と見做していたといえようし、この系譜は中世のトリスタン伝説にも見出されるもので、かつては「死」を意味した「海原」を、彼は竪琴をかなでつつ歌を歌いながら進んで行ったのである。(1) そこで、この種の発想が西洋の古代や中世のみならず、「科学の時代」と言われた十九世紀においてすら有効であった事実を、フランス文学の幾つかの作品を通じて示してゆくことにしたい。

一　「音楽界のアッティラ」ベルリオーズの近未来小説

『幻想交響曲』の作曲家として名高いエクトル・ベルリオーズ（一八〇三〜一八六九年）が、音楽家を主人公にした『ユーフォニア又は音楽都市』（一八五二年）(2) という近未来小説を書いていることは、あまり知られていない事実ではなかろうか。しかもその内容たるや、恋愛の狂おしさと音楽の持つ本質的な魔性の側面とが結びついた、極めて独創的にして過激なものであることをも。従来の音楽家が世襲的な環境下に育ちパトロンに頼らねばならなかったのとは異なり、

（図1）ベルリオーズの戯画
「霰弾射撃的コンサート」（グランヴィル画）

（図2）ロビダ『二十世紀』

医者の家に生まれた彼は、家業を継ぐことを拒み作曲の道を選択したがため、音楽評論を書いて筆の力で糊口を凌がねばならなかったという、当時としては特異な経歴の持ち主であった。だが、それゆえにこそ、こうした文学作品を生み出すことも出来たのだと推測される。しかも、無自覚なまま慣習に流され続ける同時代の権威に刃向かい、自らが「音楽界のアッティラのごとき者」[3]になるのだと豪語し、革新性を求めては周囲の人々と衝突を繰り返した、この作曲家の激しい気質を見事なまでに反映する、破壊的な構想に特徴付けられたものとなっている（図1）。

この小説は二三四四年のヨーロッパを舞台にしており、主人公はグジーレフという作曲家である。彼は、音楽こそ唯一の関心事であるユーフォニアという架空の都市より派遣され、優れた歌い手を求めてイタリアを訪れているとの設定で始まる。幕開きの場面では空中を飛び交う気球が人々の移動や通信の手段になっていて、ドローンに加え空飛ぶ車も実現可能な二十一世紀の現代を思わせる描写がなされている（図2）。そして、かつては「芸術の国」としてあまたの人々から敬意を示されていたイタリアも、この時代になると拝金主義がはびこる経済優先の国家と化してしまい、芸術に対する高邁な精神などもはや見出せなくなっていった。まるで、新自由主義とグローバリズムの名の下に、効率と生産性に値しないものは容赦なく切り捨てていった、二十世紀末から今世紀初頭にかけての新たな世紀転換期の様相を予測したような内容である。これはおそらく、産業革命による社会のあり方の激変と、それに伴う価値観の揺らぎを体験した、当時の芸術家らの苦々しい体験に基づくものだったと想像される。そこで、主人公はこうした現実を嘆く手紙を、親友であり同じく作曲家でもあるシェトランドに送ろうとする。それと同時に、デンマーク生まれの著名な歌姫にして自らの婚約者でもある、ミーナというヒロインからの便りをも待ちかねている。ところが浮気性の彼女は、こともあろうにシェトランドの方に心を移してしまうのである。ユーフォニアに帰国するなりその事実を知ったグジーレフは、天才的な技師に奇抜な音楽装置の設計を依頼する。すなわち、百人もの楽士を率いるオーケストラの迫力に勝る、複雑で素晴らしい音の出る巨大なピアノを造り出させるのである。さらに、美しくはあるが奇妙な仕掛けを施された鋼のパビリオンをも建てさせ、これら二つの近代技術の傑作を己の悲恋の復讐に利用しようと企て、使い初めの祝宴に舞踏会を催すことにする。当日、恋敵のシェトランドが別棟のサロンで例の大きな楽器に向かい即興でワルツを弾くと、その調べにのって、ミーナをはじめとするパビリオンの中にいる客達が踊り出す。すると、グジーレフが技師に注文しておいた秘密の仕掛けが働き、この円形の建物が回転し始め、中で踊る人々を締め付けて殺してしまうのである。それを目撃したシェトランドは発狂し、グジーレフもシアンを吸って命を絶つという、陰惨極まりない結末を迎える筋書きとなっている。

ところで、音楽家にとってユーフォニアという「音楽都市」は、近未来のイタリアという「現実世界」との対比において、彼方の「夢の国」だと想定されているのだろう。ことにヒロインのミーナは、この「音楽都市」で挙行されようとしている豪華な祭典に加わりたいと願い、婚約者である主人公にはアメリカに行くと偽って、ナディラという別名を名乗り、飛行船に乗ってたどり着くが、その際には音楽の持つ効果が最大限に示されている。すなわち、到着時に町の上空から現れ出る彼女の様子は、類い希な美声と輝くばかりの美貌とによって、この世ならぬ存在のごとく描かれているからだ。

［……］雲間から女性の声がもれてくるのが聞こえた。甲高くはあれど澄んだ声音で、驚くほど軽やかに歌うので、不意に弾んだり魅惑的に変化したりしてゆくその声が、大空の只中に響き渡っては、さながら姿も見せぬ不思議な何かの鳥の囀《さえず》りかと思いかねなかった。［……］一人のうら若き女性が飛行船の船首に立ち、魅惑的な姿態《ポーズ》でハープに寄りかかり、ダイヤの煌めく右手で、途切れ途切れに弦をつま弾いているのだった。(4)

つまり、ユーフォニアを御伽噺にある「魔法の国」に見立てた上で、そこに彼女が仙女として舞い降りるかのような場面である。じじつ、この後の場面でも彼女は「仙女」と形容されており、「仙女のように着飾っていた」、「麗しの歌姫、詩情豊かに歌い上げる仙女」、「悪女の仙女だよ、君は！」(5)などとの記述が続く。そんな彼女の歌声に誘われて麗しい姿を垣間見たシェトランドが、親友の婚約者とは知らぬまま彼女に恋い焦がれ、ついには悲惨な結果を招くにいたるわけで、音楽の持つ蠱惑的な力が彼らの運命を狂わせ、悲劇の道へと誘い込むきっかけになったと考えられる。

いっぽうで、魔術的なパワーは往々にして「悪魔的なもの」と結びつく傾向があるが、その典型的な例が小説の結末に見出されよう。すなわち、魂を奪うほど妖しく魅力的な女性であると同時に女魔術師という意味をも指す《enchanteresse》に復讐するには、芸術的「魔術装置（magique instrument）」(6)をもってする必要があったのだ。それも、「科学の時代」にふさわしい、先進的テクノロジーを援用しての上でのことである。さらに、音楽に潜在的に秘められた「魔力」が、「舞踊」という要素と結びついている点にも注目せねばなるまい。ことに、いささか哀愁を帯びたワルツの甘美な調べが、くるくると果てしなく回る踊り手たちの動きと相まって、それに身を委ねる者を陶酔の境地へと導き、果ては取り返しのつかない地獄の淵へと追いやるからである。主人公が親友のシェトランドに宛てた手紙の中で、こう告白する箇所がある。

ああ、友よ、明鏡止水の境地たる魂にとってこそ、芸術の崇拝が幸福につながるのだ。(7)

ここで言う「芸術」とは具体的には音楽を指しているはずで、それの持つ「魔力」の恐ろしさを知り尽くしていたベルリオーズならではの、苦悩に満ちた認識ではなかったろうか。

二　「北方の老魔術師」ワグナーのオペラとデカダンス小説

同じく、音楽が秘める妖しい力ゆえに、人を惑わせその運命を狂わせたり、現実と非現実の境を越えさせたりする悲劇を描いたものに、世紀末デカダンス小説の傑作である、エレミール・ブールジュ（一八五二〜一九二五年）の『神々の黄昏』（一八八四年）[8]とカチュール・マンデス（一八四一〜一九〇九年）の『童貞王』（一八八一年）[9]が挙げられよう。しかも、両作品に共通するのが、ニーチェに「老魔術師」と呼ばれたワグナー[10]のオペラを軸に展開されている点である。

前者の小説は、表題のみならずライト・モチーフとしても、このオペラの構想をそのまま世紀末ヨーロッパの貴族社会に重ね合わせたもので、かつては栄華を誇ったあるドイツ王侯の滅びのドラマが、落日の最後の光芒を放ちつつ闇に没してゆくかに華麗に繰り広げられてゆく。幕開きの場面では、栄光の絶頂にある主人公の大公が、自らの誕生祝いにとワグナーを招き、オペラ『ニーベルンゲンの指輪』から未発表の幾楽章かを指揮させていた。そんな最中、普墺戦争勃発によるプロイセン軍侵攻の報が入り、急遽、国外へと退避せねばならなくなる。彼は出立の際に、未完成の大作オペラ最終部の題名が『神々の黄昏』であることを、ワグナーから告げられる。そして、「まるでこの言葉に何か呪いでも込められていたかのように、その日から大公の身の上には、人生の暗い黄昏がゆっくりと翳を投げかけ始めたのだった」[11]。まずは、大公の子供たちのうちで、腹違いの兄ハンス・ウルリッヒと妹クリスチアーネに降りかかった悲運である。近親相姦的感情を無意識のうちに抱いていた彼らが、ワグナーの『ワルキューレ』のジークムントとジークリンデ役を無理矢理演じさせられる羽目になるからだ。というのも、一族の亡命先のパリで新たに建造した宮殿の落成祝いに、このオペラを上演することになったのだ。おりしも万国博覧会の開催に伴い、会場に展示された新奇な発想の様々な機械装置が話題を呼ぶ中、この宮殿でもエレベーターなど新しい技術を取り入れ、過去の栄光の名残をとどめる金銀財宝の山を収蔵すべく、あちこちに秘密の仕掛けまで施された、絢爛豪華な「驚異の空間」が出現していた。そこでこの機会を利用し、兄弟に歌うよう仕向けたのが大公の愛妾である歌姫で、その危険性を熟知した上でのことだった。ところが、練習を始めた兄妹は次第にこの音楽に酔ってゆき、それまで内心に秘めていた想いを「愛の二重唱」に託して歌い上げる。こうして心の奥底の闇にひそむ真実を白日の下にさらす機能もまた、音楽の「魔力」の持つ要素の一つだといえる。

だって神様が、だってヴォータンが、ジークムントを妹の腕に飛び込ませたのではないの？　なのに、どうして近親相姦が罪だというのでしょう？……[12]

兄妹は歌った。ただただ歌った。一度だに口にしえなかった思いのたけを、ありったけこの歌に託して訴えかけるのだった。この歌こそ二人の婚礼の歌であった。兄妹は勝ち誇り、互いを崇め、人の世の掟を超えた高みで、あえがんばかりに愛を貪った。そして、転《まろ》びあう魂は、力強い愛の翼に運ばれて己を超越した。二人して真っ向から罪に立ち向かう強い矜持に酔い痴れて、もはや何はばかるところもなかった。[13]

じっさい、非日常性に満ちた新宮殿の枠組みの中で演じられた、このオペラの妖しい誘いに導かれるかに、二人は上演がはてると罪深い愛に溺れた後、兄はピストル自殺を遂げ、妹は修道院入りを決意する。音楽に造詣が深いマルセル・シュネデールは『空想交響曲』の中で、「ワーグナーは、音楽にその聖なる内容を復活させる。ニーチェ宛の手紙の中で、彼は音楽が言葉以前の存在だという考えを述べている。［……］音がすべてに先立つ実在である。だからこそ、人は、人間の心の奥深くに持つ歌、人間の存在に結びついた本源の音楽を明るみに出すときに、神的な範疇に属する仕事を成し遂げるのである。音楽家は［……］秘め隠されたものを露《あらわ》にし、拡散した世界を再統一し、ちりぢりに分散した原初の聖なるものの断片を総合することが務めの、一種の魔術師である」[14]（加藤尚宏訳）と指摘する。そこにいたるまでにも、妹への想いを振り払おうとする兄の頭にふと浮かぶのが、「音楽とは善きものなりとも、往々にしてかような魔力を持つものなり。悪を善となし、善をもって禍を招かしめん」[15]というシェイクスピアの言葉だった。この善悪の社会的価値基準と美的価値基準との相克こそが、悲劇の根本原因となって、登場人物たちを追い詰めてしまうのである。その後も、大公の他の子供たちは親殺しの企てや詐欺などの罪を次々と犯してしまう。そして、ついに小説最終章では、一人取り残された主人公がバイロイトで開催された『神々の黄昏』の初演を観劇し、このオペラに落日流謫の己の運命と貴族社会の滅亡の兆しを読み取り、上演が果てた後に孤独な死を迎えるにいたる。もはや王侯らが楽匠《マエストロ》を自らの宮廷に召し出すのでなく、むしろ彼らこそが「祝祭劇場」に足を運ばねばならぬ、動かし難い現実を目の当たりにしてのことである。

そして大公は、その［＝ジークフリートの］葬送の曲にただ呆然と耳を傾け、人知では測り難い厳粛さにうたれ、戦慄を覚えた。まるでこの場面が、己の知っているもの、愛するもののことごとく、子供たちや己自身の死、ひいては諸王の死を悼むもののように思われてきた。いわば王者らの末期の苦しみを、彼自ら見たのであった。これら神々の黄昏を。[16]

よってワグナー音楽が、この世紀末の「神話的世界」の中で、彼ら一族や貴族社会を避けがたい宿命へと導き寄せる「魔力」を帯びたものとして機能したことになるだろう。[17]

後者の小説『童貞王』は、異常なまでにワグナー音楽に心酔し、果ては廃位の憂き目にあった、バイエルンの狂王ルートヴィヒ二世を主人公に想定したモデル小説である。国王の生前に悲運の死を予告するスキャンダラスな内容だったが、同時に彼の存在を神話的地位にまで高め、世紀末のワグナー・ブームを牽引するなど、話題性に富んだ作品であった。モデルとなった実在の王同様に、主人公でチューリンゲン王国のうら若き君主フリードリヒ二世は、首都ノンネブルクの居城の一角に、「巧みな方法で妖精の国の驚異を現実のものとしてみせた秘密の広間《アパルトマン》」[18]を造らせている。

（図３）ルートヴィヒ二世の《冬季庭園》

（図４）リンダーホフ城の《ヴィーナスの洞窟》

宮殿の内壁で囲まれたこの空間には、絹の造花や、葉が絹製で樹皮を絵の具で塗られた木々が植えられ、そこに若き王を讃える言葉を発する造り物の鳥がとまり、小さな湖には金色の小舟を曳く白鳥が泳いでいる。そして、書き割りで出来た天井には、外界の時間の変化に支配されることなく、王の望むままに、太陽が輝いたり、月が昇ったり、星が煌めいたりする装置が施されている。そんな「人工楽園」の中で、彼は「白鳥の騎士」の衣装をまとい、目には見えないオーケストラが奏でるかのごとき音楽に、ひとり陶然と聴き入るのだった（図3・4）。

こうした「夢の霧の奥に立ち現れる［……］夢幻の境、［……］驚異の島」[19]の魔術師は、ハンス・ハマーの名で登場するワグナーにほかならない。なぜなら、少年から青年へと成長してゆく多感な年頃に、偶然目にした男女の性の営みに嫌悪感を覚えた王は、政治を担うべき現実からも逃げ出そうとしてチロルの山中をさまよい、村人達が演じる「受難劇」で名高いオーバーアマウガウにたどり着く。おりしも、その上演を観ようとヨーロッパ各地から集まっていた人々の中にハンス・ハマーも混じっていて、たまたま王が泊まろうとした旅籠屋の隣室で、この音楽家が激しいタッチでピアノを弾くのを耳にする。

時には曲の調べが、なまめかしくも妖しい音色を帯びてきたり、恋情あふれる激しい音色を帯びてきたりするに従って、フリードリヒは自らが未知の楽園へと連れ去られたかに感じられた。その世界では、いかなるものも地上の存在形態通りにあるわけでなく、様々な色彩や物の形が輝かしい音色へと奇跡のように置き換えられてしまうのだ。また、時には奇怪な地獄へと突き落とされたりもする。いかなる宗教も考えつかなかった地獄であり、そこで課される責苦とは過剰なまでの快い歓喜から成るものだった。[20]

そんな響きに心を奪われた王は、神の啓示を受けたかのように感じ取り、以後、この楽聖のためにのみ生きんと決意したのだった。[21]

だが、ごく一部の近習以外は立ち入り禁止のはずの「禁断の楽園」に、三人の女性が踏み入ってしまう。まずは厳格な母のテークラ妃で、彼女は音楽に没頭するより政務に励むよう己が息子に強く迫るのである。しかも、幼なじみの貴族の娘であるリジを許嫁として宮廷に迎えたと言い、入れ替わりに無邪気で清純なその乙女がやって来る。だが、王はかつてリジの領地で垣間見た村の男女の逢い引き場面を思い出し、激しい拒絶感を覚える。さらに、フリードリヒが唯一心を惹かれたある女王似の面立ちゆえに、侍従長から王の愛人になるよう引き入れられた歌姫のグロリアーナまでが、美貌の青年王に夢中になってしまい、輝くばかりの裸体を彼の面前でさらすのである。

［穏やかに凪いだ湖の奥の陰気でもの悲しい一角では］重く雲の垂れ込めた暗い空の下、あたり一面に無秩序に転がる岩が、互い違いに重なり合い、ねじれたまま積み上がって、動かぬ山となっていた。不動のままに激しく身をよじらせる、この山を包み込む赤みを帯びた靄《ガス》が、火刑台から時として噴き上がる熱気の如く、地獄の入り口そのままに暗く口を開ける石ころだらけの裂け目から立ち上っていた。［……］そして、その奥底からは、煤けた炎が上がってくるのと同時に、永劫の責苦に苛まれ呻き喘ぐ声とおぼしきざわめきが、ときおり聞こえてくるのだった。

［……］

光り輝く冠を戴き、たっぷりとした緋色と金の布きれを身にまとい、腹と胸元を布の合わせ目からのぞかせて、テバイードの苦行者らを誘惑しにやって来る冥界の女王プロセルピナのごとく、ひとりの女が地獄の口から姿を現したのだ。それも、いよいよ激しく噴き上がる煙と炎に包まれて、凄まじいまでに情念をほとばしらせ、復讐の女神フリアイの蛇の髪を思わせる、業火に照らされた髪の毛を振り乱すのだった。(22)

恐怖を覚えた主人公が女の脇腹を刺して場面が暗転し、この夢の楽園が真の地獄の光景を呈するばかりになる。取り乱した彼は宮殿に火を放ち、再びオーバーアマウガウへと逃れゆく。そして、受難劇上演の年でもないのに、自らが十字架にかけられるキリスト役をつとめ、本物の槍で脇腹を突かせて息絶えてゆく。そこへ、王の後を追って駆けつけた歌姫が、マグダラのマリアのごとく、彼の肉体から流れ出る血を豊かな長い髪で拭うのだった。こうして、ワグナー音楽が引き金となり、主人公は現実と非現実の境界を踏み越えて、己が夢に殉じるという壮絶な最期を遂げることとなる。先に引用した、「そこで課される責苦とは過剰なまでの快い歓喜から成るものだった」とのくだりを、実体験するにいたるのである。

三 「メンローパークの魔術師」エディソンの発明と疑似科学小説

十九世紀文学における音楽を語る際、無視し得ないものの一つに「録音」という問題がある。すなわち、「メンローパークの魔術師」の異名で知られるエディソンによる、蓄音機の発明の影響が明らかに読み取れるからである。すでに触れた『童貞王』の「人工楽園」で、人間の言葉を発する鳥や、甘美な音色を奏でる姿なきオーケストラなどは、おそらくこの装置を念頭に置いていたものかと思われる。また、著者マンデスが妻のジュディット・ゴーチェと共にスイスのワグナー邸を訪れたとき、これに同行した友人のヴィリエ・ド・リラダン(一八三八～一八八九年)が『未来のイヴ』(一八八六年)(23)という疑似科学小説を書いており、その中で描かれた「人工楽園」でも共通した設定が見出されるのである。アメリカ人科学者のエディソンという架空の人物を主人公とし、その実験室の地下に出現させたのが、電気仕掛け

（図５）『未来のイヴ』の
地下の人工楽園

の「エデンの園」なのである。太陽の代わりに電気照明が煌々と照らす地下空間にあるのは、録音されたとおぼしき人間の言葉を喋る鳥や、花壇に咲き乱れる色鮮やかな花など、全てが造り物で出来たものばかりである。そんな彼の元を訪れたのが、エワルド卿というイギリス貴族で、かつてエディソンが赤貧に喘いでいた頃に救いの手を差し伸べてくれた恩人だった。この人物は、オペレッタ歌手兼女優の恋人がミロのヴィーナスそのままの輝ける肉体を持ちながらも、心根はそれと相反する卑しさなのに絶望するあまり、今生の別れを告げに来たと言う。そこで、科学者は彼を救おうとして、理想の美をたたえる肉体にふさわしい精神をそなえた、ハダリーという人造人間の美女を造り上げることを提案する（図５）。すなわち、彼の望み通りの気高い思考をうかがわせる、洗練された会話のやり取りが可能となる仕掛けを施そうという意味だ。なぜなら、人間の会話など一定の繰り返しにしか過ぎないからで、問いそのものに答えとして求めるものを決定づける要素が含まれており、現代の人工知能を使用したチャットGPTさながらのやりとりがなされる結果となる。しかも、この美女の左右の肺は純潔を表す黄金製の蓄音機で出来ていて、「話す時の声は心に染み入るばかりで、歌の声音は実に響き良く深い抑揚があるので、［……］感嘆のあまり思わず知らず身震いを覚えんばかりになる」[24]という、モデルの女性の声も再現してみせる。結局、本物の人間の美女より、人造人間の方に真の理想像を見出したエワルドは、それを伴って帰国の途についたものの船火事に遭い、この科学技術の傑作を失ってしまう。同じ船に乗り合わせていた元の恋人も死亡するが、彼はエディソンに電報を打ち、「我ガ深ク悲シムトコロハ、タダ、ハダリーノコトナリ。コノ幻影ノタメニノミ喪ニ服ス。」[25]と告げる。かくして、彼もまた虚実の境を踏み越えてしまった人間の悲劇を味わわされたのである。

　この作品は必ずしも音楽の「魔力」だけを主題にしているわけではないが、それの引き起こす悲劇をメインテーマとした疑似科学小説を書いたのは、むしろフランスにおけるSF作家の先駆けであるジュール・ヴェルヌ（一八二八〜一九〇五年）である。具体的には『カルパチアの城』（一八九二年）[26]という作品で、とくにクライマックスにおいてエディソンの発明品を効果的に用いているところに特徴がある。すでに代表作である『海底二万里』（一八六九〜七〇年）[27]の中でも、原子力潜水艦を思わせる「ノーチラス号」の内部に大型のパイプオルガンがあり、その上にウェーヴァー、モーツァルト、ベートーヴェン、ワグナーをはじめとする巨匠たちの楽譜が置かれていて、時おり船長のネモが忘我の境地で演奏する場面が見られたりする（図６）。そこでは「ノーチラス号」という超近代的な科学技術装置と音楽という芸術との意外な組み合わせが目を引くが、これとは正反対の例が問題とする小説に見出されるのである。すなわち、ヨーロッパ屈指の名歌手で完璧な美貌の歌姫ラ・スティラをめぐる二人の貴族の確執が、ドラキュラ伝説で名高いトランシルヴァニアの山中に建つ廃墟同然の古城を舞台にしながらも、蓄音機をはじめ、同じくエディソン発明のキネトスコープを応用した、今のカラーテレビを思わせるものや、プロジェクターとおぼしき電気装置を駆使して展開されているからだ。これら二人の貴族とはフランツ・ド・テレク伯爵とロドルフ・ド・ゴルツ男爵であり、彼らはいずれ劣らぬ熱烈なオペラ愛好家であり、他の追従を許さぬラ・スティラの心酔者だった。ヨーロッパ各地で彼女の公演が行われる度に必ず姿を見せる二人だったが、テレクのほうは彼女に結婚を申し込み、快諾を得たことで、ついに「当代きっての歌姫」[28]の心を我が物とすることに成功する。かたや嫉妬に狂ったゴルツはといえば、彼女の引退公演で桟敷席から呪いを込めた恐ろしい眼差しを向け続けたため、恐怖のあまり歌姫は舞台上で息絶えてしまう。だが男爵は、常に陰のごとく自分に付き従う「電気の実用化に関する第一級の発明家」[29]オルファニックに命じ、公演中の歌姫の最後の歌声を密かに録音し、麗しの舞台姿まで録画していたのだった。その後、杳と

（図６）『海底二万里』のノーチラス号の内部

（図7）『カルパチアの城』のラ・スティラ像

して行方が知れなかった彼が、じつは所領の古城に密かに舞い戻っており、ラ・スティラの存在価値の核心部分を独り占めにしたまま、陶然と美声に耳を傾ける日々を送っていたのだ。旅の偶然から、そこへたどり着いた伯爵が目にしたのは、次のような光景だった。彼の居室には黒い布をかけられた壇が置かれていて、「集光器か何かから来るらしい強い光を受けており」[30]、それに最後の舞台の時そのままの衣装をつけて歌う、麗しのラ・スティラの姿が映し出されていた。そして、椅子のそばの小卓の上には、蓋に宝石をはめ込んだ長方形の箱があり、歌声がそこから発していたのである（図7）。

ラ・スティラは歌い始めていた。ゴルッ男爵は肘掛け椅子に座ったまま、彼女の方に身を乗り出していた。陶酔も極まったこの音楽愛好家は、その声を香水でも嗅ぐかのように、神の美酒でも口に含むかのように、味わおうとしていた。かつてイタリアのあちこちの劇場での公演のおりそのままに、今や、トランシルヴァニアの原野にそそり立つこの城塞の塔の頂にあって、限りない孤独につつまれたこの部屋の真ん中でこうしているのだ！

まさに、ラ・スティラが歌っている！……彼のために歌っているではないか！……彼のためにのみだ！……動いているとも見えない彼女の口元から、もらされる吐息のように！……たとえ正気をなくしているにせよ、芸術家としての魂だけは、そっくりそのまま残っていてくれたのだ！[31]

死んでしまった歌姫をこの世に呼び戻すため、オルフェウスが使った竪琴の代わりに男爵が用いたのは、蓄音機という近代テクノロジーの産物だったといえよう。ところが、この古城に起こる様々な奇怪な現象に村人たちが脅かされていたため、テレクの腹心の従者より通報を受けた警察がついに現場に踏み込むことになる。それを悟ったゴルツは、まるで本物の生きた人間を殺すかのように、歌姫の映像の心臓部を短剣で突いて、その姿が映し出されていたガラス板を砕き、机の上の箱をつかみ取るなり逃げ出した。だが、男爵がひしと抱え込んでいたその箱に、テレクの従者が撃った銃弾が当たり、粉々に砕けてしまう。

彼は恐ろしい叫び声をあげた。

「彼女の声が……声が！……」と、彼は繰り返した。「彼女の魂が……ラ・スティラの魂が……壊された……壊された……壊されてしまった！……」[32]

最後には、自らの秘密を他者に暴かれまいとした男爵がオルファニックに仕掛けさせたダイナマイトで、この城も爆破されてしまうのだが、逃亡を企てていた彼もその犠牲となって幕を閉じることとなる。まるで、虚実の境を越えてしまった者の宿命であるかのごとく。

おわりに

音楽は人間の本能に直接訴えかけるものとして、原初において魔術的行為とかたく結びついていたこともあり、マルセル・シュネデールが前掲書で指摘しているように、「音楽は人を日常性から脱出させ異境に運ぶ（dépayse）のだ。音楽のお陰で我々は境界を乗り越え、別なる世界へと移行するのである」[33]。こうした力はそれぞれの時代に即応した形をとりつつ、「科学の時代」である十九世紀にもそれにふさわしいあり方を提示してきたことが、本章で取り上げた文学作品中にもうかがわれただろう。その点について参考にすべきは、世紀末デカダンス文学の代表的作家ジョリス＝カルル・ユイスマンスの筆になる、心霊的自然主義作品とも呼ばれる『彼方』（一八九一年）[34]ではないか。そこでは、小説中小説の形式で中世末期のオキュルティスムや悪魔礼拝の問題にふれており、ジル・ド・レー伝説を探求する作家の主人公を中心に、パリ大学医学博士やキリスト教史家ら様々な登場人物たちが、交霊説について議論を交わす場面がある。ここで用いられているのが、実証主義の時代の読者向けに説得的だと思われる説明方法で、当時めざましい成果をあげてきた細菌学の発想を応用したものである。つまり、「この空間には微生物がいっぱいいるでしょう。だから、精霊や悪霊に満ち満ちているといったところで、さほど驚くにはあたらないと思いますが。水や酢に［肉眼では見えない］微少動物がうようよしていることは、顕微鏡が証明してくれています」(35)といった論法である。これと似た手法が、音楽の魔術性に焦点を当てた、本章の対象となった多くの作品にも見出されたように思われる。それは、先進的な近代テクノロジーを応用した、芸術的「魔術装置」の採用によるものである。いずれにせよ、どの作品にも共通するのは、音楽という芸術に潜在的に秘められた魔術性や、その「魔力」に絡め取られた人間の抗い難さを、浮き彫りにしている点にほかなるまい。しかも結果的には、自然の摂理に背いた「報い」をも受け入れねばならないとの厳しい認識を、いずれの著者も共有していることだろう。(36)

【註】

（1）Michel Cazenave は *Le Philtre et l'Amour* (José Corti, 1969)（ミシェル・カズナーヴ『愛の原型』中山真彦訳、新潮社、一九七二年）で、トリスタンがそうして「文字通り死を魅了したのである」(p. 43) と記している。「魅了した」は原文で《charmer》という動詞を用いており、これは「魔法にかけた」との意でもある。

（2）Hector Berlioz, *Euphonia ou la Ville musicale.* ただし、一八四四年 *Revue et Gazette musicale* に連載された版と一八五二年 *Les Soirées de l'Orchestre* に収録された版があり、登場人物名が異なっている。本章では、René J. Bonnette 編纂による前者の再版 (Éditions Ombres, 2019) を参考にしつつ、後者の版を収録した Jean-Baptiste Baronian, *La France fantastique de Balzac à Louÿs* (Des Presses de Gérard & Co., Marabout, 1973) を採用した。

（3）一八三〇年八月二十三日付け母への書簡に書かれた自負の表現。Hector Berlioz, *Correspondance générale, I 1803~1832*

(Flammarion, 1972) p. 349. また、Hector Berlioz, *Mémoires* (Flammarion, 1991) をも参照。

（4）Berlioz, *Euphonia*, p. 129.

（5）Berlioz, *Euphonia*, p. 142, 143, 142.

（6）Berlioz, *Euphonia*, p. 142.

（7）Berlioz, *Euphonia*, p. 123.

（8）Élémir Bourges, *Le Crépuscule des Dieux* (Christian Pirot, 1987).（エレミール・ブールジュ『神々の黄昏』中島廣子・山田登世子訳、白水社、一九八五年）。

（9）Catulle Mendès, *Le Roi vierge* (Obsidiane, 1986).（カチュール・マンデス『童貞王』中島廣子・辻昌子訳、国書刊行会、二〇一五年）。

（10）F・W・ニーチェ『ヴァーグナーの場合』浅井真男訳『ニーチェ全集』第三巻（第二期）（白水社、一九八三年）二五二頁。『ツァラトゥストラはこう語った』薗田宗人訳、同全集第一巻（第二期）（白水社、一九八二年）三六九–八七頁。

（11）Bourges, *Le Crépuscule des Dieux*, p. 209.

（12）Bourges, *Le Crépuscule des Dieux*, p. 108.

（13）Bourges, *Le Crépuscule des Dieux*, p. 109.

（14）Marcel Schneider, *La Symphonie imaginaire* (Seuil, 1981) p.22.（マルセル・シュネデール『空想交響曲』加藤尚宏訳、東京創元社、一九八六年）。なお、アンドレ・ルボワ（André Lebois）が *L'Occultisme et l'Amour* (Sodi, 1969) において、《L'univers incestueux de Wagner》という項目を設けて、ワグナー・オペラにみられる近親相姦の神秘主義・秘教主義的側面についてふれている (pp. 83-89)。

（15）Bourges, *Le Crépuscule des Dieux*, p. 104.

（16）Bourges, *Le Crépuscule des Dieux*, p. 212.

（17）作者ブールジュは、ペラダンが主宰した「薔薇十字展」に、友人の画家アルマン・ポワンと共に参加しており、アラン・メルシエ（Alain Mercier）は *Les Sources ésotériques et occultes de la Poésie symboliste (1870-1914) I* (Nizet, 1969) において、本作品へのペラダンの影響を指摘している (p. 223)。

(18) Mendès, *Le Roi vierge*, p. 169.

(19) Mendès, *Le Roi vierge*, p. 110.

(20) Mendès, *Le Roi vierge*, p. 164.

(21) Marcel Schneider は前掲書で、「一八六五年六月十日のミュンヘンにおける『トリスタン』の初演以前には、ワーグナーの作品が実現してみせている最も大きな意味での革命、その魔術との血縁、高揚と闇の最も豊かな源泉へのその回帰等に気づいていたのは、ほんのひと握りの音楽家と詩人にすぎなかった。ところが『トリスタン』上演後、ミュンヘンの町は夢幻の王国の都となり、ルートヴィヒ王は白鳥に変身し、そしてワーグナーは涙と星の刺繍模様に被《おお》われた魔法使のマントを身にまとうことになった。誰もが彼の楽劇の魔法（enchantement）にかかり、聖なるものに対する彼の直感を予感したのだった」（加藤尚宏訳）とも述べている (p. 23)。また、ギ・ミショー（Guy Michaud）の *Message poétique du Symbolisme* (Nizet, 1951) より、《Wagner et le Mysticisme》(pp. 205-10) をも参照した。

(22) Mendès, *Le Roi vierge*, pp. 169-70.

(23) Villiers de l'Isle-Adam, *L'Ève future*, *Œuvres complètes I*, «Bibliothèque de la Pléiade» (Gallimard, 1986).

(24) Villiers de l'Isle-Adam, *L'Ève future*, pp. 796-97.

(25) Villiers de l'Isle-Adam, *L'Ève future*, p. 1017.

(26) Jules Verne, *Le Château des Carpathes* (Omnibus, 2018).

(27) Jules Verne, *Vingt Mille Lieues sous les Mers, Voyages extraordinaires,* «Bibliothèque de la Pléiade» (Gallimard, 2012).

(28) Verne, *Le Château des Carpathes*, p. 742.

(29) Verne, *Le Château des Carpathes*, p. 776.

(30) Verne, *Le Château des Carpathes*, p. 782.

(31) Verne, *Le Château des Carpathes*, p. 784.

(32) Verne, *Le Château des Carpathes*, p. 787.

(33) Schneider, *La Symphonie imaginaire*, p. 16.

(34) J.-K. Huysmans, *Là-Bas, Le Roman de Durtal* (Bartillat, 1999).

（35）Huysmans, *Là-Bas*, p. 143.

（36）ジャック・ノワレ（Jacques Noiray）がこの「報い（châtiment）」という表現を、*Le Romancier et la Machine II* (José Corti, 1982) p. 366 および *L'Ève future ou le Laboratoire de l'Idéal* (BELIN, 1999) p. 148 で使用している。

〔付記〕明記したもの以外、原文の翻訳は執筆者によるものである。

第八章

ユングと魔術

――脱魔術化から再魔術化へ

渡辺 学

はじめに

カール・グスタフ・ユング Carl Gustav Jung（一八七五〜一九六一）は、スイスの精神医学者であり、当初、ジークムント・フロイト Sigmund Freud（一八五六〜一九三九）の精神分析運動に参加したが、その後、フロイトと袂を分かち、分析心理学を確立した。その特徴は、宗教現象をはじめとする多様な非日常的な現象に対して開かれていて、それらを無意識に位置づけて説明する点にある。[1] したがって、宗教や迷信などは単なる妄想として切り捨てられるのではなく、無意識に根拠を持っていると理解されるのである。

一 議論の前提としてのユング心理学の概要

ここで、ユングが自らの心理学の確立にいたる道程を簡単に振り返っておきたい。

大学生時代のユングの講演が残され、ユング選集の補巻『ツォーフィンギア講演集』として出版されている。[2] ユングは、一八九七年五月に「心理学に関する若干の考え」という講演を行っている。これは、超心理現象を肯定的に扱ったものである。ユングは、「魂とは時間と空間から独立した知性である」と述べている。[3] 魂は、目的性を持っているがゆえに知性であり、肉体は、魂の心霊物化にほかならない。また、魂が時間と空間から独立しているがゆえに遠隔作用を及ぼす力として現れる。空間における遠隔作用は、テレキネシス（精神遠隔操作）現象とテレパシー（精神感応）現象であり、前者の代表例は、催眠術とドッペルゲンガー（二重身、生き霊）と虫の知らせなどであり、時間における遠隔作用は、予感、予言、感応、厳密な意味での透視、予言的な夢などである。[4] このように、大学生時代のユングは、超心理学的な知識を全面的に肯定していたと言えよう。

ところが、『いわゆるオカルト現象の心理と病理』（一九〇二）と題する学位論文を執筆する段階になると、ユングは、これらの超心理学的な見解に対して批判的な距離を取るようになる。[5] 彼は、S・Wと仮称される若い女性の夢遊症患者を症例として分析しているが、この事例は、別段特定の患者を対象としたものではなく、自らが従妹のヘレーネ・プライスヴェルク Helene Preiswerk（一八八一〜一九一一）を霊媒として従兄たちと開いていた一連の交霊会を舞台としたものであった。[6] そして、この従妹を夢遊症患者と同定して症例研究にまとめたのであった。

ユングはこの論文の中で交霊会において降ろされたさまざまな霊を霊として扱うのではなく、霊媒であるS・Wの「無意識の中の自立的人格像」として扱った。つまり、霊の存在に対しては判断中止をしているのである。こうして、ユングの立場は、心霊主義的な立場から心的現象学の立場へと移行したのであった。

この心的現象学は、「心的現実の立場」とも呼ばれている。ユングの視点は、彼の論集『オカルト現象』（一九三九）「序文」の以下の言葉に明確に表されている。「私が採用した観点は、自然科学的な方法をとっている現代の経験心理学の立場と精神とに対応している。以下の論文が、ふつうは哲学や神学でのみ扱われてきた対象に取り組んでいるからと言って、心理学が不死の問題の形而上学的な本性を扱っていると考えるのは誤っているであろう。心理学は、形而上学的な〈真理〉を確立することはできないし、しようともしない。それは、もっぱら心の現象学に従事する」[7]。

ユングは、個人だけでなく民族や人類の体験内容や信仰内容を広い意味での想像活動として対象とする心理学を構想した。彼は以下のように述べている。「心は、日々現実を創造している。私はこの活動をファンタジー（想像作用）という表現でしかあらわすことができない」[8]。つまり、ユングにとって「Factum（事実）」とは、「facere（作る・創造する）」というその語源通り「創られたもの」という意味をもっており、「事実とは創られたものである」というこの発想こそが、ユングの思想の核心をなしている。そして、われわれが体験している事実や現実の総体を生み出しているのが、まさしくファンタジーなのである。[9]

ユングは、このような視点からキリスト教やグノーシス主義、錬金術、仏教や道教などについて自由に論じたのである。

さらに、ユングは、「無意識の自立性」とのかかわりで「感情的な負荷を持ったコンプレックス」の存在を指摘した。[10] これは、言語連想検査によって経験的に明らかにできるものであり、個人の過去の経験や心的トラウマの存在を明らかにするものである。コンプレックスは強い感情価を持ち、自我の正常な働きを妨げたり自我を乗っ取ったりすることがある。

そして、ユングは、人間の無意識を個人の経験に由来する個人的無意識と、個人の経験を超え民族や人類につながる集合的無意識に分類した。後者は、神話や伝説などの元になるものであり、さまざまな元型を内容とするとした。例えば、自我が抑圧しているような自己像と反するような影の元型、自らの性と異なる人格像としての元型――男性の内なる女性としてのアニマの元型と女性の内なる男性としてのアニムスの元型――、老賢者や太母のようなマナ人格の元型、意識と無意識を包括する心全体を象徴する自己の元型などが挙げられる。[11] ユングは、これらの元型とのやり取りによって個人が「心理学的個体」となるプロセスを「個性化過程」と呼んだ。[12]

後期になると、ユングは、非因果的連関の原理としての共時性について論じるようになり、テレパシーのような超心理現象だけでなく、易や占星術などもその研究対象とするようになる。[13] これらはまさに、大学生時代のテーマの再来とも言える。ユングは、因果性と並び立つ非因果的な意味の原理として共時性を考えている。

そして、ユングは、最終的にすべてを包括する錬金術的な「一なる世界 unus mundus」が同じくすべてを包む「一なる心」であり、「無意識的絶対知」が存在する可能性を示唆している。「いわゆる目的因は、いかに曲解されようとも、何らかの先行知識を措定している。確かに、それは、自我と結びついているような知ではないし、したがってまた、われわれがそれを知っているような意識的な知識ではなく、むしろ、それ自体として存立していたり存在していたりする〈無意識的な〉知識であり、私はそれを〈絶対知〉と呼びたいと思う[14]」。ユングによれば、この無意識の「絶対知」によってテレパシーや予言や予知、易や占星術のような占いが可能になるのである。

二　エソテリズムとのかかわり――占星術と易と錬金術

ユングは、初期の主著『リビドーの変容と象徴』を書いていた一九一一年のころからオカルト的なもの、とりわけ占星術に強い関心を抱いていた。そのことは、ユングがフロイトに宛てた一九一一年六月一二日付の書簡にはっきりと書かれている。

このところ毎夜、私は占星術に大部分の時間を費やしています。心理学的な真理内容に糸口を見つけようとして、ホロスコープ［黄道十二宮図］計算を実践しています。これまでに、あなたにはきっと信じていただけないと思われる、ある注目すべき現象が現われています。ある女性の症例で、星座の位置計算によってやや詳細な宿命がしめされる、きわめて鮮明な性格像があきらかになりましたが、その性格像は彼女に帰属するものではなく、彼女の母親に帰属するもので、母親の特性にぴったりのものでした。この女性は強度の母親コンプレックスに苦しんでいます。天体に［無意識的直観によって］投影されているとの予感をはらむ大量の知を、われわれはいつの日にか占星術のうちに発見するようになるのではないでしょうか。(15)

このような関心はその後も続き、後年、共時性に関する著書の中で「占星術実験」を行っているほどである。ユングは、ホロスコープと心理現象の間に平行関係を認め、夫婦の間の吉とされる座相が実際の夫婦にどれほど統計学的に有意に認められるかを明らかにしようとしたのであった。(16)

ユングは、一九一八年から一九年にかけて兵役についてシャトー・ドェの英国人捕虜収容所の所長の任に当たってい た。その際、毎朝手帳に小さな円形の絵を描いていた。ユングは、それをマンダラと呼び、心の安定を図っていた。彼はそれが心の全体性を現す自己の象徴表現であると考えた。(17)

また、一九二〇年ごろには『易経』に基づいて易を立てるようになった。全力を挙げて同書の謎を解明しようとしたのである。易は、五十本の筮竹《ぜいちく》を使い、そのうち一本を除外して、四十九本の筮竹をより分けて、手許に残った本数が奇数か偶数か、また、それが次にどのように変化するかによって得られた卦《か》によって吉凶を占うものである。筮竹を三回より分けて偶数と奇数の組ができて一つの卦が得られ、さらに三回より分けてもう一つの卦ができる。ある卦から次の卦への変化を読むことから易経は「変化の書」とも呼ばれている。『ユング自伝』には以下のように書かれている。

伝統的な方法で使用されるノコギリソウの茎ではなく、私は葦の茎を切りました。私は頻繁に、易経を隣に置き、樹齢百年の梨の木の下で座り、自問と自答のように「占い」を相互に関連付けて技術を習得しました。その結果、説明できない自分自身の思考と有意義な関連性が多く発生しました。

実験中の唯一の主観的な介入は、実験者が束の中四十九本の葦の茎を数えず一気に分けることです。実験者はどれだけの数の葦の茎が各束に含まれているかを知りません。ただし、結果はこの数の比率に依存し［て奇数か偶数かになり］ます。他のすべての操作は機械的に配置されており、恣意的な操作は許容されません。心理的因果関係が存在する場合、それは束の偶然な分割（またはコインの偶然な落下）にしか依存しないかもしれません。

その夏休みの間、私は次のような問いに取り組んでいました。易経の回答には意味があるのか。もしそうなら、心理的な出来事と物理的な出来事の関連性はどのようにして成り立っているのか。私は常に驚くほどの偶然の一致に出くわし、非因果的な平行関係（私が後にそれを「共時性」と呼ぶことになるもの）の考えを私に近づけました。これらの実験に非常に魅了されて、記録を取ることを完全に忘れてしまいました。[18]

さらに、ユングは、一九二七年にリヒャルト・ヴィルヘルム Richard Wilhelm（一八七三〜一九三〇）から『太乙《たいいつ》金華宗旨』［『黄金の華の秘密』］の翻訳を受け取った。[19] これは、中国の道教の煉丹の書である。煉丹は、中国の錬金術と言われるが、不老長寿を獲得しようとするものであった。煉丹には外丹と内丹があり、外丹が不老長寿の特効薬を作って目的を達成しようとするのに対して、内丹は、瞑想によって不死という目的を遂げようとするものであった。『太乙金華宗旨』は後者であり、瞑想によって自己実現を遂げようとするものであった。ユングは、西洋の錬金術が実は金を物理的に生成しようとしたものではなく、中国の内丹に相当する瞑想法であると考えたのであった。これがユングの錬金術解釈の転機となった。[20]

ユングは、ある患者の一連の夢やヴィジョンと錬金術の象徴表現が平行関係にあることを明らかにして、大著『心理学と錬金術』（一九四四）を著している。[21] その後、その患者がノーベル物理学賞を受賞したヴォルフガング・パウリ Wolfgang Pauli（一九〇〇～一九五八）であったことが明らかになっている。[22]

ユングは、このように錬金術に興味を抱いたが、ユングが捉えた錬金術は、何らかの秘術によって卑金属から貴金属、とりわけ金を精錬しようとする試みではなく、言うならば、中国の煉丹の内丹のように、ある種の瞑想法として心の完成をめざすものであった。だからこそ、患者の夢やヴィジョンとの平行関係が問題になったのである。

三　ユングにおける「魔術」の語り

ユングと魔術の関係について肯定的な評価がいくつも見られる。とりわけ、「光の奉仕者」（The Servants of Light）教団を創設した作家で魔術師のW・E・バトラー W. E. Butler（一八九八～一九七八）は、ユングのことを「新しい心理学のダーウィン」と呼んで肯定的に評価している。[23] 他方で、ユングの著作をくまなく調べても、「魔術」について肯定的に語っている場面はほとんどないと言っても過言ではない。このようなギャップはどうして生じているのだろうか。

一つには、魔術の定義に関わる問題と言えよう。魔術という言葉はロマン主義的な響きがある。それに対して、呪術は、むしろ人類学や民俗学などの学問領域に属していると言ってよいかもしれない。

ユングと魔術について論じることはなかなかむずかしい。なぜなら、ユングはオカルティズムとの親和性を強く持っていたが、それらは錬金術や占星術などの占いなどの疑似科学や超能力などの超心理学の対象となるようなものであって、呪術や魔術ではなかったからである。両者のちがいは、端的に言って、前者が秘教的な知を主体としたものであるのに対して、後者が操作的な知である点であると言えよう。ユングは、特別な知によって他者や自然を操作しようと考えていなかった。そのため、ユングは、魔術に関して体系的に論じたことがない。ただ断片的に魔術に言及したり、比喩的に魔術的と述べたりしていただけであった。そのため、魔術や呪術という用語を手がかりにしてユングの魔術論を明らかにすることは徒労に近いと言えるだろう。

しかしながら、興味深い記述が見出される。それは、彼が初期の主著『リビドーの変容と象徴』(一九一二)を準備しているときのことであった。[24] 彼によれば、そのとき「アデッシャイムの魂の石の隠し場所とオーストラリアのチュリンガについて読んでいるうちに、幼少期のこの記憶が突然明確に蘇った」というのである。[25] この記憶というのは、以下のようなものであった。ユングは、一〇歳のころ、「大きな世界での自己分裂や不安感」を抱いた。

大きな世界での私の分裂と不安感は、私を理解できない行動に導きました。私は当時の小学生が持つような、小さな錠付きの黄色い筆箱を使っていました。その中には定規もありました。定規の先端に、「フロック、シリンダーハット、磨き上げた靴」を持った、六センチほどの小さな人形を彫りました。私はそれをインクで黒く着色し、定規から切り離して筆箱に入れ、そこに寝床を用意しました。さらに、羊毛の一部を使ってコートも作りました。そばには、滑らかで細長く黒っぽいライン川の小石があり、水彩絵の具で上部と下部に分かれて塗りつぶしてありました。その石は永い間私のポケットに入れられて私と行動を共にしていたものでした。それがその人形の石でした。これらのことはすべて私にとって大きな秘密でしたが、私自身は何も理解していませんでした。私はその小人の入った箱をこっそりと階上の禁じられた屋根裏(禁じられた場所だったのは、床板が虫に食われたり腐ったりして、危険だったためです)に持ち込み、屋根裏の梁の一つに隠しました。その時私は大きな満足感を感じました。なぜなら、誰もそれを見つけることはないはずだからです。誰も私の秘密を発見して壊すことはできませんでした。私は安心感を覚え、自己との苦しい葛藤が解消されたのです。[26]

ユングは、彼自身が誰に指図されることもなく、自らの不安を癒すために呪物を作ったのだと思った。彼は、それが「アデッシャイムの魂の石」や「オーストラリアの先住民のチュウリンガ」[27] に類するものであると理解したのである。このことは、ユングが呪物というものが人々の不安や内的必要から生じるものであると考えていたことを示唆している。[28]

ユングはさらに以下のように述べている。「人形は小さなマントを着た古代世界の神であり、アスクレピオスの記念碑の上に立って、彼に巻物を読んできかせるテレスホロスでした。この回想に伴って、伝統的な直接の道筋を通らずに個々人の心に入ってきている原始的な心の構成要素があるのだという確信がはじめて私の中に生じてきました」[29]。

こうして、ユングは、経験的に伝えられたわけではない「原始的な心の要素」が存在するという確信を得たのだった。また、ユングは、先住民の行動の中に呪術的なものを見出している[30]。

一つは、オーストラリアのアボリジニ、ワチャンディ族の春の儀礼である。彼らの豊饒儀礼は、楕円形に穴を掘り、茂みをその周りに置いて女性の性器のように形作る。そして、男性が円く取り囲み長い棒を男性の性器のように構えてその周りを踊る。そして、「プリ・ニラ、プリ・ニラ、ワタカ!」(穴じゃない、穴じゃない、女性器だ!)と叫びながら、その穴に長い棒を突き刺すというものである。その儀礼の最中、参加者はだれしも女性を見ることを許されない。ユングは、これを「春の魔術(呪術)」と呼んでいる[31]。

ユングは、この儀礼を象徴的なものととらえており、大地を受胎させることによって豊かな実りをもたらそうとするものであると考えている。心のエネルギーを象徴的な形で大地の受胎に向かわせ、豊饒をもたらそうとしているというのである。

さらに、広い意味での「魔術」をめぐる有名な逸話がある。これは、ユングと交流があった中国学者のリヒャルト・ヴィルヘルムが宣教師として中国に赴任していたときに実際に体験したものであった。わかりやすいように以下に抄訳を示したい。

あるとき、ヴィルヘルムが住んでいた中国の膠州ではたいへんな日照りが続いた。お香を焚いたり旱魃の悪霊を退散させるために発砲したりするなど、さまざまな儀礼が試されたが、一向に雨が降ることはなかった。そこで、ガリガリにやせた雨乞い師が他の地方から呼ばれてきた。雨乞い師とは、文字通り旱魃のときに雨を降らすことをもっぱら専門とする呪術師のことである。

彼は、旱魃の地に足を踏み入れると、しばらくお籠もりをさせてほしいと言って、その地から離れた小屋に三日間籠もっていた。四日目になると一天にわかにかき曇り、時ならぬ暴風雪となり、大雪が積もったのであった。

ヴィルヘルムは、このことにたいへん興味を抱き、雨乞い師に対してどのように雪を降らせたのかしつこく尋ねた。そうすると、雨乞い師は、別に自分が雨を降らせたわけではないと答えたのであった。ヴィルヘルムは、それなら村はずれで何をしていたのかと尋ねると、老人は答えてくれた。彼によれば、その村は、物事の秩序から外れてしまったので雨が降らなくなっていたというのだ。そして、彼自身その村に足を踏み入れてしまったので、秩序を外れた状態に染まってしまった。そこで、雨乞い師は、自らが道《ダオ》と調和した状態を取り戻すために村はずれでお籠もりをしたというのだ。そして、今度は、雨乞い師の影響力が村一帯に伝わり、村が道《ダオ》との調和を回復し、それまで降らなかった量の雨を補うかのように大雪が降ったのだという(32)。

ユングやユング派の間では、この逸話は、共時性との関連で語られることが多い。つまり、雨乞い師という呪術師が雨の神などを招喚して雨を降らせるのではなく、道《ダオ》という中国の道教における根本原理つまり大宇宙の秩序との調和を回復することによって本来あるべき状態を回復したというわけである。

四　プロテスタント教会の脱魔術化とカトリック教会の秘跡の評価

ユングは、脱魔術化が近代人の神経症を悪化させたと考えている。そのことは、カルヴァン主義によるカトリックの秘跡の否定と結びついている。つまり、逆に言えば、西洋近代における最後の呪術がカトリックの秘跡であったということである。

マックス・ヴェーバー Max Weber（一八六四〜一九二〇）は、『プロテスタンティズムの倫理と資本主義の精神』(33)（一九〇五）を著し、西洋の近代文明の根本にあるのが「合理性」であるとし、それが「現世の呪術からの解放」［脱魔術化」として現れているとした。カトリックの場合、聖職者が禁欲的な生活を誓っている一方、一般信徒においては必ずしも禁欲が求められていないのに対して、プロテスタントの中でもカルヴァン主義の場合、一般信徒が「世俗内禁欲」を求められており、それが「生活の合理化」をもたらし、資本の形成をもたらして、近代資本主義を形成したとした。とりもなおさず、「呪術からの解放」は、ローマ・カトリック教会（以下、カトリック教会と略す）が信徒に提供していた秘跡の否定であった。

秘跡とは、カトリック教会が神から与えられた恩寵を信徒に提供するものであった。具体的には、洗礼、堅信、聖体、告解（現在のカトリック教会では「罪の許し」とされている）、病者の塗油（終油を含む）、叙階、結婚が挙げられる。カトリック教会が提供する秘跡によってカトリック教徒はその都度、救いに預かることが可能であるとされていたのであった。

それに対して、カルヴァン主義の帰結はどのようなものであったろうか。「このこと、つまり教会と秘跡による救済を絶対的に廃棄したこと（…）は、カトリックと比較して絶対的に重要だった。世界を呪術から解放するという宗教史上のあの偉大な過程は、古代ユダヤの預言者とともにはじまり、ギリシャの科学的思考と結びつき、救いを求めるあらゆる魔術的手段を迷信と冒涜として退けたが、ここに完結したのであった[34]」。ヴェーバーは、カルヴァン主義が「個々人の前代未聞の内的な孤独の感情[35]」をもたらしたことを明確に指摘している。

ユングは、「精神分析と牧会」において、以下のように指摘している。

プロテスタントの聖職者にとって、問題はそんなに単純ではない。なぜなら、共同の祈りと聖餐式以外に、象徴表現を駆使できるような典礼上の儀式（霊操、ロザリオ、巡礼など）がないからである。そのため、彼は主に道徳的な側面に重点を置く必要があり、無意識に派生する衝動が新たな抑圧に陥る危険性がある状況に追い込まれている。あらゆる形態での聖なる行為は、無意識の内容を受け入れる容器のように機能することができる。ピューリタン的な単純化は、プロテスタンティズムから、無意識に対して影響を与える手段を奪い取り、また、牧師から（魂にとって絶対に必要な）聖職者として〔神と人間の仲を取りもつ〕仲介者としてふるまう性質を奪い去った。その代わりに、個人に自らの責任を取らせ、個人を自身の神の前にただ一人に置き去りしたのである。これがプロテスタンティズムの利点と危険である。ここから、プロテスタンティズムの内的不安が生まれ、数世紀にわたり、四〇〇以上ものプロテスタントの教派を生み出してきたことは疑いの余地がない。これは過剰な個人主義の症状と言えよう。[36]

結局、このようなことがあるため、精神分析を受ける患者の多くがプロテスタントの信徒であることになる。つまり、精神分析や心理療法は、カトリックの秘跡、中でも告解（罪の許し）の秘跡の代替手段となっているのである。

疑いなく精神分析による無意識の暴露は〔牧会に〕大きな影響を与えており、同様に、カトリックの告解の強力な影響もまた疑いの余地はない。とりわけ、それが単なる傾聴ではなく積極的な介入も含む場合にはさらに大きな効果がある。この事実を考えると、プロテスタントの教会が以前から牧師と信者の間の心のゆるぎない結びつきの象徴としての告解の制度を再確立しようと試みていないことは驚くべきことである。しかし、プロテスタントにとっては、このカトリック教会の形式に後戻りすることは適切ではない。それはプロテスタンティズムの本質とは極端に対照的だからである。いうまでもなく、プロテスタントの聖職者は、牧師と教区の会衆との間に新たな方法を模索している。その方法は会衆の耳だけでなく、心にも到達するべきである。分析心理学は、その鍵を提供するように思われる。なぜなら、牧師の使命は、毎週の説教だけでは達成されず、それは耳に届くことはあっても、心には滅多に届かず、ましてや人間の最も秘密の部分である魂にはほとんど触れることがない。司牧は、心地よい雰囲気の中の全面的な信頼感のある対話の静けさの中でのみ可能である。司牧において魂が魂に働きかけなければならないため、もっとも内奥への接近を妨げている多くの扉が開かれなければならない。それに対して、精神分析は、通常閉じられたままの扉を開ける手段を提供している。[37]

さらに、ユングは、人生の意味の喪失が神経症の原因であることを示唆している。

日常の理性、健全な良識、集約された〈コモン・センス〉としての科学は確かにかなりの範囲まで有効であるが、それらは決して最も平凡な現実と平均的な普通の人間性の境界を越えることはない。実質的には、それらは精神的な苦しみとその最も深い意味に対する問いに対する答えを提供しない。精神神経症は、最終的には自らの意味を見出していない魂の苦しみなのである。しかし、魂の苦しみからすべての精神的創造物が生まれ、精神的な人間の進歩のすべてが生まれるので、苦しみの根本は精神的な停滞、魂の不毛さである。(38)

結局のところ、ユングは、自らの心理学においてこのような人生の意味の発見を援助するのである。

おわりに――ユングの元型論と共時性の概念がもたらすもの

ユングの分析心理学は、「このような自らの意味を見い出せずにいる魂の苦悩」に対してどのように対応するのだろうか。

ユング心理学の大きな特徴は、伝統的な知や異端的な知を頭ごなしに否定するのではなく、それらの知がどのように成り立っているのか、わかりやすく説明したり解釈したりするところにある。例えば、彼の学位論文は、霊媒に関するものであった。ユングは、降霊会がまったく無意味であるというのではなく、そこに霊媒の部分的人格が発達していくさまを見出したのであった。また、『早発性痴呆の心理』(一九〇六)では、世間的には「悪魔憑き」と見なされるようなバベッテの症例を扱い、それが無意識の自律的人格像をなす「感情的に色づけられたコンプレックス」によるものであることを明らかにした。(39) このように、ユングは、霊媒や悪魔憑きのような心霊現象の深層心理学的な理解を提供しているのである。

さらに、ユングは、「『チベットの死者の書』に対する注解」(一九三五)において霊界や神々の世界が集合的無意識であるとさえ述べている。「神々と霊の世界は、つまり、私の内なる集合的無意識に〈すぎない〉のである。この命題を逆にいえば、〈無意識とは、私が外に経験する神々と霊の世界である〉という意味になる。そのために必要なことは、知的な曲芸などではなく、全体としての人間の生そのもののあり方である」[40]。つまり、それぞれの世界は切り捨てられることなく、ユング心理学の中に位置づけられるのである。実際、ユングは、文脈によって元型のことを「神々」とさえ呼んでいる。さらに、ユング派の著作には、ギリシャ神話などの神々に関する著作が多く見られる。例えば、エーリッヒ・ノイマンの著書、『太母』[41]や『アモールとプシケー』[42]がその典型である。ユングだけでなくユング派は、魔術で召喚されるような神々が少なくとも「心的現実」として存在することを明らかにしていると言えよう。

また、ユングの技法には、魔術的な召喚を思わせるものがある。ユングは、「アニマの客体化」という言葉を使って、自らの内なる女性像としてのアニマの元型との対話を提案している。自問自答という言葉があるが、この場合、自我人格とアニマ人格は別人格である[43]。このようなやり取りは、『ユング自伝』にも描かれていた。ユングは、アニマに自分がやっていることは何かと問うと、アニマは「芸術です」と思いもよらない答えをしたのであった[44]。このように、ユングが考えている元型は、単なるイメージの源泉ではなく、自我人格から独立した生き生きとした人格性をもつものなのであった。

さらに、共時性との関連でユングは以下のように述べている。「われわれの心は、空間が存在しないかのように機能できる。こうして、心は空間、時間、因果性から独立することができる。このことは、魔術の可能性を説明する」[45]。人類学者のルーマンによれば、現代魔術において「共時性」の概念がユングから借用されているとのことである[46]。

このように、ユングが直接魔術を行っていたり、魔術を研究していたりしたということは確認できないが、ユング心理学の枠組は、現代の魔術にそれなりに影響を与えていると考えられるだろう。

【註】

＊原文の引用の翻訳はすべて引用者が訳したものである。また、［　］内は引用者による補足である。

（1）渡辺学「C・G・ユング」新カトリック大事典編纂委員会編『新カトリック大事典』第四巻（研究社、二〇〇九年）一一〇八頁。

（2）C. G. Jung, *Die Zofingia-Vorträge: 1896-1899* (Walter, 1997). ツォーフィンギアとは、一八二〇年から二一年にかけて設立されたスイスの学生組合である。

（3）Jung, *Die Zofingia-Vorträge*, p. 63.

（4）渡辺学「ユング心理学の原型――神秘体験、心霊現象、心霊主義」『倫理学』七（筑波大学倫理学研究会、一九八九年）五七頁参照。

（5）Jung, *Zur Psychologie und Pathologie sogenannter okkulter Phänomene*, in *Gesammelte Werke von C. G. Jung* (=*G.W.*), Bd. 1 (Walter, 1971) pp. 1-98.

（6）Stefanie Zumstein-Preiswerk, *C.G. Jungs Medium: Die Geschichte der Helly Preiswerk* (Kindler, 1975).

（7）Jung,“Vorrede zu Jung, *Phénomènes Occultes* (1939),” in *Das Symbolische Leben*, *G.W.* 18I (Walter, 1981) p. 335.

（8）Jung, *Psychologische Typen*, *G.W.* 6 (Walter, 1976) p. 53.

（9）渡辺学『ユングにおける心と体験世界』（春秋社、一九九一年）五一―五五頁。

（10）Jung, *Experimentelle Untersuchungen*, *G.W.* 2 (Walter, 1979) p. 116.

（11）Jung, *Zwei Schriften über Analytische Psychologie*, *G.W.* 7 (Walter, 1971) pp. 127-247.

（12）Jung, *Zwei Schriften*, p. 183.

（13）Jung, *Synchronizität als ein Prinzip akausaler Zusammenhänge* (1952), in *Die Dynamik des Unbewußten*, *G. W.* 8 (Walter, 1976) pp. 459-553.

（14）Jung, *Synchronizität*, p. 528.

（15）Freud,12.VI.1911. Aniela Jaffé, hrsg., *C.G. Jung: Briefe, Bd. I: 1906-1945* (Walter, 1972) p. 45.

（16）Jung, *Synchronizität*, pp. 497-519.

（17）*Erinnerungen, Träume, Gedanken von C. G. Jung*, Aufgezeichnet und herausgegeben von Aniela Jaffé (Walter, 1987) p. 199.

（18）Jaffé, *Erinnerungen*, p. 380.

（19）Richard Wilhelm / C.G. Jung, *Geheimnis der Goldenen Blüte: Das Buch von Bewußtsein und Leben* (1929) (Eugen Diederichs Verlag, 1994).

（20）Jaffé, *Erinnerungen*, p. 201.

（21）Jung, *Psychologie und Alchemie*, *G. W.* 12 (Walter, 1995).

（22）この件に関しては多数の研究書が発刊されている。なかでも以下がくわしい。Suzanne Gieser, *The Innermost Kernel: Depth Psychology and Quantum Physics. Wolfgang Pauli's Dialogue with C. G. Jung* (Springer, 2005).

（23）W. E. Butler, *Magic: Its Ritual, Power and Purpose* (1952) (Harper Collins, 2001) p. 13.

（24）Jung, *Wandlungen und Symbole der Libido. Beiträge zur Entwicklungsgeschichte des Denkens* (Franz Deuticke, 1912). Cf. Jung, *Wandlungen und Symbole der Libido. Beiträge zur Entwicklungsgeschichte des Denkens* (1912) (Deutscher Taschenbuch Verlag, 1991).

（25）Jaffé, *Erinnerungen*, p. 27.

（26）Jaffé, *Erinnerungen*, p. 27.

（27）オーストラリア中央部の先住民の間で伝えられている、扁平な木や石でできた聖なる対象物。長円形のものが多い。アルンタ族の言葉に由来する。チュリンガは、子供が生れたときにつくられ、その子供のトーテムの模様を刻み込み、聖なるものとして崇拝され保存されるものが多い。個人の霊魂の一部として、トーテミズムと密接に結びついており、トーテムの祖先と関係のあるものは、楯でも石刀でもブーメランでもすべてチュリンガと呼ばれることもある。イニシエーションにおいて重要な機能を果す。（『ブリタニカ国際年鑑小項目事典』デジタル版による）。

（28）Jaffé, *Erinnerungen*, p. 29.

（29）Jaffé, *Erinnerungen*, p. 29.

（30）Jung, *Wandlungen und Symbole der Libido*, pp. 155-56.

（31）Konrad Theodor Preuß, *Der Ursprung der Religion und Kunst: Vorläufige Mitteilung*, Bd. 1 (Globus, 1904) pp. 358-9. Fritz Schultze, *Psychologie der Naturvölker: entwicklungspsychologische Charakteristik des Naturmenschen in intellektueller, aesthetischer, ethischer und religiöser Beziehung: eine natürliche Schöpfungsgeschichte menschlichen Vorstellens, Wollens und Glaubens* (Veit, 1900) pp. 161-62.

（32）Jung, *Visions: Notes on the Seminar Given in 1930-1934,* ed. Claire Douglas, Vol. 1 (Routledge, 2019) p. 333.

（33）Max Weber, *Die protestantische Ethik und der Geist des Kapitalismus,* in *Max Weber*, *Gesammelte Aufsätze zur Religionssoziologie*, Bd. 1 (Mohr Verlag, 1963).

（34）Weber, *Die protestantische Ethik*, pp. 94-95.

（35）Weber, *Die protestantische Ethik*, p. 93.

（36）Jung, “Psychoanalyse und Seelsorge,” in *Zur Psychologie westlicher und östlicher Religion*, *G.W.* 11 (Walter, 1971) p. 358.

（37）Jung, “Psychoanalyse und Seelsorge,” pp. 358-9.

（38）Jung, “Über die Beziehung der Psychotherapie zur Seelsorge,” *G.W.* 11, p. 340.

（39）Jung, *Über die Psychologie der Dementia Praecox: Ein Versuch* (1907), in *Psychogenese der Geisteskrankheiten*, *G.W.* 3 (1971) pp. 111-70.

（40）Jung, “Psychologischer Kommentar zum Bardo Thödol,” *G.W.* 11, pp. 526-27.

（41）Erich Neumann, *Die Große Mutter: eine Phänomenologie der weiblichen Gestaltungen des Unbewußten* (1974) (Walter, 1997).

（42）Erich Neumann, *Amor und Psyche: Deutung eines Märchens. Ein Beitrag zur Seelischen Entwicklung des Weiblichen* (1971) (Walter, 1995).

（43）Jung, *Zwei Schriften*, p. 209.

（44）Jaffé, *Erinnerungen*, pp. 188-89.

（45）Ferne Jensen and Sidney Mullen, eds., *C. G. Jung, Emma Jung, and Toni Wolff: a collection of remembrances* (Analytical Psychology Club of San Francisco, 1982) p. 51.

（46）「〈共時性〉という言葉は、現代の魔法で使用される際に、ほぼ同じ時期に起こる二つの出来事で、直接的な因果関係はないが、共通の根本的な原因によって生じるものを指す。魔術師が、例えば月経と月に関する会議のために任意の日付を選び、その日付が占星術的に重要であった場合、これは〈共時性〉と呼ばれる。一つの出来事が他の出来事を引き起こしたのではなく、それらは何らかの大きな計画の中で相互に関連していた。この用語はユングから借用されている」。T. M. Luhrmann, *Persuasions of the Witch’s Craft: Ritual Magic in Contemporary England* (Harvard UP, 1989) note 28, p. 142.

索引

＊本書内で頻出する「魔術」「魔法」「魔術師」「魔力」は省いた。
＊作品は作者が判明しているものは作者ごとにまとめてある。

【ア行】

【カ行】

【サ行】

【タ行】

【ナ行】

【ハ行】

【マ行】

【ヤ行】

【ラ行】

【ワ行】

高山 宏（たかやま　ひろし）

翻訳家、元大妻女子大学教授、副学長／英文学／著書：『アリス狩り』（青土社、1981年）、『トランスレーティッド』（青土社、2019年）、訳書：『西洋思想大事典』（監修、共訳、平凡社、1990年）、フランチェスコ・コロンナ（ジョスリン・ゴドウィン英訳）『ポリフィルス狂戀夢』（東洋書林、2024年）など。

中島 廣子（なかじま　ひろこ）

大阪市立大学名誉教授／フランス世紀末文学・幻想文学／著書：『「驚異の楽園」――フランス世紀末文学の一断面』（国書刊行会、1997年）、『装飾の夢と転生――世紀転換期ヨーロッパのアール・ヌーヴォー』第一巻、イギリス・ベルギー・フランス編（共著、国書刊行会、2022年）、訳書：エレミール・ブールジュ『神々の黄昏』（共訳、白水社、1985年）、『落花飛鳥』（国書刊行会、1993年）など。

渡辺 学（わたなべ　まなぶ）

宗教間対話研究所研究員、元南山大学教授／宗教学・宗教心理学／著書：『ユングにおける心と体験世界』（春秋社、1991年）、『ユング心理学と宗教』（第三文明社、1994年）、訳書：ユング『自我と無意識』（松代洋一共訳、第三文明社、1995年）など。

横山 安由美（よこやま　あゆみ）
立教大学文学部教授／中世フランス文学／著書：「聖杯伝説とグノーシス主義」『グノーシス　陰の精神史』（岩波書店、2001 年）、訳書：ロベール・ド・ボロン『西洋中世奇譚集成　魔術師マーリン』（講談社学術文庫、2015 年）など。

鈴木 潔（すずき　きよし）
同志社大学名誉教授／ドイツ文学／著書：「E. T. A. ホフマンの『ドン・ジュアン』」『ドイツ文学論集――森川晃卿先生還暦記念』（森川晃卿先生還暦記念論集刊行会、1973 年）、共編訳書：『詩人たちの回廊――日記・書簡・回想集』ドイツ・ロマン派全集第 19 巻（国書刊行会、1991 年）、訳書：E・T・A・ホフマン『精霊奇譚』同全集第 13 巻『ホフマンⅡ』（国書刊行会、1989 年）、G・H・シューベルト『自然科学の夜の面』第 12・13 講、同全集第 20 巻『太古の夢革命の夢』（国書刊行会、1992 年）など。

吉村 正和（よしむら　まさかず）
名古屋大学名誉教授／近代ヨーロッパ文化史・西洋神秘思想史／著書：『心霊の文化史』（河出書房新社、2010 年）、『フリーメイソンと錬金術』（人文書院、1998 年）、『フリーメイソン』（講談社現代新書、1989 年）など。

鈴木 啓司（すずき　けいじ）
名古屋学院大学国際文化学部准教授／哲学／訳書：エリファス・レヴィ『魔術の歴史』（人文書院、1998 年）、エリファス・レヴィ『大いなる神秘の鍵』（人文書院、2011 年）など。

【編著者】

田中 千恵子（たなか　ちえこ）

元大阪大学大学院非常勤講師／英文学・表象文化論／著書：『「フランケンシュタイン」とヘルメス思想――自然魔術・崇高・ゴシック』（水声社、2015年）、「メアリー・シェリー、孤独な魂の飛翔――*The Fields of Fancy* におけるプラトン主義的探求」『イギリス・ロマンティシズムの光と影』（音羽書房鶴見書店、2011年）、訳書：エドワード・ブルワー＝リットン『ポンペイ最後の日』上下巻（幻戯書房、2024年）など。

【執筆者】（掲載順）

根占 献一（ねじめ　けんいち）

学習院女子大学名誉教授、学習院さくらアカデミー講師、星槎大学非常勤講師／ルネサンス思想・文化史／著書：『ロレンツォ・デ・メディチ――ルネサンス期フィレンツェ社会における個人の形成』（南窓社、2022年第三版）、『フィレンツェ共和国のヒューマニスト――イタリア・ルネサンス研究』（創文社、2005年、現在は講談社オンデマンド）、『共和国のプラトン的世界――イタリア・ルネサンス研究（続）』（創文社、2005年、現在は講談社オンデマンド）、『イタリアルネサンスとアジア日本――ヒューマニズム・アリストテレス主義・プラトン主義』（知泉書館、2017年）など。

小澤 実（おざわ　みのる）

立教大学文学部教授／西洋中世史・北欧史／著書：Minoru Ozawa et al. (eds.), *Communicating Papal Authority in the Middle Ages*. London: Routledge, 2023、谷口幸男（小澤実編）『ルーン文字研究序説』（八坂書房、2022年）など。

西洋文学《せいようぶんがく》にみる魔術《まじゅつ》の系譜《けいふ》

2024年11月30日　第1刷発行

【編著者】
田中千恵子

発行者 : 高梨 治
発行所 : 株式会社**小鳥遊《たかなし》書房**
〒102-0071　東京都千代田区富士見 1-7-6-5F
電話 03-6265- 4910（代表）／FAX　03 -6265- 4902
https://www.tkns-shobou.co.jp
info@tkns-shobou.co.jp

装幀　鳴田小夜子（KOGUMA OFFICE）
印刷　モリモト印刷株式会社
製本　株式会社村上製本所

ISBN978-4-86780-057-7　C0098